CATALOGUE SPÉCIAL

POUR LES

REPRODUCTIONS

Le présent Catalogue annule les précédents.

REPRODUCTION — TRADUCTION

CATALOGUE SPÉCIAL

POUR LES

REPRODUCTIONS

DE

ROMANS-FEUILLETONS, NOUVELLES, VARIÉTÉS

LITTÉRAIRES ET SCIENTIFIQUES

DANS LES

JOURNAUX DE FRANCE ET DE L'ÉTRANGER

QUATRIÈME ÉDITION

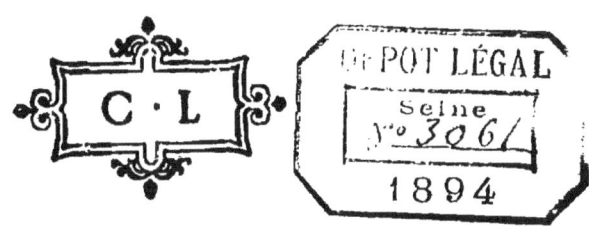

PARIS

CALMANN LÉVY, ÉDITEUR

ANCIENNE MAISON MICHEL LÉVY FRÈRES

3, RUE AUBER, 3

REPRODUCTION
dans
LES JOURNAUX DE LA FRANCE
ET DE L'ÉTRANGER
de
ROMANS-FEUILLETONS
NOUVELLES ET VARIÉTÉS
—◦◦◦—

ADMINISTRATION
RUE AUBER, 8, A PARIS
—◦◦◦—

AVIS IMPORTANT

Il suffit de parcourir ce catalogue pour se convaincre qu'il comprend les noms les plus célèbres de la littérature contemporaine et qu'il offre le choix le plus varié qu'on puisse souhaiter d'œuvres consacrées par le succès.

Dans cette importante collection, figurent une grande quantité de volumes composés de *Nouvelles*, de *Variétés* et d'articles de tout genre. Le titre général de ces ouvrages est suivi des titres particuliers de tous les morceaux qu'ils renferment avec l'indication du nombre de pages de chacun d'eux. On pourra ainsi, selon les besoins du moment et les exigences de l'actualité, retrouver ou reproduire telles ou telles

études d'écrivains en renom, ayant trait à des personnages, à des questions ou à des choses revenus à l'ordre du jour. Ce catalogue est donc appelé à rendre à la presse de signalés services.

Les journaux abonnés recevront successivement des catalogues supplémentaires destinés à les tenir au courant des publications nouvelles qu'ils pourront reproduire. Un exemplaire des œuvres qu'ils désireront publier leur sera envoyé *gratuitement*, comme copie.

Les *abonnements à la reproduction* ne pourront être contractés pour moins d'une année. Un abonnement de plusieurs années donnera droit à une réduction de prix notable.

Les conditions de l'abonnement seront immédiatement communiquées à tout journal qui en fera la demande, en ayant soin de faire en même temps connaître son *prix*, son *format* et sa *périodicité*.

Avant de commencer la reproduction d'un ouvrage, on sera tenu d'indiquer, au moins *huit jours à l'avance*, le titre de l'œuvre choisie.

Toutefois, les articles *Variétés* n'entraîneront pas aussi étroitement cette condition, qui em-

pêcherait la publication des actualités en temps opportun.

En dehors des abonnements, il ne sera accordé d'autorisation que pour la reproduction de mille lignes au moins, et ces lignes seront comptées, pour les journaux de départements, à quatre centimes, et, pour les journaux de Paris, à cinq centimes par ligne du volume donné comme texte, sauf réserve pour certains auteurs.

La mention suivante devra être imprimée au bas de la première colonne de chaque feuilleton :

Reproduction interdite aux journaux qui n'ont pas de traité avec M. Calmann Lévy, éditeur, à Paris.

CATALOGUE SPECIAL

POUR LES

REPRODUCTIONS

ACHIM D'ARNIM

Nombre
de pages.

CONTES BIZARRES :

— Isabelle d'Égypte . . . . contes 191
— Marie-Meluck-Blainville . . . . . . — 52
— Les Héritiers du Majorat. . . . . . — 70

ADOLPHE ADAM

SOUVENIRS D'UN MUSICIEN :

— Notice biographique par lui-même . variété 42
— Boïeldieu . . . . — 26
— Hérold. . . . . — 12
— Les Concerts d'amateurs, tribula-
   tions d'un musicien . . . . — 12
— Les Musiciens de Paris. . . . . . . — 14
— De l'Origine de l'Opéra en France . — 10
— L'Armide de Lulli. . . . . — 30
— Un Début en province. . . . . . . — 20
— Le Violon de fer-blanc. . . . . . . — 10
— Un Musicien du XVIIIe siècle. . . . — 30
— Une Conspiration sous Louis XVIII. — 12
— Jean-Jacques Rousseau musicien. . — 40
— Dalayrac . . . . — 50

1

		Nombre de pages
DERNIERS SOUVENIRS D'UN MUSICIEN :		
— La Jeunesse d'Haydn . . . . variété	. . . .	80
— Rameau . . . . —	. . . .	36
— Gluck et Méhul. — La répétition d'*Iphigénie en Tauride*. . . . . . —	. . . .	84
— Monsigny . . . . —	. . . .	85
— Gossec . . . . —	. . . .	44
— Berton . . . . —	. . . .	40
— Cherubini. . . . . —	. . . .	12
— Rossini. — Le *Stabat Mater*. . . . —	. . . .	28
— La *Dame Blanche* de Boïeldieu . . —	. . . .	18
— Donizetti . . . . —	. . . .	16
— Concert donné par A. Marrast à l'hôtel de la présidence (1849). . . . —	. . . .	2

LE COMTE AFANASI

LE ROMAN D'UN GRAND-DUC . . . . . . roman.	. . . .	305

W.-H. AINSWORTH

LE GENTILHOMME DES GRANDES ROUTES. 2 volumes . . . . roman	. . . .	639

ALBÉRICH-CHABROL

TABOU. . . . . roman du jour.		872

TH.-B. ALDRICH

MARJORIE DAW . . . . nouvelle	. . .	61
— Mademoiselle Olympe Zabriski . . . —	. . .	25
— Prudence Palfrey . . . . roman	. . . .	200
— Le Palmier-dattes du père Antoine. nouvelle	. . .	12
— Tout à fait. . . . . —	. . .	29
LA REINE DE SABA. . . . . —	. . .	185

DUC D'ALENÇON

Nombre
de pages.

LUÇON ET MINDANAO . . . . voyage. . . . 219

HENRI ALLAIS

ADIEU JEAN. . . . . roman . . . 321
UN CASQUE . . . . roman 319
TANTINE :
   — Tantine . . . . nouvelle . . . 153
   — L'Étendard. . . . . — . . . 18
   — Marche de nuit. . . . . — . . . 12
   — Les Bleus . . . . — . . . 10
   — Mes Galons. . . . . — . . . 24
   — Thèse de doctorat. . . . . — . . . 14
   — Sœur Colette. . . . . — . . . 12
   — Le Fictif . . . . — . . . 24
   — Il Luccio. . . . . — . . . 17
   — La Légende du bon larron. . . . . . — . . . 17

HENRI AMIC

AU PAYS DE GRETCHEN . . . . souv. de voyage. 390
GEORGE SAND. . . . . souvenirs. . . 236
MADAME DE KARNEL . . . . roman. 303
PLAISIR D'AMOUR :
   — Histoire d'une Gondole. . . . . . . nouvelle . . . 65
   — L'Épouse du Seigneur . . . . — . . . 33
   — Les Suites d'un bal de l'Opéra . . . — . . . 35
   — Questions délicates. . . . . — . . . 10
   — Un Jour de congé . . . . — . . . 24
   — L'Audience du Pape . . . . — . . . 13
   — La Cloison. . . . . — . . . 15
   — Une Vicomtesse, née quincaillière. . — . . . 34
   — Adine Cailleux. 23
   — Un Prix du Conservatoire . . . . . — . . . 75
RENÉE . . . . roman 200
MES VINGT-HUIT JOURS. esquisses de la vie militaire . 303

J.-J. AMPÈRE

Nombre
de pages.

CÉSAR . . . . scène historique 410

L'EMPIRE ROMAIN A ROME, 2 vol. . . . histoire 851

L'HISTOIRE ROMAINE A ROME, 4 vol. . . —   . . . 2345

MÉLANGES D'HISTOIRE LITTÉRAIRE ET
DE LITTÉRATURE, 2 vol. . . . . . variétés . . . 1035

PROMENADE EN AMÉRIQUE, 2 vol. . . . —   . . . 839

VOYAGE EN ÉGYPTE ET EN NUBIE. . . —   . . . 577

G. D'ANNUNZIO

TRADUCTION DE G. HÉRELLE

L'INTRUS. . . . . roman 367

F. ANTONY

JEAN DE COURTEIL. . . . . roman 344

MADAME D'ARBOUVILLE

UNE VIE HEUREUSE . . . . nouvelle. . . 61
— Une Histoire hollandaise . . . . . . —   . . . 192
MARIE-MADELEINE . . . . —   . . . 100
— Le Médecin de village. . . . . . . —   . . . 112
— Résignation . . . . —   . . . 44

B. ARBRÉ DE LA ROCHE

UN PARQUET EN PROVINCE. . . . . . . roman 850

ALEX. D'ARC

LA STEPPE . . . . roman 352

JOSEPH D'ARÇAY

Nombre
de pages.

INDISCRÉTIONS CONTEMPORAINES . . . souv. intimes . 408

N. D'ARNOLDI

NATACHA . . . . nouvelles. . . 157

ANDRÉ D'ARRÈZE

LINDA . . . . roman 81

PIOTRE ARTAMOW

HISTOIRE D'UN BOUTON . . . . roman 212

ARMAND D'ARTOIS

LE CAPITAINE RIPAILLE, roman de cape et d'épée. . . . 383

ÉMILE AUGIER

— ŒUVRES COMPLÈTES —

THÉATRE COMPLET, TOME I :

  — La Ciguë. . . . . com. 2 ac. vers   71
  — Un Homme de bien . . . .   — 3 ac. vers   79
  — L'Aventurière . . . .   — 4 ac. vers 113
  — L'Habit vert . . . . proverbe 1 acte   41
  — Gabrielle. . . . . com. 5 ac. vers 116
  — Le Joueur de flûte. . . . .   — 1 ac. vers   51

TOME II :

  — Diane . . . . dr. 5 act. vers 116
  — Philiberte . . .   . com. 1 ac. vers   93
  — Le Gendre de M. Poirier. . . . . .   — 4 actes. . 121
  — Ceinture dorée. . . . .   — 3 actes. . 127

			Nombre de pages
TOME III :			
— La Pierre de touche	coméd. 5 actes		149
— Le Mariage d'Olympe	pièce 3 actes.		148
— La Jeunesse	com. 5 ac. vers		114
— Sapho	opér. 3 ac. vers		48
TOME IV :			
— Les Lionnes pauvres	pièce 5 actes.		122
— Un beau Mariage	coméd. 4 actes		134
— Les Effrontés	—	5 actes	150
TOME V :			
— Le Fils de Giboyer	coméd. 5 actes		173
— Maître Guérin	—	—	174
— La Contagion	—	—	150
TOME VI :			
— Paul Forestier	coméd. 4 actes		118
— Le Post-scriptum	—	1 acte.	20
— Lions et renards	—	5 actes	140
— Jean de Thommeray	—	5 actes	140
— Madame Caverlet	pièce 4 actes		96
ŒUVRES DIVERSES :			
— Les Pariétaires	poésies.		63
— Les Méprises de l'amour	comédie past.		134
— La Question électorale	étude.		20

DUC D'AUMALE

HISTOIRE DES PRINCES DE CONDÉ, 6 vol. étude historiq. 2672

LES INSTITUTIONS MILITAIRES DE LA
    FRANCE . . . . étude 261

LES ZOUAVES ET CHASSEURS A PIED :
— Les Zouaves . . . . — 93
— Les Chasseurs à pied . . . . — 85

L'AUTEUR DE LA DUCHESSE D'ORLÉANS

Mme LA DUCHESSE D'ORLÉANS . . . . . étude historiq. 239

VIE DE JEANNE D'ARC . . . . — . 340

L'AUTEUR
DES HORIZONS PROCHAINS

Nombre
de pages

DANS LES PRÉS ET SOUS LES BOIS :
EDELWEISS. . . . . poésies 228

EL SOÑADOR . . . . poésies 361
— Au moulin . . . . nouvelle . . . 17
— Le Clos des Ruches . . . . — . . . 37
— Un Petit Chapeau . . . . — . . . 50
— Chant de Noël. . . . . — . . . 26
— Les Bûcherons. . . . . — . . . 40
— Un Rare Bonheur . . . . — . . . 18
— Marjolaine. . . . . — . . . 49
— Les Sabots de Vénus . . . . — . . . 37
— Serinette . . . . — . . . 38
— Nos Arrière-Grands-Pères. . . . . . — . . . 29

QUELQUES PENSÉES. . . . . pensées . . . 201

L'AUTEUR DE « JOHN HALIFAX »

UNE EXCEPTION . . . . roman 310

LA MÉPRISE DE CHRISTINE . . . . . . — 317

OLIVIA, 2 volumes . . . . — 638

L'AUTEUR DE « ROBERT EMMET »

LA JEUNESSE DE LORD BYRON. . . . . étude. . . . 281

DERNIÈRES ANNÉES DE LORD BYRON. — . . . 283

MARGUERITE DE VALOIS, REINE DE
NAVARRE . . . . — 283

ROBERT EMMET . . . . roman histor . 281

SOUVENIRS D'UNE DEMOISELLE D'HON-
NEUR DE LA DUCHESSE DE BOUR-
GOGNE. . . . . roman 260

L'AUTEUR DE « LE VASTE MONDE »

Nombre
de pages.

ÉLÉONORE POWLE, 2 volumes. . . . . .   roman   610

J. AUTRAN
ŒUVRES COMPLÈTES

POÈMES DE LA MER . . . .   poésies. . . .   399
LA VIE RURALE . . . .   —   . . . 308
LA FLUTE ET LE TAMBOUR. . . . . . .   —   . . . 410
SONNETS CAPRICIEUX . . . .   —   . . . 408
LA LYRE A SEPT CORDES . . . .   —   . . . 405
LA COMÉDIE DE L'HISTOIRE . . . . . .   —   . . . 301
DRAMES ET COMÉDIES :
    — Les Noces de Thétis . . . .   comédie. . . .   46
    — La Fille d'Eschyle. . . . .   étude antique.   122
    — Le Cyclope . . . .   étude. . . .   70
    — Don Juan de Pavilla . . . .   drame   128
    — Le Sonnet. . . . .   comédie . . .   38
    — Le Roi d'Arles. . . . .   théâtre   42
    — Petit Dialogue entre deux ombres . dialogue . . .   16
LETTRES ET NOTES DE VOYAGE :
    — La Maison démolie. . . . .   nouvelle . . .   190
    — Variétés. . . . .   —   . . . 88
    — Voyage en Italie. . . . .   voyages . . .   214

Mme JOSÉPHINE-R. BACKER

SANS REMORDS. . . . .   roman   254

BARONNE DE B***

LES MARIAGES D'A-PRÉSENT . . . . . .   roman   201
    — Un cas de divorce. . . . .   nouvelle . . .   127

ADOLPHE BADIN

Nombre
de pages.

COULOIRS ET COULISSES :.

— Les Confidences de Mademoiselle Marie
   d'Herbelot. . . . . nouvelle . . . 41
— Dans une loge d'artiste . . . . . .   —   . . . 24
— Une Histoire banale . . . .   —   . . . 24
— Blanche Brétigny. . . . .   —   . . . 26
— Père et fille. . . . .   —   . . . 30
— Lucy Vernon . . . .   —   . . . 20
— Toutes les mêmes ! . . . .   —   . . . 16
— Dans le monde . . . .   —   . . . 22
— Une Consultation . . . .   —   . . . 14
— 1870-1871 . . . .   —   . . . 44
— Au Bois . . . .   —   . . . 36
— A la Mer . . . .   —   . . . 59

UN PARISIEN CHEZ LES RUSSES :

                MOSCOU
— Picha la bohémienne. . . . .   —   . . . 83
— Une Journée au Kremlin . . . . . .   —   . . . 28
— Ce que miss Hutchinson était venue
   faire à Moscou. . . . .   —   . . . 87

        SAINT-PÉTERSBOURG
— Une Réhabilitation nécessaire. . . . variété 38
— Le Chasse-neige . . . .   —   56
— Un Roman du comte Tolstoï . . . .   —   55

PETITS COTÉS D'UN GRAND DRAME :

        I. — LA GUERRE
— Un Blessé . . . . nouvelle . . . 0
— Le Moulin de Fleury. . . . .   —   . . . 42
— L'Option. . . . .   —   . . . 38

        II. — L'ARMISTICE
— Les Deux Maris de Mlle Evans .   —   . . . 143

        III. — LA COMMUNE
— Madame Herbelet. . . . .   —   . . . 70
— La Femme du Communard. . . . .   —   . . . 64

1.

H. DE BALZAC[1]

— ŒUVRES COMPLÈTES —

		Nombre de pages.
SCÈNES DE LA VIE PRIVÉE		
LA MAISON DU CHAT QUI PELOTE... roman	...	60
— Le Bal de Sceaux............ —	...	62
La Bourse.............. —	...	34
— La Vendetta............. —	...	72
— Madame Firmiani........ —	...	25
— Une double Famille........ —	...	78
LA PAIX DU MÉNAGE.......... —	...	40
— La fausse Maîtresse....... —	...	62
— Étude de femme.......... —	...	12
— Autre Étude de femme....... —	...	48
— La grande Brétèche....... —	...	28
— Albert Savarus.......... —	...	135
MÉMOIRES DE DEUX JEUNES MARIÉES.. —	...	224
— Une Fille d'Ève.......... —	...	122
LA FEMME DE TRENTE ANS....... —	...	168
— La Femme abandonnée....... —	...	44
— La Grenadière.......... —	...	20
— Le Message........... —	...	13
— Gobseck............ —	...	56
LE CONTRAT DE MARIAGE....... roman	...	140
— Un Début dans la vie....... —	...	171
MODESTE MIGNON............ —	...	312
BÉATRIX.............. —	...	342
HONORINE.............. —	...	94
— Le Colonel Chabert....... —	...	82
— La Messe de l'Athée....... —	...	122
— L'Interdiction......... —	...	94
— Pierre Grassou.......... —	...	27

1. Consulter pour les détails de l'œuvre complet de BALZAC, le savant ouvrage de M. de LOVENJOUL, intitulé HISTOIRE DES ŒUVRES DE BALZAC.

		Nombre de pages.
SCÈNES DE LA VIE DE PROVINCE		
URSULE MIROUET . . . . roman	. . .	158
EUGÉNIE GRANDET . . . . —	. . .	283
LES CÉLIBATAIRES, tome Ier :		
— Pierrette. . . . . —	. . .	202
— Le Curé de Tours . . . . —	. . .	98
LES CÉLIBATAIRES, tome II :		
— Un Ménage de garçon . . . . —	. . .	336
LES PARISIENS EN PROVINCE :		
— L'illustre Gaudissart . . . . —	. . .	60
— La Muse du département. . . . . . —	. . .	148
LES RIVALITÉS :		
— La vieille Fille. . . . . —	. . .	166
— Le Cabinet des Antiques. . . . . . —	. . .	173
LE LYS DANS LA VALLÉE . . . . —	. . .	310
ILLUSIONS PERDUES, tome Ier :		
— Les deux Poètes. . . . . —	. . .	158
— Un grand Homme de province, à Paris (1re partie) . . . . —	. . .	247
ILLUSIONS PERDUES, tome II :		
— Un grand Homme de province, à Paris (2e partie) . . . . —	. . .	183
— Ève et David . . . . —	. . .	247
SCÈNES DE LA VIE PARISIENNE		
SPLENDEURS ET MISÈRES DES COURTI- SANES :		
— Esther heureuse. . . . . roman	. . .	152
— A combien l'amour revient aux vieillards . . . . —	. . .	136
— Où mènent les mauvais chemins. . —	. . .	108
LA DERNIÈRE INCARNATION DE VAUTRIN —	. . .	169
— Un Prince de la Bohême. . . . . . —	. . .	42
— Un Homme d'affaires. . . . . —	. . .	23
— Gaudissart II. . . . . —	. . .	13
— Les Comédiens sans le savoir . . . —	. . .	73

			Nombre de pages.
HISTOIRE DES TREIZE :			
— Ferragus, chef des Dévorants	roman	. . .	127
— La Duchesse de Langeais	—	. . .	144
— La Fille aux yeux d'or	—	. . .	76
LE PÈRE GORIOT	—	. . .	311
GRANDEUR ET DÉCADENCE DE CÉSAR BIROTTEAU	—	. . .	311
LA MAISON NUCINGEN	—	. . .	68
— Les Secrets de la Princesse de Cadignan	—	. . .	60
— Les Employés	—	. . .	232
— Sarrasine	—	. . .	36
— Facino Cane	—	. . .	15
LES PARENTS PAUVRES, tome Ier :			
— La Cousine Bette	—	. . .	412
LES PARENTS PAUVRES, tome II :			
— Le Cousin Pons	—	. . .	356

SCÈNES DE LA VIE POLITIQUE

UNE TÉNÉBREUSE AFFAIRE	roman	. . .	286
— Un Épisode sous la Terreur	—	. . .	25
L'ENVERS DE L'HISTOIRE CONTEMPORAINE	—	. . .	274
— Z. Marcas	—	. . .	36
LE DÉPUTÉ D'ARCIS	—	. . .	347

SCÈNES DE LA VIE MILITAIRE

LES CHOUANS ou la Bretagne en 1790	roman	. . .	362
— Une Passion dans le désert	—	. . .	17

SCÈNES DE LA VIE DE CAMPAGNE

LE MÉDECIN DE CAMPAGNE	roman	. . .	314
LE CURÉ DE VILLAGE	—	. . .	315
LES PAYSANS	—	. . .	305

		Nombre de pages.
ÉTUDES PHILOSOPHIQUES		
LA PEAU DE CHAGRIN	roman	308
LA RECHERCHE DE L'ABSOLU	—	230
— Jésus-Christ en Flandre	—	27
— Melmoth réconcilié	—	59
— Le Chef-d'œuvre inconnu	—	34
L'ENFANT MAUDIT	—	116
— Gambara	—	70
— Massimilla Doni	—	92
LES MARANA	—	68
— Adieu	—	50
— Le Réquisitionnaire	—	20
— El Verdugo	—	14
— Un Drame au fond de la Mer	—	24
— L'Auberge rouge	—	40
— L'Élixir de longue vie	—	28
— Maître Cornélius	—	67
SUR CATHERINE DE MÉDICIS	—	245
LOUIS LAMBERT	—	134
— Les Proscrits	—	40
— Séraphita	—	166
ÉTUDES ANALYTIQUES		
PHYSIOLOGIE DU MARIAGE ou méditations de philosophie éclectique sur le bonheur et le malheur conjugal	étude	345
PETITES MISÈRES DE LA VIE CONJUGALE	—	310
CONTES DROLATIQUES		
— Avertissement	variété	4
— Prologue	—	4
TOME PREMIER :		
— La belle Impéria	conte	28
— Le Péché véniel	—	70
— La Mye du roi	—	20
— L'Héritier du Diable	—	34
— Les Joyeulsetez du roy Loys le unzième	—	32
— La Connestable	—	40

		Nombre de pages.
— La Pucelle de Thilhouze	conte	34
— Le Frère d'armes	—	28
— Le Curé d'Azay-le-Rideau	—	16
— L'Apostrophe	—	18

TOME DEUXIÈME :

— Prologue	variété	8
— Les trois Clercs de Sainct-Nicholas	conte	26
— Le Ieusne de François premier	—	12
— Les bons Proupos des Religieuses de Poissy		28
— Comment fout basty le chasteau d'Azay	—	28
— La faulse Courtizane	—	22
— Le Dangier d'estre trop cocquebin	—	18
— La chière Nuictée d'amour	—	20
— Le Prosne du joyeulx Curé de Meudon	—	28
— Le Succube	—	104
— Désespérance d'Amour	—	10

TOME TROISIÈME :

— Prologue	—	10
— Persévérance d'Amour	—	86
— D'ung Iusticiard qui ne se remembroyt les chouses	—	20
— Sur le Moyne Amador, qui feut un glorieux abbé de Turpenay	—	8
— Berthe la repentie	—	62
— Comment la belle Fille de Portillon quinaulda son Juge	—	12
— Cy est démoustré que la Fortune est tousiours femelle	—	30
— D'ung Paouvre qui avoyt nom le Vieulx-par-Chemins	—	16
— Dires incongrus de trois Pèlerins	—	12
— Naïfvoté	—	6
— La belle Impéria mariée	—	30

THÉÂTRE

TOME PREMIER :

— Vautrin	drame 5 actes.	134
— Les Ressources de Quinola	coméd. 5 actes.	146
— Paméla Giraud	pièce 5 actes.	97

		Nombre de pages.

TOME SECOND :

— La Marâtre.	drame 5 actes.	149
— Mercadet (Le Faiseur)	coméd. 5 actes.	163

ŒUVRES DIVERSES

CONTES ET NOUVELLES :

— Souvenirs d'un Paria.	nouvelle	182
— La Comédie du Diable.	—	16
— L'Archevêque	—	6
— Ressouvenirs	—	
— Une Lutte.	—	
— La Mort de ma Tante	—	4
— Vengeance d'Artiste.	—	4
— Une Inconséquence.	—	4
— Les deux Dragons.	—	6
— Le Marchand de bustes	—	4
— Une Passion de collège	—	4
— Un Lendemain.	—	4
— Histoire de giberne	—	4
— Le Cornac de Carlsruhe	—	4
— L'Embuscade	—	4
— Tableau d'un intérieur de famille	—	6
— Le Patriotisme de Clarice	—	4
— Le Dôme des Invalides	—	6
— Deux Destinées d'hommes	—	4
— Échantillon de causerie française	—	32
— Le Refus	—	8
— Aventures administratives d'une idée heureuse.	—	12
— Les Martyrs ignorés.	—	88
— La Filandière	—	28
— Tony Sans-Soin	—	6
— Une Rue de Paris et son Habitant.	—	14

ESSAIS ANALYTIQUES :

— Étude de mœurs par les gants.	étude	6
— Complaintes satiriques sur les Mœurs du temps présent	variété.	12
— Nouvelle théorie du déjeuner.	—	6
— Physiologie de la toilette.	—	10
— Traité de la Vie élégante	—	50
— Ce qui n'est pas à la mode	—	4
— L'Amour.	—	6

		Nombre de pages.
— De la Nnémotechnie . . . . variété	4
— Des Signes particuliers appliqués à des Figures générales . . . . . . —	2
— Physiologie du cigare . . . . —	4
— Lettre à M. Charles Nodier . . . . —	14
— Théorie de la Démarche . . . . . —	46
— Traité des excitants modernes . . . —	22

PHYSIONOMIES ET ESQUISSES PARISIENNES :

— Code des gens honnêtes . . . . . . variété	112
— Petit Dictionnaire des enseignes de Paris . . . . —	74
— Visites . . . . —	14
— L'Épicier	6
— L'Oisif et le Travailleur . . . . . . —	4
— Madame Toutendieu . . . . —	4
— Études de philosophie morale sur les habitants du Jardin des Plantes. —	4
— Le Ministre . . . . —	4
— Une Vue du grand monde . . . . . —	4
— La Reconnaissance du gamin . . . . —	2
— La Grisette . . . . —	4
— La Cour des Messageries royales . . —	4
— Paris en 1831 . . . . —	4
— Le Dimanche . . . . —	4
— Longchamps . . . . —	4
— Le Provincial . . . . —	4
— Le Banquier . . . . —	4
— Le Claqueur . . . . —	4
— L'Épicier . . . . —	12
— Le Notaire . . . . —	12
— Monographie du rentier . . . . . . —	24
— Physiologie de l'employé . . . . . —	50
— Monographie de la Presse parisienne —	72
— Ce qui disparaît de Paris . . . . . —	8
— Histoire et physiologie des boulevards de Paris . . . . —	12

CROQUIS ET FANTAISIES :

— Un Homme malheureux . . . . . . variété	2
— Le Charlatan . . . . —	6
— De la Vie de château . . . . —	4
— Un Entr'acte . . . . —	2

		Nombre de pages.
— La Colique.	variété	4
— L'Opium.	—	4
— La Tour de *la Birette*	—	6
— Le Garçon de bureau	—	4
— Des Caricatures	—	2
— Les Litanies romantiques.	—	6
— Une Garde.	—	4
— Si j'étais riche.	—	6
— Entre-filets	—	4
— Une Vue de Touraine	—	4
— La Pièce nouvelle et le Début	—	4
— Une Charge de Dragons	—	5
— Un Commis-voyageur de la liberté..	—	4
— Un Importun.	—	4
— Inconvénients de la presse en matière de coquetterie	—	4
— D'un Pantalon de poil de chèvre et de l'Étoile de Sirius.	—	4
— Un déjeuner sous le Pont-Royal	—	4
— Ordre public.	—	4
— Physiologie de l'Adjoint	—	4
— Un Fait personnel.	—	2
— Le Sous-Préfet.	—	2
— Moralité d'une bouteille de Champagne	—	4
— La Fortune en 1831	—	4
— Grand Concert vocal et instrumental	—	2
— Les six Degrés du crime et les dix Degrés de la vertu.	—	4
— Départ d'une Diligence.	—	2
— Voilà mon homme	—	4
— Facéties cholériques.	—	2
— Voyage de Paris à Java	—	28
— Peines de cœur d'une chatte anglaise	—	16
— Guide-âne à l'usage des animaux qui veulent parvenir aux honneurs	—	16
— Voyage d'un Lion d'Afrique à Paris et ce qui s'ensuivit	—	16
— Les Amours de deux bêtes offertes en exemple aux jeunes gens.	—	28
— Une prédiction.	—	2
PORTRAITS ET CRITIQUE LITTÉRAIRE :		
— Molière	—	8

Nombre
de pages.

— La Fontaine . . . . variété 6
— Fragoletta . . . . — . . . 8
— Études critiques publiées dans le
    Feuilleton des journaux politiques   —   . . . 120
— Des Artistes . . . . — . . . 14
— Voyage pour l'éternité 4
— Le Bibliophile Jacob . . . . — . . . 4
— Mœurs aquatiques à propos d'un
    dessin de Grandville . . . . . . — . . . 2
— Des Mots à la mode . . . . — . . . 8
— De la Mode en littérature . . . . . variété . . . 8
— Gavarni . . . . — . . . 6
— Des Salons littéraires et des mots
    élogieux . . . .
— Études critiques publiées dans *la*
    Caricature . . . . étude 14
— Lettre aux écrivains français du
    XIXᵉ siècle . . . . variété . . . 20
— Brillat-Savarin . . . . — . . . 8
— Le Monde comme il est . . . . . . — . . . 4
— Études critiques publiées dans la
    Chronique de Paris . . . . . . — . . . 32
— Lettre à propos du *Curé de village* 6
— Procès de la Société des Gens de Let-
    tres contre le *Mémorial de Rouen* . — . . . 4
— Code littéraire . . . . — . . . 14
— Notes émises à Messieurs les Dé-
    putés composant la commission
    de la loi sur la propriété littéraire . — . . . 28
— La Chine et les Chinois . . . . `.` . — . . . 34
— Lettre à M. Hippolyte Castille, rédac-
    teur de *la Semaine* . . . . — . . . 10
— Préfaces et notes relatives aux pre-
    mières éditions . . . . — . . . 208

POLÉMIQUE JUDICIAIRE :

— Mémoire sur le procès de Peytel,
    notaire à Belley . . . . — . . . 40

ÉTUDES HISTORIQUES et POLITIQUES :

— Du Droit d'aînesse . . . . — . . . 14
— Histoire impartiale des Jésuites . . — . . . 84
— Lettres sur Paris . . . . — . . . 114

		Nombre de pages.
— Le Petit Mercier.	variété . . .	4
— Une Famille politique	— . . .	4
— Saint-Simonien et Saint-Simoniste. .	— . . .	4
— Un Député d'alors	— . . .	4
— Opinion de mon épicier	— . . .	2
— Une Semaine de la Chambre des Députés.	— . . .	6
— De l'Indifférence en matière politique.	— . . .	4
— Enquête sur la politique des deux Ministères.	— . . .	34
— Une Séance à l'hôtel Bullon.	— . . .	4
— Croquis	— . . .	2
— Conseil des ministres.	— . . .	2
— Don Pedro II	— . .	2
— Manière de faire une émeute . . .	— . .	4
— Un Conspirateur moderne	— . . .	4
— Rondo brillant et facile à l'usage des commençants en politique. . . .	— . . .	6
— Deux Rencontres en un an.	— . .	4
— Les Grands Acrobates	— . . .	6
— Exaltation des ministres et translation de leurs restes dans les caveaux du Panthéon.	— . . .	6
— Détails inédits sur la nomination d'un Préfet de police.	— . . .	6
— Le Départ	— . . .	6
— Une Journée du nez de M. d'Argout.	— . .	4
— Religion saint-simonienne	— . . .	4
— Procès du N° 63 de la Caricature. .	— . . .	2
— Le Philipotin.	— . . .	8
— Sur la Destruction projetée du monument élevé au duc de Berry. . .	— . . .	4
— Terme d'avril	— . . .	2
La Vie d'une femme	— . . .	6
— Sur la Situation du parti royaliste.	— . . .	20
— La France et l'étranger	— . . .	198
— Six Rois de France	— . . .	50
— Revue parisienne	— . . .	210
— Fragments inédits	— . . .	10
— Profession de foi politique	— . . .	3

OUVRAGE POSTHUME

| LES PETITS BOURGEOIS, 2 vol. . . . . . . | roman. . . . | 661 |

		Nombre de pages
ŒUVRES DE JEUNESSE		
JEAN-LOUIS . . . . roman.	. . .	284
L'ISRAÉLITE . . . . —	. . .	344
L'HÉRITIÈRE DE BIRAGUE . . . . —	. . .	266
LE CENTENAIRE . . . . —	. . .	290
LA DERNIÈRE FÉE . . . . —	. . .	272
LE VICAIRE DES ARDENNES . . . . . . —	. . .	360
ARGOW LE PIRATE. . . . . —	. . .	320
JANE LA PALE . . . . —	. . .	364
DON GIGADAS . . . . —	. . .	336
L'EXCOMMUNIÉ. . . . . —	. . .	327

BARON DE BARANTE

DE L'ACADÉMIE FRANÇAISE

SOUVENIRS (1782-1866). Tomes I à IV. 298

A. BARDOUX

		Nombre de pages
LA BOURGEOISIE FRANÇAISE (1789-1848). variété	442
LE COMTE DE MONTLOSIER ET LE GALLI-CANISME. . . . . —	391
LA COMTESSE PAULINE DE BEAUMONT . —	426
LES DERNIÈRES ANNÉES DE LA FAYETTE (1792-1834) . . . . —	430
ÉTUDES D'UN AUTRE TEMPS :	
— Correspondance de Thomas et de Ducis. . . . . —	10
— Correspondance de Mirabeau et de Chamfort . . . . —	26
— Rivarol . . . . —	11
— Andrieux . . . . —	17
— M. de Fos . . . . —	14
— Edgar Quinet . . . . —	18

		Nombre de pages.
— M. et Madame de Lamartine. . . . variété		24
— Le duc d'Aumale. . . . . —		24
— Causerie sur les livres. . . . . . . —		20
— Les amis morts : M. Thiers, E. La-boulaye, Ernest Picard, Charles de Rémusat, Dufaure, Allou . . . . . —		23
— A propos du Centenaire de 1789. . . —		44
— Notes d'un Bourgeois sur des ques-tions à l'ordre du jour (année 1882) —		64
LA JEUNESSE DE LA FAYETTE, 1757-1792. — Études sociales et politiques.		409
MADAME DE CUSTINE. . . . . —		431

MARCEL BARRIÈRE

L'ŒUVRE DE H. DE BALZAC. — Étude littéraire et philo-sophique	502

G. BARRILLON

UN DRAME EN AMÉRIQUE, 2 volumes :		
I. Les Peaux-Rouges . . . . roman. . . .		360
II. Les Frères de la nuit. . . . . . . —		348

MADAME DE BASSANVILLE

LES SECRETS D'UNE JEUNE FILLE. . . . nouvelle . . .		12
— Le Serpent d'or . . . . — . . .		70
— Le Mariage interrompu. . . . . . . — . . .		30
— Un Secret . . . . — . . .		34
— Tito le Napolitain		54
— Trop tard . . . . — . . .		66
— L'Habit ne fait pas le Moine . . . . — . . .		25

CH. BATAILLE ET E. RASETTI

UN DRAME AU VILLAGE, 2 volumes. . . roman	612

CHARLES BAUDELAIRE

— ŒUVRES COMPLÈTES —

		Nombre de pages.
LES FLEURS DU MAL	poésies	403
CURIOSITÉS ESTHÉTIQUES	variétés	436
L'ART ROMANTIQUE	—	440
PETITS POÈMES EN PROSE	fantaisies	455
— Les Paradis artificiels		280
— Le Fanfarlo	nouvelle	46
— Le Jeune Enchanteur	conte	37

TRADUCTIONS D'EDGARD POË

HISTOIRES EXTRAORDINAIRES :

— Edgar Poë, sa vie et ses œuvres	étude	30
— Double Assassinat dans la rue Morgue	nouvelle	60
— La Lettre volée	—	32
— Le Scarabée d'or	—	62
— Le Canard au balcon	—	22
— Aventure sans pareille d'un certain Hans Pfaal	—	78
— Manuscrit trouvé dans une bouteille	variété	20
— Une Descente dans le Maelstrom	—	30
— La Vérité sur le cas de M. Valdemar	nouvelle	16
— Révélation magnétique	—	18
— Les Souvenirs de M. Auguste Bedloe	—	18
— Morella	—	10
— Ligeia	—	25
— Metzengerstein	—	16
— Le Mystère de Marie Roget	—	82

NOUVELLES HISTOIRES EXTRAORDINAIRES :

— Le Chat noir	nouvelle	16
— William Wilson	—	34
— L'Homme des Foules	—	10
— Le Cœur révélateur	—	10
— Bérénice	—	16
— La Chute de la maison Usher	—	32
— Le Puits et le Pendule	—	28
— Hop-Frog	—	26

		Nombre de pages.
— La Barrique d'Amontillado	nouvelle	12
— Le Masque de la Mort rouge	—	10
— Le roi Peste	—	22
— Le Diable dans le beffroi	—	16
— Lionnerie	—	10
— Quatre bêtes en une	—	14
— Petite Discussion avec une momie	—	28
— Puissance de la parole	—	8
— Colloque entre Monos et Una	—	16
— Conversation d'Eiros avec Charmion	—	10
— Ombre	—	0
— Silence	—	6
— L'Ile de la Fée	—	10
— Le Portrait ovale	—	6
— Le Joueur d'échecs	—	44
— Eleonora	—	12
— Un Événement à Jérusalem	—	8
— L'Ange du bizarre	—	18
— Le Système du Docteur Goudron	—	32
— Le Domaine d'Arnheim	—	28
— Le Cottage Landor	—	

AVENTURES D'ARTHUR GORDON PYM :

— Aventures d'Arthur Gordon Pym	roman	295
— Extrait de la biographie d'Edgar Poë, par Rufus Griswold	étude	10
— Eurêka, ou essai sur l'univers matériel et spirituel	variété	78
— Philosophie de l'ameublement	—	12
— La Genèse d'un poème	—	28

MADAME DE BAWR

NOUVELLES :

— Louise	nouvelle	50
— Michel Perrin	—	30
— Une Réjouissance en 1770	—	48
— Rose et Thérèse	—	60
— Le Scholling	—	40
— Maria Rosa	—	60

RAOUL OU L'ÉNÉIDE | roman | 140 |

		Nombre de pages.
ROBERTINE. . . . . roman		316

LES SOIRÉES DES JEUNES PERSONNES :

— Le Défaut d'ordre . . . . nouvelle . . .		72
— La Romance de Nina.	— . . .	36
— Les Deux Orphelines.	—	53
— La Peureuse.	— . . .	17
— L'Insolente.	— . . .	95
— La Bonne Fée.	— . . .	14

P. DE BEAUSIRE-SEYSSEL

ERISMER :

— Erismer. . . . . nouvelle . . .		197
— Un Coup de massue	— . . .	46
— Mon Entrée dans le monde.	— . . .	23
— Une Destinée.	— . . .	29
— 800 francs de moins	— . . .	18

ROGER DE BEAUVOIR

— ŒUVRES COMPLÈTES —

AVENTURIÈRES ET COURTISANES :

— Mademoiselle Laguerre. . . . . . . nouvelle . . .		24
— Désirée R...	— . . .	22
— Lolla Montès.	— . .	4
— Malimond	— . . .	26
— Isabeau	— . . .	5
— Le Pavillon de Hanôvre	— . . .	5
— Olivette	— . . .	6
— L'Hôtel de la Guimard	— . . .	5
— Clotilde la Danseuse.	— . . .	7
— Histoire de la mode.	— . . .	68
— De la Comédie de société	— . . .	20
— Les Comtes de Saint-Germain. . . .	— . . .	23
— Les Confesseurs	— . . .	21
— Danse de corde et tragédie impériale	— . . .	6
— Anacharsis le Dandy.	— . . .	66
— Un Trait de Grandménil	— . . .	4

		Nombre de pages.
LE CABARET DES MORTS.	nouvelle	91
— La Laitière de Trianon.	—	142
— Un Pamphlet	—	31
— La Mal'aria	—	59
— Le Peloton de fil.	—	68
LE CHEVALIER DE CHARNY.	—	192
— Le Cygne	—	182
LE CHEVALIER DE SAINT-GEORGES.	roman	435
L'ÉCOLIER DE CLUNY.	—	268
HISTOIRES CAVALIÈRES :		
— Le Puits d'amour, chronique de 1220	nouvelle	59
— René le Tueur, conte gascon.	—	66
— La Chapelle ardente.	—	42
— Deux Misères	—	50
— La Femme de Cassandre	—	28
— David Dick.	—	28
— Un Caprice d'été.	—	36
— Une Chambre d'amie.	—	34
LA LESCOMBAT.	—	155
— Le Moulin d'Heilly.	—	42
— David Dyck	—	30
— Les Eaux des Pyrénées	—	20
— Mademoiselle de Sens	—	28
MADEMOISELLE DE CHOISY.	roman	312
LE MOULIN D'HEILLY.	nouvelle	42
— La Famille d'Arlequin	—	38
— Neuf heures.	—	52
— Alvise Emo	—	18
— Le Tueur de rats	—	22
— Bianca Pallini	—	10
— Les Cheveux du Marquis.	—	18
— Les Bonheurs et les Infortunes du peintre Ragotin	—	44
— Henry de Lérac	—	83
MYSTÈRES DE L'ILE SAINT-LOUIS, 2 vol.	roman	560
LES ŒUFS DE PAQUES	nouvelle	197
— La Chanson du roi.	—	72

		Nombre de pages.
LE PAUVRE DIABLE	nouvelle	38
— L'Infante	—	100
— Les Épreuves de Marat	—	48
— La Marquise de Flory	—	18
— Les Convulsionnaires	—	48
— La Fiole de Cagliostro	—	28
— Cavacaldu	—	38
LES SOIRÉES DU LIDO :		
— Masaccio	—	68
— La Bague du Marquis	—	66
— Léa Mariul	—	88
— Les singuliers Désespoirs de Tobias	—	48
LES TROIS ROHAN :		
— Marguerite de Rohan	—	96
— Madame de Soubise	—	160
— Madame de Guémécée	—	52

HENRI BÉCHADE

LA CHASSE EN ALGÉRIE	étude	280

MADAME BEECHER-STOWE

LA CASE DE L'ONCLE TOM, 2 vol.	roman	533
SOUVENIRS HEUREUX, voyage en Angleterre, en France et en Suisse. 3 vol.	voyage	910

LA PRINCESSE DE BELGIOJOSO

ASIE MINEURE ET SYRIE	voyage	424

MARQUIS DE BELLEVAL

LA DAME AU LOUP	roman	354
SOUVENIRS DE GUERRE	souv. et récits	341

ADOLPHE BELOT

Nombre
de pages.

LE DRAME DE LA RUE DE LA PAIX . . . roman   355

TH. BENTZON

ŒUVRES ORIGINALES

AMOUR PERDU :

  — Galatée . . . .   nouvelle . . .   131
  — Jacinte . . . .   —   . . .   128
  — Yvonne . . . .   —   . . .   62

UN CHATIMENT . . . .   roman   231

CONSTANCE . . . .   roman   344

UNE CONVERSION . . . .   nouvelle . . .   70

  — Exotique . . . .   roman   182
  — La dot de Katel . . . .   nouvelle . . .   111

ÉMANCIPÉE . . . .   roman   242

  — A la Sirène . . . .   nouvelle . . .   90

FIGURE ÉTRANGE . . . .   —   . . .   102

  — Un Gascon . . . .   roman   235

GEORGETTE . . . .   —   . . .   307

LA GRANDE SAULIÈRE . . . .   —   . . .   195

  — Ma tante Herminie . . . .   —   . . .   127

LE MARIAGE DE JACQUES . . . .   nouvelle . . .   180

  -- Un Accident . . . .   —   . . .   98
  — Le Plat de Taillac . . . .   —   . . .   117

LE MEURTRE DE BRUNO GALLI . . . . .   nouvelle . . .   144

  — Eva Brown . . . .   —   . . .   123

MISS JANE . . . .   roman   224

  — Pierre Cervin . . . .   nouvelle . . .   70

LES NOUVEAUX ROMANCIERS AMÉRICAINS   études   342

L'OBSTACLE . . . .   roman   279

		Nombre de pages
L IPARRAIN D'ANNETTE :		
— Le Parrain d'Annette	nouvelle	154
— Coup de Foudre	—	140
LA PETITE PERLE	roman	213
— Désirée Turpin	nouvelle	146
UN REMORDS.	roman	315
LE RETOUR.	—	343
LE ROMAN D'UN MUET	nouvelle	128
— Trop tard	—	38
— La Dame d'Alligny.	—	61
TENTÉE.	—	195
— Faëlle.	—	116
TÊTE FOLLE	roman	322
TONY	—	357
LE VEUVAGE D'ALINE	—	350
UNE VIE MANQUÉE.	—	346
LE VIOLON DE JOB.	nouvelle	86
— Sous le masque	—	144
— Sang-mêlé	—	50
— Armelle.	—	113
LA VOCATION DE LOUISE	—	127
— Nadelette	—	134

TRADUCTIONS

DEUX PETITS SABOTS, par Ouida.	nouvelle	147
— La Branche de lilas	—	80
— Une Feuille dans l'ouragan.	—	40
— Nello et Patrasche.	—	47
LITTÉRATURE ET MŒURS ÉTRANGÈRES, tome premier :		
— Les Harems d'Orient et d'Amérique.	étude.	58
— Les Sociétés communistes aux États-Unis.	—	54
— Un Roman politique en Allemagne .	—	43

		Nombre de pages.
— Middlemarch (*George Eliot*).....	étude....	42
— Daniel Deronda (*George Eliot*)...	— ...	47
— Le Voile soulevé (*George Eliot*)...	nouvelle...	70

LITTÉRATURE ET MŒURS ÉTRANGÈRES,
tome second :

— Humoristes américains........	étude.....	80
— Le Roman de la vie conjugale...	— ...	78
— La Poésie de l'avenir.......	— ...	30
— La Vie domestique en Allemagne..	— ...	47
— Romans italiens d'un auteur anglais	— ...	35
— L'Age doré en Amérique......	— ...	46
— Le Roman de sport.........	— ...	32

MADAME DELPHINE, par G. W. Cable..	nouvelle...	107
— La Campanule, par Miss Thackeray.	— ...	72
— Le chagrin de tante Marguerite, par F. E. Troloppe.........	— ...	122

MARJORIE DAW, *par Th. Bailey-Aldrich*	—	63
— Mademoiselle Olympe Zabriski...	— ...	24
— Prudence Palfrey.........	— ...	202
— Le Palmier-Dattes du père Antoine	— ...	44
— Tout à fait............	— ...	27

RÉCITS AMÉRICAINS :

— Jean Roquelin, par *George Cable*...	nouvelle...	35
— La Plantation des Belles-Demoiselles, par *George Cable*........	— ...	26
— Le Drame de Stillwater, par *T.-B. Aldrich*...........	récit.....	104
— Lettre à un ami, par *H.-C. Bunner*..	nouvelle...	17
— Choy-Suzanne, par *W.-H. Bishop*..	— ...	61

NOUVEAUX RÉCITS CALIFORNIENS, par
Bret-Harte :

— Épisode de la vie d'un Joueur...	nouvelle...	49
— La Rose de Tuolumne.......	— ...	52
— Le Fou de Five-Forks.......	— ...	40
— Wan-Li le païen.........	— ...	12
— Le Creux des Madronos......	— ...	48
— Carrie.............	— ...	90
— Le Tambour de Noël.......	— ...	46
— Une Pastorale du Monte Flat....	— ...	40
— La Légende de Monte del Diablo..	— ...	25

2.

Nombre
de pages.

NOUVEAUX RÉCITS GALICIENS, par Sacher-Masoch. :

— Sacher-Masoch, sa vie et ses œuvres   étude.   41
— La Justice des paysans. . . . . . .   nouvelle . . .   74
— Le Haydamak. . . . .   —   . . .   72
— La Hasara-Raba . . . .   —   . . .   104
— Le Mariage de Valérien Kochanski.   —   . . .   46

UN POÈTE DU GRAND MONDE, par Ha-
milton Aïdé. . . . .   roman   305

RÉCITS ANDALOUS, par Juan Valera :

— Pepita Ximénès . . . .   nouvelle . . .   118
— Les Illusions de don Faustino. . . .   —   . . .   103

RÉCITS CALIFORNIENS, par Bret-Harte :

— Mliss . . . .   —   . . .   52
— La Chance du camp rugissant. . . .   —   . . .   22
— Le Partenaire de Tennessee . . . .   —   . . .   20
— L'Idylle du Val-Rouge . . . .   —   . . .   20
— Une Nuit à Wingdam . . . .   —   . . .   14
— L'Enfant Prodigue de M. Thompson.   —   . . .   16
— Les Expulsés du Poker Flat . . . .   —   . . .   22
— Miggles . . . .   —   . . .   22
— Brown de Calaveras . . . .   —   . . .   22
— Le Niveau des hautes eaux . . . .   —   . . .   14
— John le Chinois . . . .   —   . . .   8
— L'Iliade de Sandy Bar . . . .   —   . . .   22
— La Princesse Bob et ses amis. . . .   —   . . .   24
— Les Ruines de San-Francisco. . . .   nouvelle . . .   6
— La Mission Dolorès. . . . .   —   . . .   6
— L'Œil droit du Commandant . . . .   —   . . .   16
— Santa Claus à Simpson Bar. . . .   —   . . .   26
— Boonder. . . . .   —   . . .   6
— D'une Fenêtre de derrière . . . . .   —   . . .   6
— Un Voyage solitaire . . . .   —   . . .   12
— L'Homme qui ne compte pas. . . .   —   . . .   10
— Les Maris de Madame Skaggs. . . .   —   . . .   59

RÉCITS DE TOUS LES PAYS, tome premier :

— Le Juge de Biala (Récit de mœurs
galiciennes), par K.-E. Franzos .   —   . . .   64
— Le Drapeau des Sept (Nouvelle zu-
richoise), par Gottfried Keller . .   —   . . .   70

		Nombre de pages.
— Baschinka (Scènes de la vie des Juifs polonais), par *L. Herzberg-Frankel*.	nouvelle . . .	38
— La Commission de pudeur (Récit de mœurs allemandes du temps de l'impératrice Marie-Thérèse), par *Sacher Masoch*.	— . . .	68
— Le Plat de noces, par *Ouida*. . . .	— . . .	2
— La Renommée, par *Ouida*	— . . .	32
— L'Histoire d'une mine, par *Bret Harte*.	— . . .	41

RÉCITS DE TOUS LES PAYS, tome second :

— Le Tricorne, par *Pedro de Alarcon*.	— . . .	111
— Ma Cousine Jane, par *Julia Kavanagh*	— . . .	28
— Le Sauveteur, par *A. Wilbrandt*. .	— . . .	68
— L'Hôtesse du Corbeau, par *F.-E. Trolloppe*	— . . .	46
— Reb Herschel (Scènes de la vie des Juifs polonais), par *Herzberg Frankel*.	— . . .	20
— Un Quêteur (Scènes de la vie des Juifs polonais), par *Herzberg Frankel*.	— . . .	23
— Les Aventures d'un pionnier, par *Bret Harte*	— . . .	47
LA REINE DE SABA, par *Bayley Aldrich*.	— . . .	186
— Le Maître d'école du Flat-Creek, par *Edward Eggleston*.	— . . .	96
— Le Prédicateur ambulant, par *Edward Eggleston*	— . . .	125

HECTOR BERLIOZ

A TRAVERS CHANTS	variétés. . . .	349
CORRESPONDANCE INÉDITE	lettres	335
LES GROTESQUES DE LA MUSIQUE	fantaisies . . .	306
LETTRES INTIMES	lettres	311
MÉMOIRES, 2 volumes	mémoires. . .	782
LES SOIRÉES DE L'ORCHESTRE.	fantaisies. . .	425

CHARLES DE BERNARD

— ŒUVRES COMPLÈTES —

			Nombre de pages.
LES AILES D'ICARE.	roman		366
UN BEAU-PÈRE, 2 volumes.	—		585
L'ÉCUEIL :			
— L'Innocence du forçat	nouvelle		70
— Le Gendre.	—		100
— Une Consultation	—		18
— La Cinquantaine.	—		134
— Le Paratonnerre.	—		59
LE GENTILHOMME CAMPAGNARD, 2 vol.	roman		701
GERFAUT.	—		410
UN HOMME SÉRIEUX	—		390
LE NŒUD GORDIEN :			
— La Femme de quarante ans	nouvelle		113
— Le Persécuteur	—		50
— Un Acte de vertu	—		76
— L'Anneau d'argent.	—		88
NOUVELLES ET MÉLANGES :			
— Le Veau d'or	nouvelle		95
— La Femme gardée.	—		64
— Jean Raoul, de Nîmes	étude.		13
— Lord Byron.	—		7
— M. de Latouche.	—		38
— Paul de Musset.	—		11
— George Sand.	—		10
— Madame Émile de Girardin.	—		15
— Madame la comtesse Merlin	—		13
— Madame Mélanie Waldor.	—		8
LE PARATONNERRE.	nouvelle		86
— La Peine du talion	—		73
— Les Pieds d'argile	—		130
LE PARAVENT :			
— La Rose jaune.	—		76
— L'Arbre de science.	—		78

		Nombre de pages.
— Le Vieillard amoureux. . . . . nouvelle . . .		85
— Une Aventure de magistrat. . . . . — . . .		59
LA PEAU DU LION. . . . . — . . .		181
— La Chasse aux amants. . . . . . . — . . .		177
POÉSIES ET THÉATRE :		
— Poésies . . . . poésies . . .		147
— Une Position délicate . . . . comédie . . .		86
— Madame de Valdaunaie . . . . — . . .		85

LÉON BERNARD-DEROSNE

SUR LE VIF :

— M. Charles Floquet. . . . . variété		9
— Le comte de Mun . . . . — . . .		8
— Jules Simon, journaliste . . . . . . — . . .		8
— M. Eugène Spuller . . . . — . . .		8
— M. Alexandre Ribot . . . . — . . .		10
— M. Challemel-Lacour. . . . . — . . .		8
— M. Casimir-Perier . . . . — . . .		6
— M. Adrien Hébrard. . . . . — . . .		9
— M. Buffet . . . . — . . .		7
— M. Ranc. . . . . — . . .		7
— Le même, candidat au Sénat . . . . — . . .		5
— Encore lui. — M. Goblet, candidat . — . . .		5
— Le duc d'Audiffret-Pasquier. . . . . — . . .		6
— M. le président Le Royer. . . . . . — . . .		8
— M. Henri Brisson . . . . — . . .		7
— M. Tirard . . . . — . . .		7
— M. Tolain . . . . — . . .		5
— M. Jules Ferry. . . . . — . . .		6
— Emmanuel Arago. . . . . - . . .		4
— Henry Fouquier . . . . — . . .		7
— Quatre Présidents républicains :		
M. Jules Grévy. . . . . — . . .		4
M. Gambetta. . . . . — . . .		4
M. Brisson. . . . . — . . .		2
M. Floquet . . . . — . . .		2
— Déménagement. . . . . — . . .		6
— Le Mépris de la politique. . . . . . — . . .		4

		Nombre de pages.
— Un Budget devant la Chambre . . . variété		4
— Un Sage. (Notes intimes à propos d'une récente cérémonie littéraire) — . . .		10
— Le P. Didon (Jésus-Christ). . . . . . — . . .		11
— M. Le Conte de Lisle. . . . . — . . .		13
— Réception du même à l'Académie. . — . . .		9
— Un homme de lettres d'il y a cinquante ans. . . . . — . . .		10
— Stendhal. . . . . — . . .		9
— M. Zola et *la Débâcle*. . . . . — . . .		11
— Émile Augier. . . . . — . . .		8
— Théodore de Banville. . . . . — . . .		4
— J.-J. Weiss. . . . . — . . .		8
— Auguste Vitu. . . . . — . . .		5
— Saint-Simon. . . . . — . . .		9
— Mᵉ Lenté. . . . . — . . .		9
— M. le bâtonnier, Mᵉ du Buit. . . . . — . . .		8

TYPES ET TRAVERS :

— La Liberté d'esprit . . . . variété		12
— Le Pseudonyme. . . . . — . . .		12
— Le Métier de journaliste. . . . . . . — . . .		12
— La Rectitude en politique . . . . . . — . . .		14
— Un Petit Moyen de parvenir . . . . . — . . .		12
— De certains hommes considérables. . — . . .		14
— L'Ambitieux . . . . — . . .		12
— L'Avenir de la politesse française. . . — . . .		12
— L'Aplomb . . . . — . . .		14
— L'Homme qui cause. . . . . — . . .		14
— L'Amabilité. . . . . — . . .		14
— La Familiarité . . . . — . . .		12
— L'Homme distrait. . . . . — . . .		12
— Le Galant Homme . . . . — . . .		12
— Les Mariages vils. . . . . — . . .		14
— L'Infâme Séducteur. . . . . — . . .		14
— Chagrins d'amour. . . . . — . . .		16
— Le Jardin. . . . . — . . .		16
— La Chasse . . . . — . . .		14
— Variétés de chasseurs : Le fastueux . — . . .		3
— — L'innocent . . — . . .		2
— — Le folâtre . . — . . .		2
— — L'Indifférent . — . . .		2

		Nombre de pages.
— Variétés de chasseurs : Le mélancolique. . . .	variété . . .	2
— — L'enragé. . .	— . . .	3
— Le Juif moderne (à propos de l'Ecclésiaste, traduit par Ernest Renan). .	... . . .	1
— Le Poltron.	... . . .	14
— Le Métier militaire (à propos de l'Abbé Constantin, par Ludovic Halévy). .	— . . .	18

JULIEN BERR DE TURIQUE

LES DEMOISELLES :

— Les Demoiselles	nouvelle . . .	52
— Comme il m'aime!.	— . . .	35
— Antoine Langeot	— . . .	47
— Le Sultan Mahmoud	— . . .	17
— Les Flèches d'or	— . . .	46
— Rosilda.	— . . .	19
— Les Boucles	— . . .	48
— Claude Baton.	— . . .	43
— Il faut qu'une robe soit ouverte ou fermée	saynète . . .	20
UN HOMME AIMÉ	roman	307

JACQUES ET JACQUELINE :

— Jacques et Jacqueline.	nouvelle . . .	33
— Les bonnes idées du père Tourel . .	— . . .	20
— Un Cil	— . . .	32
— Le Foulard rose	— . . .	18
— La Collaboration	— . . .	16
— Le Passeur.	— . . .	18
— Un Pari	— . . .	20
— Le Dernier Cigare.	— . . .	16
— La Voiture.	— . . .	14
— Un Duel à la frontière	— . . .	16
— Paulette	— . . .	16
— Une Vie manquée	— . . .	42
— Une Mère.	— . . .	16
— Feu Madame de Salycis.	— . . .	30
— La veille d'un grand jour.	— . . .	30
MATHILDE LAROCHE.	roman	323

		Nombre de pages.
LE MEUBLE FLORENTIN		
— Le Meuble florentin	nouvelle	63
— L'Influence de la Sauce tartare	—	18
— Une Voleuse	—	18
— Carlus Linès	—	38
— Assortis	—	18
— La Meilleure Déclaration	—	48
— Une Chaise cassée	—	18
— Les Coups de tête de tante Rose		20
— Le Brillant	—	12
— Un Amour à la campagne	—	44
— Le Bal du 23 (La veille. — Le lendemain.)	—	23

ERNEST BERTIN

		Nombre de pages.
ÉTUDES SUR LA SOCIÉTÉ FRANÇAISE :		
— Le Marquis de Grignan	variété	34
— Œuvres complètes de La Rochefoucauld	—	26
— Mémoires de Saint-Simon (notes et appendices)	—	22
— Racine	—	21
— Portraits historiques	—	17
— La Vie intime de Voltaire, aux Délices et à Ferney	—	40
— Le Public et les Hommes de lettres en Angleterre au XVIIIᵉ siècle	—	21
— Une Grande Dame au XVIIIᵉ siècle	—	20
— La Femme française dans les temps modernes	—	18
— Louis XVII, son enfance, sa prison et sa mort	—	24
— Louis XVII. Les faux Dauphins	—	23
— Louis XVII s'est-il évadé du Temple ?	—	21
— Soixante ans de souvenirs	—	40
— Journal d'un solitaire	—	13

JOSEPH BERTRAND

DE L'ACADÉMIE FRANÇAISE

Nombre
de pages.

BLAISE PASCAL. — Étude littéraire 399

MISS M. BETHAM EDWARDS

LA FORTUNE DE KITTY. . . . . roman 309

E. BEULÉ

AUGUSTE, SA FAMILLE ET SES AMIS . . étude historiq. 358
LE DRAME DU VÉSUVE. . . . . — . 366
LE SANG DE GERMANICUS. . . . . . . étude historiq. 400
TIBÈRE ET L'HÉRITAGE D'AUGUSTE. . . — . 355
TITUS ET SA DYNASTIE. . . . . — . 325

ARMAND BEYRA

L'HONNEUR ET LE SANG . . . . roman. 325
MADEMOISELLE PROVIDENCE. . . . . . roman 291

ALBERT BIZOUARD

LE CRIME DE LA RUE CHANOINESSE. . . roman 356

WILLIAM BLACK

LA PRINCESSE DE THULÉ . . . . roman 367

ÉDOUARD BLANC

Nombre
de pages.

CHASSES A L'IMPOSSIBLE :

— Le Tapis de Salomon. . . . . nouvelle . . . 181
— La Bitarde. . . . . récit nivernais 108
— Le Bleu. . . . . fantaisie . . . 67

H. BLAZE DE BURY

ALEXANDRE DUMAS. SA VIE, SON TEMPS,
SON ŒUVRE . . . . biographie . . 342

DAMES DE LA RENAISSANCE :

— Laure de Noves et Pétrarque. . . . . variété 71
— Lucrèce Borgia. . . . . — 40
— La Fornarina et Raphaël. . . . . . . — 36
— Vittoria Colonna et Michel-Ange. . — 52
— Blanca Capello . . . . — 106

ÉPISODE DE L'HISTOIRE DU HANOVRE . étude historique. 381

SOUVENIRS ET RÉCITS DES CAMPAGNES
D'AUTRICHE :

— Guerre d'Italie. . . . . étude historique. 141
— Venise et Vérone. . . . . — — 178
— La Guerre de Hongrie . . . . — — 103

PAUL BOCAGE

LES PURITAINS DE PARIS. . . . . roman 1068

CAMILLE BODIN

ANAIS. . . . . roman 278
LA COUR D'ASSISES. . . . . — . . . 312
LE DAMNÉ. . . . . — . . . 288
LE MARQUIS ROGER. . . . . — . . . 279
MÉMOIRES D'UN CONFESSEUR. . . . . . — 265
LE MONSTRE. . . . . — 265

ALFRED DE BRÉHAT

— ŒUVRES COMPLÈTES —

		Nombre de pages.
L'AMOUR AU NOUVEAU MONDE	roman	204
LES AMOUREUX DE VINGT ANS.	—	290
LES AMOURS DU BEAU GUSTAVE.	—	235
LES AMOURS D'UNE NOBLE DAME.	—	248
L'AUBERGE DU SOLEIL D'OR	—	278
— Série : 1° L'Auberge du Soleil d'or. — 2° Une Femme étrange. — 3° La Sorcière noire.		
LE BAL DE L'OPÉRA	nouvelle	124
— Clara	—	68
— Suzanne Daunon.	—	88
LA BELLE DUCHESSE.	roman	164
— Le Half-Cast.	nouvelle	97
BRAS D'ACIER	roman	313
LA CABANE DU SABOTIER	nouvelle	86
— Henri de Bergzal (Caveau de Furberg).	—	88
— Les Ravageurs de Plounéal	—	90
LES CHASSEURS D'HOMMES.	roman	300
LES CHASSEURS DE TIGRES, voir les CHAUFFEURS INDIENS .	—	220
— Le Fantôme.	nouvelle	70
LE CHATEAU DE KERMARIA	roman	172
— Erouan Loctudy, ou le Patout-Nouvelle de Plouhannec.	nouvelle	80
LE CHATEAU DE VILLEBON.	roman	260
LES CHAUFFEURS INDIENS.	—	204
— Série : 1° Les Chauffeurs indiens.— 2° Les Chasseurs de tigres.		
LES CHEMINS DE LA VIE.	roman	315
— Série : 1° Les Chemins de la vie.— 2° Deux Amis.		

		Nombre de pages.
LE COUSIN AUX MILLIONS, voir LA VENGEANCE D'UN MULATRE	roman	254
DEUX AMIS, voir LES CHEMINS DE LA VIE.	—	302
UN DRAME A CALCUTTA	—	269
UN DRAME A TROUVILLE	—	345
UNE FEMME ÉTRANGE, voir L'AUBERGE DU SOLEIL D'OR	—	263
HISTOIRES D'AMOUR :		
— Carmen et Juanito	nouvelle	85
— La Belle Dolorès	—	98
— Le Saltéador de San-Francisco	—	50
L'HOTEL DU DRAGON	roman	208
— Fragment d'un voyage dans l'Inde	variété	50
— Visite chez Charles Dickens	—	13
— Visite chez miss Braddon	—	8
— Les Gens qui posent	—	12
LES MAITRESSES DU DIABLE :		
— Carmencita	nouvelle	140
— La Partie de quilles	—	67
— Mon Gendre l'officier	—	100
LE MARI DE MADAME CAZOT	roman	223
— La Fontaine du Pallah	nouvelle	85
— La Pêche au bas de l'eau	variété	6
LES ORPHELINS DE TRÉGUEREC	nouvelle	154
— Une Main d'enfant	—	100
LE ROMAN DE DEUX JEUNES FEMMES	roman	300
— Série : 1° Le Roman de deux jeunes femmes. — 2° Le Testament de la Comtesse.		
SCÈNES DE LA VIE CONTEMPORAINE :		
— Ellen	nouvelle	57
— La Pennère de Trelevern	—	70
— Johannes Klauss	—	35
— Léopold de Kernys	—	60
— Le Secret de Frontz	—	60

		Nombre de pages.
LA SORCIÈRE NOIRE, voir L'AUBERGE DU SOLEIL D'OR	roman	272
SOUVENIRS DE L'INDE ANGLAISE :		
— Calcutta	variété	145
— L'Inde et les cipayes	—	30
— La Lance d'honneur	—	46
— Deux chasses aux Indes	—	40
— La Pêche des requins	—	8
— Fabrication des cachemires	—	6
— L'Habitation Koudouvley	—	58
LE TESTAMENT DE LA COMTESSE, voir LE ROMAN DE DEUX JEUNES FEMMES . . .	roman	242
LES VACANCES D'UN PROFESSEUR . . .	nouvelle . . .	75
— Ce qu'il y a dans un bouquet . . .	— . . .	88
— Les Revenants bretons	opéra e.1 acte.	68
— Bade et les bords du Rhin	variété	26
— Madame de Montmorency	—	17
— L'Armée russe	—	20
LA VENGEANCE D'UN MULATRE	roman	216
— Série : 1° La Vengeance d'un mulâtre. — 2° Le Cousin aux millions.		

BRET-HARTE

TRADUCTION LOUIS DESPREAUX

CROQUIS AMÉRICAINS :		
— Thankful Blossom	nouvelle . . .	139
— Le Solliciteur de Washington	— . . .	34
— Melon	— . . .	20
— Une Nuit en wagon-lit	— . . .	18
— L'Homme de Solano	— . . .	20
— Notes d'un Homme matineux	— . . .	18
— Mon ami le vagabond	— . . .	26
FLIP	nouvelle . . .	119
— Le Gentilhomme de la porte	— . . .	32
— La Trouvaille de Blaizing-Star . . .	— . . .	90
— L'Homme de la plage	— . . .	77

L. BRETHOUS-LAFARGUE

Nombre de pages.

LE DOCTEUR TAUPIN :

— Le Docteur Taupin	nouvelle. . . .	83
— Le Cocher Planteau	— . . .	25
— La Ville morte	— . . .	42
— L'Extrême-Onction	— . . .	22
— Ma Fiancée.	— . . .	56
— L'Aïssaoua	— . . .	20
— Le Sauveteur.	— . . .	15
— Amour d'Enfant	— . . .	58
— L'Ame des humbles	— . . .	25

FABIENNE :

— Fabienne.	nouvelle . . .	235
— Ils sont là!	— . . .	36

LA MAITRESSE DU NÉGRIER :

— La Maitresse du Négrier.	nouvelle . . .	131
— Nos Rêves	— . . .	182

L. DE LA BRIÈRE

AU CERCLE . . . . variétés.

— L'Union.	— . . .	50
— Le Jockey-club	— . . .	64
— Le Cercle agricole.	— . . .	44
— Le Cercle des Champs-Élysées. . .	— . . .	44
— L'Union artistique.	— . . .	45
— Le Cercle Saint-Simon	— . . .	43
— Londres.	— . . .	25
— Madrid	— . . .	21
— Rome.	— . . .	20
— Berlin.	— . . .	14
— Bruxelles	— . . .	13
— Saint-Pétersbourg	— . . .	14
— Vienne	— . . .	39
— Pesth	— . . .	17
— Nice.	— . . .	20
— Cannes	— . . .	9

FEU LE DUC DE BROGLIE

Nombre
de pages.

LE LIBRE-ÉCHANGE ET L'IMPOT . . . . étude. 426

SOUVENIRS, 1785-1870, 4 volumes. 1735

VUES SUR LE GOUVERNEMENT DE LA
FRANCE . . . . — 367

DUC DE BROGLIE

DE L'ACADÉMIE FRANÇAISE

LE CONCORDAT . . . . étude. 208
LA DIPLOMATIE ET LE DROIT NOUVEAU étude. 271
FRÉDÉRIC II ET MARIE-THÉRÈSE, d'a-
près des documents nouveaux, 1740-
1742 . . . . étude hist. . 766
HISTOIRE ET DIPLOMATIE . . . . études histor. 460
MARIE-THÉRÈSE, IMPÉRATRICE. . . . . . — 835
MAURICE DE SAXE ET LE MARQUIS
D'ARGENSON . . . . 2 vol. 850
QUESTIONS DE RELIGION ET D'HISTOIRE.
2 volumes . . . . étude. 843
LE SECRET DU ROI, 2 volumes. . . . . étude hist. . . 1070

RHODA BROUGHTON

ADIEU, LES AMOUREUX ! . . . . roman 370
L'AMOUR ESCLAVE ET MAITRE. . . . . . roman. . . . 376
BELINDA . . . . — 381
FOLLEMENT ET PASSIONNÉMENT . . . . — 395
FRAICHE COMME UNE ROSE. . . . . . . — 400
JOANNA . . . . — 399
LE ROMAN DE GILLIANE . . . . — 330

FERDINAND BRUNETIÈRE

Nombre de pages.

LES ÉPOQUES DU THÉATRE FRANÇAIS (1836-1850) . . . . conférences. . 373

ESSAIS SUR LA LITTÉRATURE CONTEMPORAINE :

— La Critique impressionniste. . . . . variétés . . . 31
— Alfred de Vigny . . . . — . . . 26
— La Philosophie de Schopenhauer et les conséquences du pessimisme. . — . . . 24
— M. Sully-Prudhomme. . . . . — . . . 26
— Alexandre Vinet . . . . — . . . 26
— Le Symbolisme contemporain. . . . — . . . 24
— Critique et Roman . . . . — . . . 24
— Le Roman de l'avenir. . . . . — . . . 26
— Les « Artistes littéraires ». . . . . . — . . . 24
— Le Naturalisme au théâtre . . . . . — . . . 22
— La Réforme du théâtre. . . . . . . — . . . 32
— Apologie pour la rhétorique. . . . . — . . . 24
— L'organisation de l'enseignement secondaire français. . . . . — . . . 25
— Sur la « littérature ». . . . . — . . . 20

HISTOIRE ET LITTÉRATURE, tome premier :

— Madame de La Vallière . . . . variétés . . . 31
— Théorie du lieu commun . . . . . . — . . . 24
— Les Chansons historiques du xviiie siècle — . . . 24
— Lieu commun sur l'invention . . . . — . . . 24
— L'Enseignement primaire avant 1789. — . . . 26
— La Critique d'art au xviie siècle . . . — . . . 26
— L'Impératrice Marie-Thérèse et Mme de Pompadour. . . . . — . . . 26
— La Casuistique dans le roman. . . . — . . . 24
— Les Philosophes et la Révolution française. . . . . — . . . 30
— Le Personnage sympathique dans la littérature . . . . — . . . 22
— Le Paysan sous l'ancien régime . . . — . . . 51
— Le Mal du siècle. . . . . — . . . 24
— Un Manuel allemand de géographie . — . . . 24
— La Déformation de la langue par l'argot — . . . 24

		Nombre de pages.
HISTOIRE ET LITTÉRATURE, tome second :		
— La Tragédie de Racine . . . . variétés . . .		24
— Une Figure de conventionnel . . . . — . . .		26
— Les Commencements d'un grand poète — . . .		22
— Trois Moliéristes . . . . — . . .		28
— Le Manifeste de Brunswick. . . . . — . . .		26
— Flaubert et George Sand . . . . . . — . . .		42
— Fénelon à Cambrai . . . . — . . .		26
— Une Histoire de l'émigration . . . . — . . .		32
— Les Parnassiens. . . . . — . . .		28
— La Question de Gil Blas. . . . . . . — . . .		36
— Rivarol. . . . . — . . .		28
— Les Romans de Pierre Loti . . . . . — . . .		26
— Une Apologie de la casuistique . . . — . . .		28
— Le Génie dans l'art . . . . — . . .		20
— Les Petits Faturalistes . . . . — . . .		22
NOUVELLES QUESTIONS DE CRITIQUE :		
— La Poésie française au moyen âge. . variétés . . .		26
— La Fureur de l'Inédit . . . . — . . .		28
— Les Éditions originales . . . . — . . .		35
— Le Dictionnaire historique de l'Aca-		
démie et l'Histoire littéraire de la		
France . . . . — . . .		24
— Sur l'éloquence judiciaire. . . . . . — . . .		23
— Buffon. . . . . — . . .		26
— Le Mouvement littéraire au XIXᵉ siècle — . . .		104
— Les Métaphores de Victor Hugo. . . — . . .		25
— Une Définition de mots. . . . . . . — . . .		25
— Symbolistes et Décadents. . . . . . — . . .		26
— A propos du Disciple. . . . . — . . .		26
— Question de morale. . . . . — . . .		30
QUESTIONS DE CRITIQUE :		
— Sur un buste de Rabelais. . . . . . variété		22
— L'Influence des femmes dans la litté-		
rature française . . . . — . . .		39
— Madame de Maintenon. . . . . . . — . . .		23
— Montesquieu. . . . . — . . .		26
— Sur Napoléon . . . . — . . .		25
— La Philosophie de Schopenhauer . . — . . .		26
— Le Code civil et le Théâtre . . . . . — . . .		23
— Théophile Gautier . . . . —		12

3.

		Nombre de pages.
— La Littérature personnelle. . . . . . variété		42
— Charles Baudelaire . . . . —		21
— M. Caro . . . . —		22
— La Critique scientifique. . . . . . . —		28
LE ROMAN NATURALISTE. . . . . étude litt. . .		370

CHARLES BUET

LA PRINCESSE GISÈLE . . . . roman	304

E.-L. BULWER

LA FAMILLE CAXTON, 2 vol. . . . . . roman	602
LE JOUR ET LA NUIT. 2 vol . . . . . . —	603

FRANCIS BURNETT

TRADUCTION DE MADEMOISELLE DU PARQUET

UNE NIÈCE D'AMÉRIQUE :		
— Une Nièce d'Amérique, par *Francis Burnett*. . . . . nouvelle . . .		257
— Le Flacon, par ***. . . . . — . . .		36
— Mon pauvre Robert, par *Rhoda Broughton* . . . . — . . .		50
— Aurore, par *Cary O'Brien* . . . . . — . . .		41
— Défiguré! par *Cary O'Brien*. . . . — . . .		22

G. W. CABLE

MADAME DELPHINE. . . . . nouvelle. .	10

ÉDOUARD CADOL

DEUX ET DEUX FONT QUATRE . . . . . nouvelle . . .	14
LES VIRTUOSES DU PAVÉ DE PARIS . . — . . .	12

		Nombre de pages.
UNE VISITE A NOHANT	variétés . . .	15
LES INUTILES	roman	239
— La Montre	nouvelle . . .	75
— Le Chien du douanier	— . . .	16
— Les Médiocrités vieillies	— . . .	13
LA PRIMA DONNA	— . . .	141
— Le Père Raymond	— . . .	160
LA PRINCESSE ALDÉE	— . . .	98
— Marianne	— . . .	110
— Georges Pairier	— . . .	101

PAUL GAILLARD

CHASSES EN FRANCE ET EN ANGLE-
TERRE :

— Confidences d'un solitaire	nouvelle . . .	26
— Le Lièvre de la mère Ciseau	— . . .	6
— Les Mémoires d'un chien volé . . .	— . . .	14
— L'Histoire d'un perdreau racontée par un merle	— . . .	26
— Hallali d'un renard en wagon de 1re classe	— . . .	2
— Tom Forester et ses deux chiens . .	— . . .	6
— Quelques jours au cottage de lord H***	— . . .	38
— Une Chasse aux chats-tigres	— . . .	6
— Quelques détails sur la construction de Chambord	— . . .	8
— Mémoires d'Agriculturist, cheval de chasse, transmis par son compagnon d'écurie Punch, bull-terrier	— . . .	30
— Les Chasses en Bretagne	— . . .	10
— Gendarme, le chien voleur	— . . .	12
— Souvenirs de l'équateur (chasse aux oiseaux-mouches dans le nouveau monde)	— . . .	32
— Le match de madame Payne	— . . .	4
— Une Battue de singes	— . . .	6

		Nombre de pages.
— Chantome le braconnier	nouvelle . . .	20
— De la nécessité d'avoir un bon cheval de chasse quand on est récemment marié	— . . .	6
— Un sport en baquet	— . . .	
— Le Curé de T... et sa meute . . .	— . . .	4
— Les Chasses de cerfs et les deerhounds en Écosse	— . . .	30
— Une Histoire du gaillard d'avant . .	— . . .	12
— La Pie de maître André (épisode historique de la chouannerie). . .	— . . .	13

MADAME CALMON

A COTÉ DU DEVOIR.	—	. . .	243
— La Preuve.	—	. . .	53
CŒURS DROITS :			
— L'Inconnue	nouvelle . . .		109
— Cécile.	—	. . .	70
— Expiation	—	. . .	182
NOUVELLES PENSÉES.	pensées. . . .		236

ROBERT CALMON

TROIS SEMAINES A MOSCOU. Mai-Juin 1883, variétés . .	150

PRINCESSE O. CANTACUZÈNE ALTIERI

DERNIÈRES ILLUSIONS	—	. . . .	318
UNE EXALTÉE	roman		253
FLEUR DE NEIGE.	—	. . . .	298
IRÈNE	—	. . . .	319
LE MENSONGE DE SABINE.	—	. . . .	307
POVERINA	—	. . . .	342

ÉMILIE CARLEN

TRADUCTION DE MADEMOISELLE SOUVESTRE

		Nombre de pages.
DEUX JEUNES FEMMES OU UN AN DE MARIAGE.	roman . . .	274

CARLE DES PERRIÈRES

PARIS AU CLUB	variétés. . . .	302
PARIS QUI JOUE ET PARIS QUI TRICHE.	variétés . . .	326

CARMEN SYLVA

REINE DE ROUMANIE

PENSÉES D'UNE REINE	pensées . . .	150
QUI FRAPPE?		
— Carmen Sylva, par *Pierre Loti* . . .	nouvelle . . .	36
— Qui frappe?	— . . .	111
— Pablo Domenech (Récit de mœurs militaires).	— . . .	26
— Une belle-mère.	— . . .	74
— Dragomira.	— . . .	12
— Mosch et Baba (Traduction de *Pierre Loti*)	— . . .	10
— Mihu le Vaillant (Traduit du roumain par *Pierre Loti*)	— . . .	10
— Mioritza	— . . .	6
— Oprisan	— . . .	10
— Salga	— . . .	5

MADAME E. CARO

AMOUR DE JEUNE FILLE	roman	353
COMPLICE !...		
— Complice !...	nouvelle . . .	80
— Un Malentendu.	— . . .	17

		Nombre de pages.
— Entre Époux . . . . nouvelle . . .		10
— Mécomptes. . . . . — . . .		42
— La Veillée du Garde . . . . — . . .		14
— Le Cocher de la Marquise . . . . . — . . .		22
— Monsieur Troubadin . . . . — . . .		08
FRUITS AMERS . . . . roman		340
FLAMEN. . . . . —		256
HISTOIRE DE SOUCI. . . . . —		255
NOUVELLES AMOURS D'HERMAN ET DO- ROTHÉE, épisode de la guerre de 1870. —		186
— Propos d'un franc-tireur, épisode du siège de Paris. . . . . —		64
LE PÉCHÉ DE MADELEINE. . . . . . . —		280

ÉMILE CARREY

L'AMAZONE :		
— Huit jours sous l'équateur. . . . . voyage. . . .		252
— Les Métis de la Savane. . . . . . — . . .		327
— Les Révoltés du Para. . . . . . . — . . .		337
RÉCITS DE KABYLIE. . . . . récits milit. .		324

CARY O'BRIEN

AURORE. . . . . nouvelle . . .		41
DÉFIGURÉ ! . . . . — . . .		22

COMTESSE CASTELLANA ACQUAVIVA

MADEMOISELLE DE ROQUEMAURE. . . . roman		304
LE MARIAGE DE LADY CONSTANCE. . . roman		317
— Le Rêve de Gabrielle . . . . nouvelle . . .		115
LE SECRET DE MAROUSSIA. . . . . . . —		3 7

COMTE DE CASTELLANE

Nombre
de pages.

MADGY, souvenirs de l'armée anglaise
en Crimée. . . . . roman 340
SOUVENIRS DE LA VIE MILITAIRE EN
AFRIQUE. . . . . récits milit. . 487

MARQUIS DE CASTELLANE

DESTRUCTION! . . . . roman 305
LARMES D'AMANTE. . . . . — 274
MADAME BÉGUIN. . . . . — 305

CÉLESTE DE CHABRILLAN

UN AMOUR TERRIBLE . . . . roman 321
UN DEUIL AU BOUT DU MONDE, voir MÉ-
MOIRES DE CÉLESTE MOGADOR . . . . . mémoires . . 254
LES DEUX SŒURS . . . . roman 304
UN DRAME SUR LE TAGE. . . . . — 304
LA DUCHESSE DE MERS . . . . — . . . 287
EST-IL FOU ? . . . . — . . . 274
LES FORÇATS DE L'AMOUR. . . . . . . — . . . 279
MARIE BAUDE . . . . — . . . 320
UNE MÉCHANTE FEMME. . . . . roman . . . 280
MÉMOIRES DE CÉLESTE MOGADOR, 2 vol. mémoires . . . 527
Série : 1° MÉMOIRES DE CÉLESTE MOGADOR. — 2° UN DEUIL
AU BOUT DU MONDE.
LES VOLEURS D'OR. . . . . roman 340

PAUL DU CHAILLU

Nombre
de pages.

L'AFRIQUE ÉQUATORIALE, ouvr. illustré. voyages. . . . 520
L'AFRIQUE OCCIDENTALE,   —   —   . . . 306
L'AFRIQUE SAUVAGE,   —   —   . . . 406
UN HIVER EN LAPONIE, ouvrage illustré. —   512
LE PAYS DU SOLEIL DE MINUIT, ou-
vrage illustré. . . . . voyage. . . . 400

CHARLEY

MES NUITS BLANCHES :
 — Les Barres fixes. . . . . nouvelle . . . 110
 — Le Regard de plomb. . . . .   —   . . . 52
 — La Strada del pozzo . . . .   —   . . . 64
 — Le Glas . . . .   —   . . . 22
 — La Bombe. . . . .   —   . . . 57

GABRIEL CHARMES

UNE AMBASSADE AU MAROC . . . . . . variétés. . . . 343
L'AVENIR DE LA TURQUIE . . . . . . étude polit. . 317
L'ÉGYPTE, archéologie, histoire, littéra-
ture . . . . études 393
LA RÉFORME DE LA MARINE. . . . . . étude polit. . 318
LES STATIONS D'HIVER DE LA MÉDITER-
RANÉE. . . . . voyage. . . . 318
LA TUNISIE ET LA TRIPOLITAINE. . . voyages . . . 443
VOYAGE EN PALESTINE . . . .   —   . . . 327
VOYAGE EN SYRIE. . . . . impressions et souvenirs . . . 327

PHILARÈTE CHASLES

Nombre de pages.

SOUVENIRS D'UN MÉDECIN :
— Le vieux Médecin. . . . . roman 287
— Le jeune Médecin. . . . . — 290
— Le Médecin des pauvres. . . . . . . -- 250

ÉMILE CHEVALIER

LA CAPITAINE. . . . . roman 288
LE CHASSEUR NOIR . . . . — 250
LES DERNIERS IROQUOIS . . . . — . . . 306
LA FILLE DES INDIENS ROUGES . . . . — 216
LA FILLE DU PIRATE. . . . . — . . . 290
LE GIBET. . . . . — . . . 306
LA HURONNE. . . . . — . . . 356
L'ILE DE SABLE . . . . — . . . 304
LES NEZ-PERCÉS. . . . . — . . . 317
PEAUX-ROUGES ET PEAUX-BLANCHES. . — 307
LES PIEDS-NOIRS. . . . . — 326
POIGNET D'ACIER. . . . . — . . . 276
LA TÊTE-PLATE . . . . . — 320

LÉO CLARETIE

FEUILLES DE ROUTE EN TUNISIE. . . . . voyages. . . 280

MADAME CLÉSINGER-SAND

CARL ROBERT. . . . . roman 342

Mme LOUISE COLET

LUI . . . . roman 490
QUARANTE-CINQ LETTRES DE BÉRANGER. lettres 92

HENRI CONSCIENCE

— ŒUVRES COMPLÈTES —

		Nombre de pages.
UNE AFFAIRE EMBROUILLÉE. . . . . . roman		700
— Une dette de cœur. . . . . nouvelle . . .		82
L'ANNÉE DES MERVEILLES . . . . . . roman		240
— L'Ongle crochu. . . . . nouvelle . . .		45
ARGENT ET NOBLESSE . . . . roman		344
AURÉLIEN, 2 volumes. . . . . —		627
L'AVARE. . . . . —		232
BATAVIA. . . . . —		304
LE BOURGMESTRE DE LIÈGE . . . . . . —		264
— Série : 1° Le Bourgmestre de Liège.		
— 2° Le Guet-Apens.		
LES BOURGEOIS DE DARLINGEN . . . . —		291
LE CANTONNIER . . . . —		156
— La Folie d'une mère. . . . . nouvelle . . .		132
LE CHEMIN DE LA FORTUNE, voir LE		
PAYS DE L'OR. . . . . roman		273
LE CONSCRIT. . . . . —		228
LE COUREUR DES GRÈVES . . . . . . —		294
LE DÉMON DE L'ARGENT. . . . . . . —		324
LE DÉMON DU JEU. . . . . —		808
LES DRAMES FLAMANDS :		
— L'Assassin. . . . . nouvelle . . .		27
— La Vengeance Divine. . . . . —		60
— Le Berger Incendiaire. . . . . . . —		60
— L'Expiation. . . . . —		14
— La Vierge de Flandre. . . . . . . —		22
— La Mission de la femme. . . . . . —		74
— Une Invention du Diable . . . . . . —		61
LA FIANCÉE DU MAITRE D'ÉCOLE, voir		
MAITRE VALENTIN. . . . . roman		230

		Nombre de pages
LE FLÉAU DU VILLAGE.	roman	148
— Le Bonheur d'être riche	nouvelle . . .	150
LE GANT PERDU	roman	265
— Série : 1° Le Gant perdu. — 2° La Jeune Femme pâle. — 3° L'Oncle et la Nièce. — 4° Un sacrifice.		
LE GENTILHOMME PAUVRE.	—	298
LA GUERRE DES PAYSANS	—	357
LE GUET-APENS, voir LE BOURGMESTRE DE LIÉGE	—	240
HEURES DU SOIR :		
— Histoire du comte Hugo et de son ami Abulfaragus	nouvelle . . .	157
— Rikke-Tikke-Tak	—	78
— Le Maître d'école	—	46
— Le Revenant.	—	41
HISTOIRE DE DEUX ENFANTS D'OUVRIERS	roman	264
L'ILLUSION D'UNE MÈRE	—	327
LE JEUNE DOCTEUR	—	281
LA JEUNE FEMME PALE, voir LE GANT PERDU	—	243
LE LION DE FLANDRE, 2 volumes. . . .	—	594
LA MAISON BLEUE	—	242
MAITRE VALENTIN	—	243
— Série : 1° Maître Valentin. — 2° La Fiancée du Maître d'école.		
LE MAL DU SIÈCLE.	—	292
LE MARCHAND D'ANVERS.	—	324
LE MARTYRE D'UNE MÈRE	—	303
— Série : 1° Le Martyre d'une mère. — 2° La Voleuse d'enfant.		
LES MARTYRS DE L'HONNEUR	—	270
— L'Idéal du poète.	opéra 4 actes.	54

		Nombre de pages.
LA MÈRE JOB.	roman	161
— La Grâce de Dieu	nouvelle . . .	64
— La Grand'mère.	— . .	18
L'ONCLE JEAN	roman	353
— *Série:* 1° L'Oncle Jean. — 2° Le Trésor de Félix Roobeck.		
L'ONCLE ET LA NIÈCE, *voir* LE GANT PERDU	—	210
L'ONCLE REIMOND	—	280
L'ORPHELINE.	nouvelle . . .	111
— La Fille de l'épicier	— . . .	62
— Quintin Metzys	— . . .	18
— L'Amateur de Dahlias	— . . .	20
— La Nouvelle Niobé.	— . . .	24
— Science et Foi.	— . . .	8
LE PARADIS DES FOUS :		
— Le Paradis des fous.	nouvelle . . .	93
— Une idée de fermier.	— . .	41
— Une Fille bien élevée.	— . .	25
— L'Œuf miraculeux.	— . .	51
LE PAYS DE L'OR	roman	208
— *Série:* 1° Le Pays de l'or. — 2° Le Chemin de la fortune.		
LA PRÉFÉRÉE	— . . .	174
— Une Voix d'outre-tombe.	nouvelle . . .	100
LE REMPLAÇANT.	roman	166
— La Famille du marin	nouvelle . . .	160
UN SACRIFICE, *voir* LE GANT PERDU . . .	roman	257
LE SANG HUMAIN	—	268
SCÈNES DE LA VIE FLAMANDE, tome 1 :		
— Ce que peut souffrir une mère. . .	nouvelle . . .	25
— Le Gentilhomme pauvre	roman . . .	203
— Le Conscrit	— . . .	228
SCÈNES DE LA VIE FLAMANDE, tome second :		
— Rosa l'aveugle.	nouvelle . . .	43

		Nombre de pages.
— L'Avare	roman	262
— L'Aubergiste de village ou Baes Gansendonck	nouvelle	132
LES SERFS DE FLANDRE	roman	242
— Le Couteux	nouvelle	75
LA SORCIÈRE FLAMANDE	roman	246
LE SORTILÈGE	—	268
SOUVENIRS DE JEUNESSE	autobiographie.	195
— Le Pèlerin du désert	nouvelle	61
LE SUPPLICE D'UN PÈRE	roman	120
LA TOMBE DE FER	—	80
LE TRÉSOR DE FÉLIX ROOBECK, voir L'ONCLE JEAN	—	250
LE TRIBUN DE GAND, 2 volumes	—	572
LES VEILLÉES FLAMANDES :		
— Comment on devient peintre	nouvelle	57
— La Male main	—	20
— Ange et démon	—	22
— Une Erreur judiciaire	—	146
— Le Fils du Bourreau	—	32
LA VOLEUSE D'ENFANT, voir LE MARTYRE D'UNE MÈRE	roman	267

ARTHUR COQUARD

DE LA MUSIQUE EN FRANCE DEPUIS RAMEAU	270

ATHANASE COQUEREL

LES FORÇATS POUR LA FOI	étude hister.	76

CHARLES CORBIN

Nombre
de pages.

LA COMTESSE DE SARTÈNES. . . . . . . roman 325

LA TURQUOISE :

  — La Turquoise. . . . . nouvelle . . . 109
  — Le Fiacre . . . .   —   . . . 61
  — Adjugée . . . .' . . . . . .   —   . . . 34
  — Le petit Chasseur à pied. . . . . . .   —   . . . 12

VERTIGE :

  — Vertige . . . . nouvelle . . . 121
  — Le Professeur Joseph Saxinus. . . .   —   . . . 142
  — Marion. . . . .   —   . . . 54

CORENTIN GUYHO

LES BEAUX JOURS DU SECOND EMPIRE . études d'hist. parl. . 338
L'EMPIRE INÉDIT (1855). . . . .   —   335
LES HOMMES DE 1852 341

MARQUISE DE CRÉQUY

SOUVENIRS (1710-1803) . . . . mémoires. . . 2138

PIERRE DE CROZE

LE CHEVALIER DE BOUFFLERS ET LA
  COMTESSE DE SABRAN (1788-1792) 322

E. DE CYON

NIHILISME ET ANARCHIE. . . . . études polit. 342
LA RUSSIE CONTEMPORAINE . . . .   —   . . . 378

PAUL DANIL

JACQUES D'ASSOL. . . . . roman . . . 309

COMTESSE DASH

— ŒUVRES COMPLÈTES —

		Nombre de pages.
UN AMOUR COUPABLE . . . . roman		317
LES AMOURS DE LA BELLE AURORE, 2 volumes	—	652
— *Série* : 1° Amours de la Belle Aurore. 2° Les Suites d'une faute.		
L'ARBRE DE LA VIERGE	—	236
LES AVENTURES D'UNE JEUNE MARIÉE. roman		313
— *Série* : 1° Les Aventures d'une jeune mariée. — 2° La Fée aux perles.		
LES BALS MASQUÉS :		
— Un Spectre. . . . . nouvelle . . .		47
— Madame la duchesse.	— . . .	40
— Une Saison à Baden	— . . .	94
— Le double Masque	— . . .	42
— Vingt-quatre heures d'infidélité . .	— . . .	36
— Erreur	— . . .	36
— Un Pastel	— . . .	45
LE BEAU VOLEUR . . . . roman		306
LA BELLE PARISIENNE. . . . . nouvelle . . .		153
— Trois Rencontres	— . . .	26
— Une Cour en miniature	— . . .	65
— Souvenirs	— . . .	14
LA BOHÈME DU XVII° SIÈCLE, *voir* MADEMOISELLE CINQUANTE MILLIONS . . . . roman		309
BOHÈME ET NOBLESSE	— . . .	280
— *Série* : 1° Bohème et Noblesse. — 2° Les Héritiers d'un prince.		
LA CEINTURE DE VÉNUS	— . . .	300
— *Série* : 1° La Ceinture de Vénus. — 2° Un Fils naturel. — 3° Les Malheurs d'une Reine.		

Nombre
de pages.

LA CHAINE D'OR :

  — Henriette de Namples . . . . nouvelle . . .   32
  — La Mule couleur de rose. . . . . .   —   . .   37
  — Une Femme laide . . . .   —   . .   29
  — Toute la vie pour un jour . . . . .   —   . . .   15
  — Quinze jours de royauté . . . . . .   —   . . .   40
  — Un Ange . . . .   —   . . .   37
  — Le Mari de ma sœur . . . . proverbe 1 a.   20
  — Le Dernier jour de l'année. . . . . nouvelle . . .   7
  — Le Chevalier de Malte . . . .   —   60
  — André . . . .   —   13
  — Georges Minsky . . . .   —   . . .   20

LA CHAMBRE BLEUE . . . . roman   218

  — Premières amours du Grand Condé. nouvelle   66

LA CHAMBRE ROUGE . . . . roman   324

  — Série : 1° La Chambre rouge. —
2° la Nuit de noces.

LE CHATEAU DE LA ROCHE SANGLANTE.   —   285

LES CHATEAUX EN AFRIQUE . . . . . .   —   317

LES COMÉDIES DES GENS DU MONDE :

  — La Mouche. . . . . proverbe 2 ac.   72
  — Pour le roi de Prusse . . . .   —   —   67
  — Monseigneur. . . . .   —   3 actes.   60
  — Deux Jalousies. . . . .   —   2 actes.   59
  — L'une ou l'autre . . . .   —   1 acte .   27
  — Le Mari de ma sœur. . . . .   —   20

COMMENT ON FAIT SON CHEMIN DANS Code du savoir-
LE MONDE. . . . . vivre   286

COMMENT TOMBENT LES FEMMES . . . roman   365

UN COSTUME DE BAL. . . . .   —   . . .   274

LA DAME DU CHATEAU MURÉ . . . . .   —   314

LA DERNIÈRE EXPIATION. 2 volumes. .   —   590

LA DETTE DE SANG . . . .   —   200

  — Série : 1° La Dette de sang.— 2° Le
Souper des fantômes.

		Nombre de pages.
LE DRAME DE LA RUE DU SENTIER, . . . roman. . . .		286
— *Série:* 1° Le Drame de la rue du Sentier. — 2° La Route du suicide.		
LA DUCHESSE D'ÉPONNES	— . . .	275
LA DUCHESSE DE LAUZUN, 2 volumes .	— . . .	914
LA FÉE AUX PERLES, *voir les* AVENTURES D'UNE JEUNE MARIÉE	— . . .	274
LA FEMME DE L'AVEUGLE	— . . .	310
UNE FEMME ENTRE DEUX CRIMES . . . nouvelle . . .		115
— Marthe et Madeleine.	— . . .	177
LES FEMMES A PARIS ET EN PROVINCE. variétés. . . .		324
LE FILS DU FAUSSAIRE, *voir* UN SECRET DE FAMILLE . . . . roman		300
UN FILS NATUREL, *voir la* CEINTURE DE VÉNUS . . . . roman		293
LES FOLIES DU CŒUR :		
— Mademoiselle d'Éperuon . . . . . . nouvelle . . .		53
— Où le vent nous mène.	— . . .	48
— Le Sacrilège.	— . . .	74
— La Polonaise.	— . . .	40
— Sara.	— . . .	54
LE FRUIT DÉFENDU :		
— La Confidence maternelle . . . . . nouvelle . . .		10
— Le Vieillard	— . . .	10
— Le Panier de cerises.	— . . .	14
— Un Mariage	— . . .	5
— La Chaumière du pasteur	— . . .	14
— La Tour de Mélusine	— . . .	14
— Un Amour de garnison.	— . . .	23
— Ébauche.	— . . .	6
— Le Page.	— . . .	13
— La Roche aux Fées	— . . .	40
— Marguerite.	— . . .	35
— Fragments des mémoires d'une femme du monde.	— . . .	41
— La Margrave.	— . . .	44
— Isabelle.	— . . .	18

4

		Nombre de pages.
— Deux lettres.	nouvelle . . .	13
— Le Store	— . .	14
LES GALANTERIES DE LA COUR DE LOUIS XV :		
— 1° LA RÉGENCE	roman	356
— 2° LA JEUNESSE DE LOUIS XV. . . .	— . . .	272
— 3° LES MAITRESSES DU ROI. . . .	— . . .	340
— 4° LE PARC AUX CERFS.	— . . .	288
LES HÉRITIERS D'UN PRINCE, voir BOHÈME ET NOBLESSE	— . . .	236
— Fragments des mémoires d'une femme du monde.	nouvelle . . .	45
LE JEU DE LA REINE.	roman	314
LA JEUNESSE DE LOUIS XV, voir LES GALANTERIES DE LA COUR DE LOUIS XV. .		
LA JOLIE BOHÉMIENNE.	roman . . .	323
LES LIONS DE PARIS.	— . . .	300
LE LIVRE DES FEMMES.	variété . . .	274
MADAME DE LA SABLIÈRE	roman	273
MADAME LOUISE DE FRANCE	— . . .	242
MADEMOISELLE CINQUANTE MILLIONS. .	— . . .	308
— Série : 1° Mademoiselle Cinquante Millions.—2° La Bohème du XVIIIᵉ siècle.		
MADEMOISELLE DE LA TOUR DU PIN . .	— . . .	306
LA MAIN GAUCHE ET LA MAIN DROITE :		
— Mémoires d'une femme du monde .	nouvelle . . .	217
Piccolino	— . . .	22
— Souvenir d'un cinquième étage. . .	— . . .	28
— Une Promenade à Randan	— . . .	30
LES MAITRESSES DU ROI, voir LES GALANTERIES DE LA COUR DE LOUIS XV. . .		
LES MALHEURS D'UNE REINE, voir LA CEINTURE DE VÉNUS	roman	341

		Nombre de pages.
LA MARQUISE DE PARABÈRE. . . . . . roman		245
— Un Préjugé . . . . nouvelle . . .		55
LA MARQUISE SANGLANTE . . . . roman		242
LE NEUF DE PIQUE, voir LES SECRETS D'UNE SORCIÈRE . . . . — . . .		306
LA NUIT DE NOCES, voir la CHAMBRE ROUGE. . . . . — . . .		263
— Souvenirs de jeunesse . . . . nouvelle . . .		25
LE PARC AUX CERFS, voir LES GALANTERIES DE LA COUR DE LOUIS XV.		
LA POUDRE ET LA NEIGE. . . . . roman . . .		317
LA PRINCESSE DE CONTI. . . . . — . . .		305
UN PROCÈS CRIMINEL. . . . . — . . .		263
— Adrien le Savoyard . . . . nouvelle . . .		20
LA RÉGENCE, voir LES GALANTERIES DE LA COUR DE LOUIS XV.		
UNE RIVALE DE LA POMPADOUR. . . roman		237
— Un Poète . . . . nouvelle . . .		68
LE ROMAN D'UNE HÉRITIÈRE. . . . . roman		253
Une Histoire de petit chien. . . . . . nouvelle . . .		30
LA ROUTE DU SUICIDE, voir LE DRAME DE LA RUE DU SENTIER . . . . roman		300
LE SALON DU DIABLE. . . . . —		210
— La Partie de Billard . . . . nouvelle . . .		108
UN SECRET DE FAMILLE . . . . roman		303
— Série : 1º Un Secret de famille. — 2º Le Fils du faussaire.		
LES SECRETS D'UNE SORCIÈRE, 2 vol. . — . . .		615
— Série : 1º Les Secrets d'une Sorcière. — 2º Le Neuf de pique.		
LA SORCIÈRE DU ROI, 2 volumes. . . . —		648
LES SOUPERS DE LA RÉGENCE, 2 vol. . — . . .		553

		Nombre de pages.
LE SOUPER DES FANTOMES, voir LA DETTE DE SANG	roman .	255
— Un Repli du Cœur.	nouvelle . . .	20
LES SUITES D'UNE FAUTE, voir LES AMOURS DE LA BELLE AURORE.	roman	273
TROIS AMOURS.	roman	246
LES VACANCES D'UNE PARISIENNE . . .	causeries . . .	268
LA VIE CHASTE ET LA VIE IMPURE :		
— La Charmeuse d'oiseaux.	nouvelle . . .	89
— Salomé .	— . . .	94
— Histoire d'un nid d'oiseaux.	— . . .	40
— Histoire d'une jeune fille et d'un petit chien.	— . . .	26
— Un Ermitage.	— . . .	50
— Un Roman de ce temps-ci.	— . . .	16
— Deux heures de Royauté.	— . . .	26
— Le Roman d'une chanson et d'un bouquet.	— . .	9

GÉNÉRAL DAUMAS

LES CHEVAUX DU SAHARA ET LES MŒURS DU DÉSERT	étude.	527
LE GRAND DÉSERT.	'	586
LA VIE ARABE ET LA SOCIÉTÉ MUSULMANE	—	344

ERNEST DAVID

LA VIE ET LES ŒUVRES DE J.-S. BACH..	étude music.	380
G.-F. HAENDEL, sa vie et son temps..	— .	371
LES MENDELSSOHN-BARTHOLDY	études biogr..	226
ROBERT SCHUMANN.	— .	125

JULIEN DECRAIS

Nombre
de pages

L'ANGLETERRE CONTEMPORAINE . . . . étude. 378

EUGÈNE DELARD

LES DUPOURQUET, mœurs de province . roman 347

LE JOUG . . . .   —   313

E.-J. DELÉCLUZE

DONA OLYMPIA . . . . roman . .   . 356

MADEMOISELLE JUSTINE DE LIRON :

  — De la lecture des romans . . . . . étude.   31
  — Justine de Liron . . . . nouvelle . . . 170
  — Les deux prisonniers de Windsor.
      — I. Charles d'Orléans. — II. Jac-
      ques Ier d'Écosse. . . . . étud. his. . . 109

LA PREMIÈRE COMMUNION :

  — La première Communion. . . . . . nouvelle . . . 175
  — Le Mécanicien-roi . . . .   —   . . .   35
  — Flavie. . . . .   —   . . .   50
  — Syligaitha. . . . .   —   . . .   30

EUGÈNE DELIGNY

LE BATARD LÉGITIME. . . . . roman 413

LES CABOTINS . . . .   —   486
  — Série : 1º Les Cabotins. — 2º Une
    Famille d'Arlequins.

UNE FAMILLE D'ARLEQUINS, voir LES
  CABOTINS . . . .   —   . . . 489

LA GRANDE DAME ET LA NORMANDE. .   —   420

L'HÉRITAGE D'UN BANQUIER . . . . . .   —   496

MÉMOIRES D'UN DISSIPATEUR. . . . . .   —   424

LE TALISMAN. . . . .   —   382

4.

HENRY DELORNE

		Nombre de pages
GRAINE D'ÉPINARDS	variétés.	262

ÉDOUARD DELPIT

BÉRANGÈRE.	roman	362
CATHERINE LEVALLIER	—	290
CHAINE BRISÉE.	—	318
LES FILS DU SIÈCLE.	—	330
MARCIENNE.	—	355
PAULE DE BRUSSANGE	—	311
PLEIN CŒUR.	—	301
LES REPRÉSAILLES DE LA VIE	—	355
LA REVANCHE DE L'ENFANT	—	261
LES SOUFFRANCES D'UNE MÈRE	—	330
LES THÉORIES DE TAVERNELLE.	—	354
LA VENGEANCE DE PIERRE.	—	308
YVONNE	—	304

EMMANUEL DENOY

MERCEDÈS PÉPIN.	roman	388
PAR LES FEMMES	—	405

PAUL DÉROULÈDE

CHANTS DU PAYSAN	poésies	168
CHANTS DU SOLDAT	—	127
MARCHES ET SONNERIES	—	081

		Nombre de pages.
NOUVEAUX CHANTS DU SOLDAT . . . . poésies		96
REFRAINS MILITAIRES . . . . —		103
HISTOIRE D'AMOUR . . . . roman		244

PAUL DESCHANEL

FIGURES DE FEMMES :

— Madame du Deffand . . . . variété		29
— Madame d'Épinay . . . . —		64
— Madame Necker . . . . —		75
— Joséphine . . . . —		20
— Madame de Beaumont . . . . —		46
— Madame Récamier . . . . —		69
— La reine Élisabeth . . . . —		30

FIGURES LITTÉRAIRES :

— M. Renan . . . . variété		70
— M. Paul Bourget . . . . —		52
— Sainte-Beuve . . . . —		16
— Edgar Quinet. . . . . —		32
— Paul Dubois . . . . —		30
— Mignet . . . . —		22
— Diderot . . . . —		14
— Rabelais. . . . . —		64

LOUIS DESPRÉAUX

TRADUCTEUR.

CHEZ LES YANKEES, études sur nature .

— Le colonel. . . . . nouvelle . . .		177
— Ma belle-mère. . . . . — . . .		138

CHARLES DETON

LES AMOURS D'UN MAGISTRAT. . . . . . roman		324

GABRIEL DEVILLE

Nombre
de pages.

LA FEMME ET L'AMOUR D'APRÈS H. DE
BALZAC . . . . fragments . . . 272

CHARLES DICKENS

CONTES DE NOEL :
— L'Arbre de Noël . . . . nouvelle . . . 22
— Les Apparitions de Noël . . . . . .   —   . . . 34
— Le Cricri du Foyer . . . .   —   . . . 13
— Le Tocsin . . . .   —   . . . 125

CONTES D'UN INCONNU :
— Le Bagage du Conteur . . . .   —   . . . 14
— Le Parapluie . . . .   —   . . . 25
— Une Assurance sur la Vie . . . . .   —   . . . 32
— Les Carillons . . . .   —   . . . 172

CONTES POUR LE JOUR DES ROIS :
— Le Marchand forain . . . .   —   . . . 50
— La Petite Bebelle, ou M. l'Anglais .   —   . . . 40
— La Dame de charité . . . .   —   . . . 24
— La Guinée de la Boiteuse . . . . .   —   . . . 54
— Le Parapluie de M. Thompson . . .   —   . . . 38
— La Fortune de l'Écolier . . . . . .   —   . . . 73
— Aventures d'un Tambour en Amérique   —   . . . 41

HISTORIETTES ET RÉCITS DU FOYER :
— Souvenirs de voyage . . . .   —   . . . 69
— Souvenirs d'un Enfant perdu. —
    Wittington et son Chat . . . . .   —   . . . 42
— Petit Bonhomme vit encore, ou Cent
    cinquante ans de l'Histoire d'An-
    gleterre . . . .   —   . . . 24
— La vieille Armoire de chêne, épisode
    de l'histoire de mon oncle . . . .   —   . . . 26
— La Fortune du Nain, épisode de
    l'histoire d'une Maison à louer . .   —   . . . 28
— Le Secret du Pendule . . . .   —   . . . 48
— Le Cœur du Marchand . . . .   —   . . . 18
— Les Sanpiétrini . . . .   —   . . . 23

		Nombre de pages.
MAISON A LOUER. . . . . roman		270
— Le Voile noir . . . . nouvelle . . .		27
LE NEVEU DE MA TANTE (David Cop-perfield), 2 volumes . . . . roman		700

DICK MAY

L'AFFAIRE ALLARD :		
— Affaire Allard . . . . nouvelle . . .		125
— Le Journal de Clara Sturm.	— . . .	10
— Amour de tête.	— . . .	22
— Premier amour.	— . . .	22
— Diplômée	— . . .	20
— Dame d'officier.	— . . .	10
— Correspondance	— . . .	22
— Petits fours	— . . .	18
LE CAS DE GEORGES D'ABREL . . . . . roman		335

LE PÈRE DIDON

LES ALLEMANDS. . . . . études. . . .	423

X. DOUDAN

LETTRES, 4 volumes. . . . . variétés. . . .		1523
PENSÉES ET FRAGMENTS :		
— Littérature. — Idées générales sur la littérature	—	51
— Philosophie, morale, religion. . . .	—	40
— Pensées diverses	—	18
— Walter Scott.	—	40
— Madame Necker de Saussure. . . .	—	36
— Cours de littérature de M. Villemain	— . . .	36
— Des révolutions du goût.	—	102

MAURICE DRACK

Nombre
de pages.

L'AMOUR DANS LA MORT . . . . roman 371
LE BOUDOIR BLEU :
— Le Boudoir bleu . . . . nouvelle . . . 177
— La Bougie rose . . . . — . . . 20
— Madame Banquo . . . . — . . . 28
— Un Accès de folie . . . . — . . . 12
— Une Philippine . . . . — . . . 20
— Le Spécifique d'Hamilcard . . . . . — . . . 22

MADAME MARIE DRONSART

PORTRAITS D'OUTRE-MANCHE :
— La duchesse de Marlborough . . . . — . . 63
— Lord Chesterfield . . . . — . . 41
— Lady Mary Wortley Montagu . . . . — . . 55
— Miss Berry . . . . — . . 32
— George Eliot . . . . — . . 77
— La duchesse Alice d'Angleterre . . . — . . 38
— Anthony Trollope . . . . — . . 89
LE PRINCE DE BISMARCK . . . . étude biogr . . 277

WILLIAM EWART GLADSTONE . . . . . . étude biogr . . 370

VICTOR DU BLED

8 CAUSEURS DE LA RÉVOLUTION :
— Rivarol . . . . variété 32
— Les Actes des Apôtres . . . . — 16
— L'abbé Maury . . . . — 26
— L'abbé Delille . . . . — 7
— Linguet . . . . — 5
— Sénac de Meilhan . . . . — 7
— Le comte de Montlosier . . . . . . — 10
— du Pann Salle . . . . — 17
— Malouet . . . . — 11
— Mounier . . . . — 40

		Nombre de pages.
— Marmontel.	variété	13
— L'abbé Morellet	—	9
— Mirabeau	—	43
— Talleyrand		31
— Le marquis de Bouillers.	—	12
— Tilly		7
— Les deux Ségur.		14
— Le duc de Lévis		6
— Le duc de Brancas-Lauragais	—	9
— Le marquis de La Fayette.		5
-- Le comte de Narbonne		9
— Le comte Beugnot		14
-- Roederer		5
— Fiévée.	—	7
— Arnault		8
-- Michaud.	—	8
— Andrieux	—	7
— Népomucène Lemercier.		5
— Suard		4
— Duels	—	7
LA COMÉDIE DE SOCIÉTÉ AU XVIIIe SIÈCLE.	variétés histor.	266
ORATEURS ET TRIBUNS (1780-1794).	études hist.	310
LE PRINCE DE LIGNE ET SES CONTEMPORAINS.	—	
-- Le prince de Ligne	variété	137
— Beaumarchais	—	34
-- André Chénier		17
-- Joseph Chénier.		12
— Lebrun-Pindare		10
— La Harpe		10
-- Mercier		26
— Chamfort	—	25
— L'abbé Sieyès		13
— Camille Desmoulins	—	25
LA SOCIÉTÉ FRANÇAISE AVANT ET APRÈS 1789	—	327

ERNEST DUBREUIL

Nombre
de pages

OLIVIER LE BATARD . . . . rom. de cape et d'épée   614

MARQUISE DE DUFFERIN ET D'AVA

QUATRE ANS AUX INDES ANGLAISES, notre
   vice-royauté, 1884-1888 . . . . 2 vol.   524

EL. DUFOUR

LES GRIMPEURS DES ALPES. . . . . . . Excur. alpest.   345

ALEXANDRE DUMAS

— ŒUVRES COMPLÈTES —

ROMANS, NOUVELLES ET CAUSERIES[1]

ACTÉ. roman   266

AMAURY. . . . . —   283

ANGE PITOU, voir MÉMOIRES D'UN MÉDECIN.

ASCANIO, 2 volumes . . . . —   641

UNE AVENTURE D'AMOUR . . . . —   191
   Herminie (l'Amazone) . . . . nouvelle . . .   83

AVENTURES DE JOHN DAVYS, 2 volumes   roman   636

LE BATARD DE MAULÉON, 3 volumes .   —   605

BLACK . . . . —   316

LES BLANCS ET LES BLEUS, 3 volumes.   —   881

1. Vu le grand nombre des œuvres d'ALEXANDRE DUMAS, nous les avons divisées, — pour faciliter les recherches — 1° en *Romans, nouvelles et causeries*; 2° en *Scènes et études historiques*; et 3° en *Voyages.*

		Nombre de pages.
LA BOUILLIE DE LA COMTESSE BERTHE.	nouvelle	03
— Aventures de Lyderic	—	145
LA BOULE DE NEIGE (Moullah-Nour).	roman	258
— Le Chasse-Neige.	nouvelle	32
BRIC-A-BRAC :		
— Deux Infanticides	nouvelle	27
— Poètes, Peintres et Musiciens	variété	8
— Désir et Possession	apologue	8
— Une Mère, imité d'ANDERSEN	conte	16
— Le Curé de Boulogne	nouvelle	34
— Un Fait personnel	variété	22
— Comment j'ai fait jouer à Marseille le drame des Forestiers	—	42
— Heures de Prison, à propos du livre de MADAME LAFARGE	—	64
— Jacques Fosse	—	28
— Le Château de Pierrefonds	—	38
— Le Lotus blanc et la Rose Moussouse	—	10
UN CADET DE FAMILLE, 8 volumes	roman	800
— Un Courtisan.	nouvelle	56
LE CAPITAINE PAMPHILE	roman	278
— Le Fléau de Naples	nouvelle	22
LE CAPITAINE PAUL	roman	228
LE CAPITAINE RHINO	—	128
— Le Lion père de famille	nouvelle	48
— Une chasse au Tigre	—	44
LE CAPITAINE RICHARD	roman	806
CATHERINE BLUM	—	269
CAUSERIES, tome premier :		
— Les Trois Dames (la Dame aux camélias, Diane de Lys, la baronne d'Ange)	variété	46
— Les Rois du lundi (Sainte-Beuve, Janin, Gautier)	—	18

		Nombre de pages.
— Une Chasse aux Éléphants	nouvelle	04
— L'Homme d'expérience.	variété	4
— Les Étoiles commis-voyageurs	nouvelle	86
— Un Plan d'économie, *à propos des théâtres subventionnés*	variété	10
— La Figurine de César.	nouvelle	58
— Une Fabrique de vases étrusques à Bourg en Bresse.	variété	20
— État Civil du comte de Monte-Cristo	—	16

CAUSERIES, tome second :

— Ah! qu'on est fier d'être Français!	variété	31
— A ceux qui veulent entrer au théâtre	—	10
— Petits cadeaux de mon ami Delaporte	nouvelle	30
— Un Voyage dans la lune	—	86
— Ce qu'on voit chez madame Tussaud	variété	34
— Le Lion de l'Aurès.	nouvelle	46
— Les Courses d'Epsom	variété	68
— Une visite à Garibaldi	—	31

CÉCILE (la Robe de Noces)	roman	284
LE CHASSEUR DE SAUVAGINE	—	265
LE CHATEAU D'EPPSTEIN (Albine), 2 vol.	—	504
LE CHEVALIER D'HARMENTAL, 2 vol.	—	545

— *Série :* 1° Le Chevalier d'Harmental.
— 2° Une Fille du Régent.

LE CHEVALIER DE MAISON-ROUGE, 2 vol.	—	606

LE COLLIER DE LA REINE, voir MÉMOIRES D'UN MÉDECIN.

LA COLOMBE	—	136
— Maître Adam le Calabrais	—	107
LES COMPAGNONS DE JÉHU, 8 volumes.		820
LE COMTE DE MONTE-CRISTO, 6 vol.	—	2148

LA COMTESSE DE CHARNY, voir MÉMOIRES D'UN MÉDECIN.

LA COMTESSE DE SALISBURY, 2 vol.	—	67

		Nombre de pages.
LES CONFESSIONS DE LA MARQUISE, (Mémoires de Madame du Deffand), *voir les* MÉMOIRES D'UNE AVEUGLE; 2 volumes.	roman	520
CONSCIENCE L'INNOCENT (Dieu et Diable).		
— Le Bien et le Mal, 2 volumes.	roman	485
— Marianna	nouvelle	47
LA DAME DE MONSOREAU, *voir* LA REINE MARGOT, 3 volumes	roman	898
LA DAME DE VOLUPTÉ (La Comtesse de Verrue), 2 volumes	—	646
— *Série :* 1° La Dame de volupté. — 2° Les deux Reines.		
LES DEUX DIANE, 3 volumes	—	883
— *Série :* 1° Les deux Diane. — 2° Le page du duc de Savoie.		
LES DEUX REINES, *voir* LA DAME DE VOLUPTÉ, 2 volumes	—	666
DIEU DISPOSE, *voir* LE TROU DE L'ENFER, 2 volumes	—	786
LE DOCTEUR MYSTÉRIEUX. (Création et rédemption), 2 volumes	—	630
— *Série :* 1° Le Docteur mystérieux. — 2° La Fille du marquis.		
LES DRAMES GALANTS (La marquise d'Escoman), 2 volumes	—	572
EMMA LYONNA, *voir* LA SAN FELICE, 5 volumes	—	1556
LA FEMME AU COLLIER DE VELOURS, *Voir* LES MILLE ET UN FANTOMES	—	34
FERNANDE	—	312
LA FILLE DU MARQUIS, *voir* LE DOCTEUR MYSTÉRIEUX (2 volumes)	—	555
UNE FILLE DU RÉGENT, *voir* LE CHEVALIER D'HARMENTAL	—	353

		Nombre de pages.
FILLES, LORETTES ET COURTISANES . . variété		136
— Les Serpents . . . . — . . .		118
LE FILS DU FORÇAT (M. Coumbes. — Histoire d'un Cabanon et d'un Chalet). roman		314
LES FRÈRES CORSES. . . . . — . . .		155
— Othon l'archer. . . . . —		186
GABRIEL LAMBERT . . . . roman		177
— La Pêche aux filets . . . . nouvelle . . .		58
— Invraisemblance . . . . —		30
— Une Âme à naître . . . . —		10
GEORGES. . . . . —		309
LA GUERRE DES FEMMES, 2 volumes . . —		636
HISTOIRE DE MES BÊTES. . . . . variété		320
HISTOIRE D'UN CASSE-NOISETTE. . . . . conte.		233
— L'Égoïste . . . . —		30
— Nicolas le Philosophe. . . . . —		16
L'HOMME AUX CONTES :		
— Le Soldat de plomb. . . . . conte		20
— Petit-Jean et Gros-Jean . . . . . . —		42
— Le Roi des taupes et sa fille. . . . —		26
— La Reine des neiges. . . . . —		76
— Les deux Frères. . . . . —		58
— Le vaillant petit Tailleur. . . . . . —		24
— Les Modes géantes. . . . . —		24
— La Chèvre, le Tailleur et ses trois Fils. —		26
— Saint Népomucène et le Savetier. . . —		6
L'HOROSCOPE. . . . . roman		283
L'ILE DE FEU (Le Médecin de Java), 2 volumes . . . . —		589
INGÉNUE, 2 volumes . . . . —		640
ISAAC LAQUEDEM, 2 volumes . . . . . . —		657
IVANHOE, traduit de WALTER SCOTT, 2 vol. —		592
JACQUES ORTIS . . . . —		245
— Les Fous du docteur Miraglia. . . . nouvelle . . .		46

		Nombre de pages.
JACQUOT SANS OREILLES. . . . . roman		165
— Les deux Étudiants . . . . nouvelle . . .		62
JANE. . . . . roman		195
— Un Coup de feu. . . . . nouvelle . . .		38
— Le Faiseur de cercueils . . . . . . — . . .		31
— Don Bernardo de Zuniga. . . . . . — . . .		56
JOSEPH BALSAMO, voir MÉMOIRES D'UN MÉDECIN.		
LES LOUVES DE MACHECOUL, 3 volumes. roman. . . .		958
MADAME DE CHAMBLAY (Ainsi soit-il!), 2 volumes . . . . — . . .		537
LA MAISON DE GLACE, 2 volumes . . . — . . .		602
LE MAITRE D'ARMES. . . . . — . . .		318
LES MARIAGES DU PÈRE OLIFUS, voir LES MILLE ET UN FANTOMES. . . . . . . — . . .		264
MÉMOIRES D'UNE AVEUGLE (Mémoires de madame du Deffand), 2 volumes . roman. . . .		604
— Série : 1° Mémoires d'une aveugle.		
— 2° Les Confessions de la Marquise.		
MÉMOIRES D'UN MÉDECIN :		
— 1° JOSEPH BALSAMO, 5 volumes . . — . . .		1510
— 2° LE COLLIER DE LA REINE, 3 vol. — . . .		868
— 3° ANGE PITOU, 2 volumes . . . . — . . .		674
— 4° LA COMTESSE DE CHARNY, 6 vol. — . . .		1888
LE MENEUR DE LOUPS . . . . — . . .		211
MES MÉMOIRES, 10 volumes . . . . . . autobiographie		3146
LES MILLE ET UN FANTOMES. . . . . . roman. . . .		287
— Série : 1° Les Mille et un Fantômes. — 2° La Femme au collier de velours. — 3° Les Mariages du père Olifus. — 4° Le Testament de M. de Chauvelin.		
LES MOHICANS DE PARIS, 4 volumes . . —		1203
— Série : 1° Les Mohicans de Paris. — 2° Salvator.		

			Nombre de pages
LES MORTS VONT VITE, tome premier :			
— Chateaubriand	variété		92
— Le Duc et la Duchesse d'Orléans	—		62
— Hégésippe Moreau	—		28
LES MORTS VONT VITE, tome second :			
— Béranger	—		30
— Eugène Sue	—		84
— Alfred de Musset	—		138
— Achille Devéria. — Lefèvre-Deumier	—		18
— La Dernière année de Marie Dorval	—		53
UNE NUIT A FLORENCE SOUS ALEXANDRE DE MÉDICIS	roman		250
OLYMPE DE CLÈVES, 3 volumes	—		821
LE PAGE DU DUC DE SAVOIE, voir LES DEUX DIANES, 2 volumes	—		607
PARISIENS ET PROVINCIAUX, 2 volumes	—		562
LE PASTEUR D'ASHBOURN, 2 volumes	roman		624
PAULINE	—		157
— Murat	nouvelle		50
— Pascal Bruno	—		99
LE PÈRE GIGOGNE, tome premier :			
— Le Lièvre de mon Grand-Père	conte		185
— La Petite Sirène	—		74
— Le Roi des Quilles	—		52
LE PÈRE GIGOGNE, tome second :			
— La Jeunesse de Pierrot	conte		153
— Pierre et son ole	—		48
— Blanche de Neige	—		32
— Le Sifflet enchanté	—		44
— L'Homme sans larmes	—		36
— Tiny la vaniteuse	—		30
LE PÈRE LA RUINE	roman		317
LE PRINCE DES VOLEURS	—		275
— Série : 1° Le Prince des voleurs. — 2° Robin Hood.			

		Nombre de pages
LA PRINCESSE DE MONACO, 2 volumes .	roman. . . .	642
LA PRINCESSE FLORA	— . . .	253
PROPOS D'ART ET DE CUISINE :		
— La Retraite illuminée	variété	29
— Causerie culinaire	—	20
— Romulus et Pizarro	—	16
— Le Cimetière Clamart	—	18
— Sculpture et Sculpteur Clesinger-Lechesne)	—	56
— Les Gorilles	—	6
— Le triomphe de la paix par *Delacroix*.	—	10
— Le Carmel	—	14
— Mon ami Colbrun	—	30
— Pas de conscience	—	10
— Un Poète anacréontique (Denne Baron)	—	44
— La Revue nocturne	—	6
— Une Séance de magnétisme	—	18
— Étude de tête d'après la bosse. . .	—	27
LES QUARANTE-CINQ, *voir* LA REINE MARGOT		
8 volumes	roman	898
LA REINE MARGOT, 2 volumes	roman	619
— *Série :* 1° La Reine Margot. — 2° La Dame de Monsoreau. — 3° Les Quarante-Cinq.		
ROBIN HOOD, *voir* LE PRINCE DES VOLEURS,		
5 volumes	—	535
LE SALTÉADOR	—	319
SALVATOR, *voir* LES MOHICANS DE PARIS,		
5 volumes	—	1368
— Monseigneur Gaston Phœbus	nouvelle . . .	59
LA SAN-FÉLICE, 4 volumes.	roman	1318
— *Série :* 1° La San-Félice. — 2° Emma Lyonna. — 3° Souvenirs d'une favorite.		
SOUVENIRS D'ANTONY :		
— Cherubino et Celestini	nouvelle . . .	72
— Le Cocher de cabriolet	— . . .	34

			Nombre de pages.
— Blanche de Beaulieu	nouvelle	. . .	64
— Un bal masqué	—	. . .	44
— Bernard, *histoire pour les chasseurs.*	—	. . .	34
— Dom Martins de Freytas	—	. . .	54
— Le Curé Chambard	—	. . .	46

SOUVENIRS DRAMATIQUES, tome premier :

— Les Mystères	variété	. . .	23
— Le théâtre des anciens et le nôtre	—	. .	46
— William Shakespeare	—	. .	24
— De la subvention des Théâtres	—	. .	30
— Corneille et le Cid	—	. .	44
— Pichat et son Léonidas	—	. .	52
— La Littérature et les Hommes d'État	—	. .	6
— Mon odyssée à la Comédie-Française	—	. .	8
— Les trois Phèdre	—	. .	86
— Action et réaction littéraire	—	. .	40
— Le Baron Taylor	—	. .	32

SOUVENIRS DRAMATIQUES, tome second :

— L'Œdipe de Sophocle et l'Œdipe de Voltaire	variété	. . .	94
— Othello	—	. . .	30
— La Camaraderie, les Collaborateurs et M. Scribe	—	. . .	24
— Le Louis XI de Mély-Janin et le Louis XI de Casimir Delavigne	—	. . .	22
— De la Critique littéraire	—	. . .	
— Les Auteurs dramatiques au Conseil d'État	—	. . .	50
— Dix ans de la vie d'une femme, ou la moralité de M. Scribe	—	. . .	36
— A propos de Mauprat	—	. . .	50
— Henri V et Charles II	—	. . .	40
— De la nécessité d'un second Théâtre-Français	—	. . .	30
— L'Ulysse de Ponsard	—	. . .	84

SOUVENIRS D'UNE FAVORITE, *voir* LA SAN-FELICE, 4 volumes . . . . roman 1258

SULTANETTA . . . . roman 820

SYLVANDIRE . . . . — 345

Nombre
de pages.

LA TERREUR PRUSSIENNE, 2 volumes . roman 588

LE TESTAMENT DE M. DE CHAUVELIN,
voir les Mille et un fantomes . . . .   —   278

LES TROIS MOUSQUETAIRES, 2 volumes. roman   . . . 688
   — Série : 1° Les Trois Mousquetaires.
    — 2° Vingt ans après. — 3° Le Vi-
    comte de Bragelonne.

   LE TROU DE L'ENFER. . . . .   —   . . . 304
   — Série : 1° Le Trou de l'Enfer. —
    2° Dieu dispose.

LA TULIPE NOIRE . . . .   —   . . . 307

LE VICOMTE DE BRAGELONNE, voir les
Trois Mousquetaires, 6 volumes. . . .   —   . . . 2009

UNE VIE D'ARTISTE (Aventures et tribu-
lations d'un comédien) . . . .   —   . . . 308

VINGT ANS APRÈS, voir les Trois Mousquetaires, 3 volumes. . . . .   —   . . . 883

II. — SCÈNES ET ÉTUDES HISTORIQUES

CÉSAR, voir les Grands Hommes en robe
   DE CHAMBRE.

CHARLES LE TÉMÉRAIRE, 2 volumes. . variété. . . . 635

LE DRAME DE 93, voir Louis XIV et son
   Siècle, 3 volumes. . . . .   —   . . . 870

LES DRAMES DE LA MER :
   — Bontekoe . . . . variété. . . . 85
   — Le Capitaine Marion. . . . .   —   . . . 60
   — La Junon . . . .   —   . . . 100
   — Le Kent. . . . .   —   . . . 52

LES GARIBALDIENS. . . . .   —   . . . 315

GAULE ET FRANCE. . . . .   —   . . . 294

		Nombre de pages.
LES GRANDS HOMMES EN ROBE DE CHAMBRE :		
— 1° CÉSAR, 2 volumes. . . . . Étude.		602
— 2° HENRY IV. — LOUIS XIII ET RICHELIEU, 2 volumes.	— . . .	639
LES HOMMES DE FER :		
— Pépin.	— . . .	56
— Charlemagne.	— . . .	22
— Le Sire de Giac	— . . .	62
— Guelfes et Gibelins.	— . . .	62
ISABEL DE BAVIÈRE, 2 volumes.	— . . .	584
ITALIENS ET FLAMANDS, voir LES MÉDICIS, tome premier :		
— Introduction. . . . . variété		146
— Masaccio de San-Giovanni	— . . .	8
— Jean Bellin	— . . .	20
— Le Pérugin	... . . .	48
— Léonard de Vinci	— . . .	40
— Pinturiccio.	— . . .	14
— Fra Bartolomeo	— . . .	22
— Albert Dürer	— . . .	25
— Luca Cranach.	— . . .	11
ITALIENS ET FLAMANDS, tome second :		
— Quintin Metzys. . . . . variété . . .		15
— André de Mantegna	— . . .	12
— Baldassare Peruzzi	— . . .	24
— Giorgione	— . . .	28
— Jean-Antoine Razzi.	— . . .	20
— Baccio Bandinelli	— . . .	10
— André del Sarto	— . . .	78
— Guérard Berck-Heyden.	— . . .	8
— Jules Romain	— . . .	22
— Jacques de Pontormo	— . . .	4
— Jean-Antoine Sogliani	— . . .	2
— Frère Philippe Lippi..	— . . .	8
— François Miérris.	— . . .	4
— Alexandre Botticelli.	— . . .	8
— Ange Gaddi	— . . .	6
— Jean Holbein	— . . .	23

		Nombre de pages.
JEHANNE LA PUCELLE	étude . . .	207
— Praxède	— . . .	34
— Pierre le Cruel	— . . .	44
LOUIS XIV ET SON SIÈCLE, 4 volumes :	— . . .	1190
— *Série :* 1° Louis XIV et son Siècle. — 2° La Régence. — 3° Louis XV et sa Cour. — 4° Louis XVI et la Révolution. — 5° Le Drame de 93.		
LOUIS XV ET SA COUR, *voir* LOUIS XIV ET SON SIÈCLE, 2 volumes	—	589
LOUIS XVI ET LA RÉVOLUTION, *voir* LOUIS XIV ET SON SIÈCLE, 2 volumes . .	—	648
LES MÉDICIS :		
— Branche aînée	— . . .	145
— Branche cadette	— . . .	124
— *Série :* 1° Les Médicis. — 2° Trois Maîtres. — 3° Italiens et Flamands.		
MÉMOIRES DE GARIBALDI, 2 volumes . .	—	574
NAPOLÉON	—	309
LA RÉGENCE, *voir* LOUIS XIV ET SON SIÈCLE	—	301
LA ROUTE DE VARENNES	—	279
LES STUARTS	—	307
TROIS MAITRES, *voir* LES MÉDICIS :		
— Michel-Ange	— . . .	100
— Titien	— . . .	104
— Raphaël	— . . .	58

III. — VOYAGES.

UNE ANNÉE A FLORENCE, *voir* LE MIDI DE LA FRANCE	variété	278
L'ARABIE HEUREUSE, 3 volumes	—	935

		Nombre de pages.
LES BALEINIERS (Océanie et Australie) 2 volumes	variété	618
LE CAPITAINE ARÉNA (Sicile), *voir* LE SPERONARE	—	205
LE CAUCASE, *voir* LES IMPRESSIONS DE VOYAGE EN RUSSIE, 3 volumes	— . . .	400
LE CORRICOLO (Naples), *voir* LE SPERONARE, 2 volumes	— . . .	625
DE PARIS A CADIX, 2 volumes	—	644
— *Série :* 4° De Paris à Cadix. — 2° Le Veloce.		
EXCURSION SUR LES BORDS DU RHIN, 3 volumes	— . . .	564
UN GIL BLAS EN CALIFORNIE.	—	322
IMPRESSIONS DE VOYAGE EN RUSSIE, 4 volumes	—	1224
— *Série :* 4° Impressions de voyage en Russie. — 2° Le Caucase.		
IMPRESSIONS DE VOYAGE EN SUISSE, 3 volumes.	—	879
LE MIDI DE LA FRANCE, 2 volumes. . .	— . . .	643
Série : 4° Le Midi de la France. — 2° Une année à Florence. — 3° La Villa Palmiéri.		
UN PAYS INCONNU (Havane, Brésil) . . .	—	320
QUINZE JOURS AU SINAI.	—	290
LE SPERONARE (Sicile, (2 volumes) . .	variété	616
Série : 4° Le Speronare. — 2° Le Capitaine Aréna. — 3° Le Corricolo.		
LE VÉLOCE (Tanger, Alger, Tunis). *voir* DE PARIS A CADIX (2 volumes). . . .	—	597
LA VIE AU DÉSERT (Afrique méridionale), (2 volumes).	—	450
LA VILLA PALMIERI, *voir* LE MIDI DE LA FRANCE.	—	278

ALEXANDRE DUMAS FILS
DE L'ACADÉMIE FRANÇAISE

Nombre
de pages.

ANTONINE . . . . roman. . . . 319

AVENTURES DE QUATRE FEMMES ET
D'UN PERROQUET. . . . . — 396

CONTES ET NOUVELLES :
— Un Paquet de lettres . . . . nouvelle . . . 86
— Le Prix de Pigeons . . . . — . . . 46
— La Boîte d'argent. . . . . — . . . 86
— Le Pendu de la Piroche . . . . . . — . . . 26
— Ce que l'on voit tous les jours. . . — . . . 66
— Césarine. . . . . — . . . 127

LA DAME AUX CAMÉLIAS . . . . roman 300
ENTR'ACTES, tome premier :
— Les Faux Polonais. . . . . variété 18
— Paris après les journées de Juin. . . — . . . 12
— Courrier de Paris . . . . — . . . 62
— Lettres d'un Provincial. . . . . . . — . . . 84
— Histoire de la Loterie . . . . — . . . 16
— La Vie d'une Comédienne. . . . . . — . . . 16
— De la force physique. . . . . — . . . 32
— Les Premières représentations . . . — . . . 32
— Flaminio. . . . . — . . . 16
— Les Funérailles de Lamartine. . . . — . . . 12
— A M. Sarcey. . . . . — . . . 18
— Un abus de confiance . . . . — . . . 8
— Les Madeleines repenties. . . . . . — 26

ENTR'ACTES, tome deuxième :
— Histoire du Supplice d'une femme . — 127
— Sur les idées de Madame Aubray. . . — 14
— M. Mirès, sur la question d'argent . — 17
— Une Nouvelle lettre de Junius . . . — 18
— Une Lettre sur les choses du jour . — 32
— Nouvelle lettre sur les choses du jour. — 30
— Discours funèbres. Auber. . . . . . — 8
            —   —   Alexandre Dumas — 2
            —   —   Anicet Bourgeois — 7
            —   —   Théophile Gautier — 10
            —   —   Desclée. . . . . — 11

		Nombre de pages.

ENTR'ACTES, tome troisième :
— Préface du Chevalier Beautemps de Quatrelles.	variété	9
— L'Homme-Femme.	—	102
— Sur la collaboration	—	14
— Le Faust de Gœthe. Préface	—	98
— Manon Lescaut. Préface	—	26
— La Cité de Limes	—	22
— Discours de réception à l'Académie française	—	48
— L'Affaire Marambat.	—	24
— Discours sur les Prix de vertu. . .	—	88
— Daphnis et Chloé. Préface	—	14

NOUVEAUX ENTR'ACTES, 1re série :
— Une lettre (Réponse à M. H. Ferry de Pigny)	variété	14
— Un discours inédit.	— . . .	6
— Les femmes qui tuent et les femmes qui votent.	— . . .	124
— Amende honorable au Mançanarez (A M. Ed. Lebey).	— . . .	6
— Discours prononcé sur la tombe de M. Montigny.	— . . .	8
— A Monsieur Naquet.	— . . .	26
— Les réflexions de l'enfant.	— . . .	20
— Discours prononcé sur la tombe de Gustave Doré.	— . . .	8
— Chronique théâtrale (A Francisque Sarcey).	— . . .	32
— La recherche de la paternité. . . .	— . . .	78
— Discours prononcé sur la tombe de M. Ad. de Leuven	— . . .	8
— Une lettre (A M. Paul Alexis). . . .	— . . .	19

THÉÂTRE, tome premier :
— Préface de la Dame aux Camélias .	variété	47
— La Dame aux Camélias.	drame 5 actes.	136
— Préface de Diane de Lys.	variété	12
— Diane de Lys	drame 5 actes.	179
— Préface du Bijou de la Reine . . .	variété	9
— Le Bijou de la Reine	c. en vers 1 a.	31

		Nombre de pages.
THÉATRE, tome deuxième :		
— Préface du Demi-Monde	variété	21
— Le Demi-Monde	com. 5 actes.	188
— Préface de la Question d'argent	variété	18
— La Question d'argent	com. 5 actes.	156
THÉATRE, tome troisième :		
— Préface du Fils naturel	variété	27
— Le Fils naturel	com. 5 actes.	165
— Préface du Père prodigue	variété	11
— Un Père prodigue	com. 5 actes.	190
THÉATRE, tome quatrième :		
— Préface de l'Ami des femmes	variété	53
— L'Ami des femmes	com. 5 actes.	150
— Préface des Idées de Mme Aubray	variété	7
— Les Idées de Mme Aubray	com. 5 actes.	127
THÉATRE, tome cinquième :		
— Préface de Une Visite de noces	variété	19
— Une Visite de noces	com. 5 actes.	44
— Préface de la Princesse Georges	variété	12
— La Princesse Georges	pièce 3 actes.	80
— Préface de la Femme de Claude	variété	48
— La Femme de Claude	pièce 3 actes.	92
THÉATRE, tome sixième :		
— Préface de Monsieur Alphonse	variété	69
— Monsieur Alphonse	pièce 3 actes.	98
— Préface de l'Étrangère	variété	32
— L'Étrangère	com. 3 actes.	100
LA VIE A VINGT ANS	—	330

HENRI DUPIN

LA VIEILLESSE DE MAZARIN	roman histor..	299

PAUL DUPLAN

LE CAPITAINE JEAN	nouvelle	147
— Solange	—	294

G. DUPREZ

Nombre
de pages.

SOUVENIRS D'UN CHANTEUR . . . . . . autobiographie 275

VICTOR DUPUY

SOUVENIRS MILITAIRES, 1794-1816. . . . mémoires. . . 311

LA GÉNÉRALE DURAND
Première dame d'honneur de l'Impératrice Marie-Louise.

MÉMOIRES SUR NAPOLÉON ET MARIE-
LOUISE, 1810-1814 . . . . mémoires. . . 355

ALBERT DURUY

L'ARMÉE ROYALE. . . . . étude militaire 284

ÉTUDES D'HISTOIRE MILITAIRE SUR LA
RÉVOLUTION ET L'EMPIRE. . . . . . . — 344

CHARLES EDMOND

LA BUCHERONNE. . . . . roman. . . . 348

JEAN DHARP . . . . — . . . 325

HARALD . . . . — . . . 360

LA MAISON J.-R. COSSEMANT. . . . . . — . . . 311

PAUL ROCHEBERT. . . . . — . . . 274

SOUVENIRS D'UN DÉPAYSÉ. . . . . . . voyage . . . 280

LE TRÉSOR DU GUÈBRE . . . . roman . . . 394

ZÉPHYRIN CAZAVAN EN ÉGYPTE. . . . — . . . 472

Mrs. EDWARDS

(TRADUCTION DE MADAME G. DU PARQUET.)

Nombre de pages.

BRUNE AUX YEUX BLEUS . . . . roman. . . . 401
UN VOISINAGE COMPROMETTANT . . . . — . . . 688

EDWARD EGGLESTON

AU BON VIEUX TEMPS :
 — Le Land Warrant . . . . nouvelle . . . 143
 — Le Prêcheur en plein air . . . . . — . . . 151
LE MAITRE D'ÉCOLE DU FLAT-CREEK. — . . . 96
 — Le Prédicateur Ambulant. . . . . . — . . . 125

GEORGE ELIOT

DANIEL DERONDA, 2 volumes . . . . . . roman 707
MIDLLEMARCH, étude de la vie de pro-
 vince. . . . . 2 vol. 1016

Mme ELLIOTT

MÉMOIRES SUR LA RÉVOLUTION FRAN-
 ÇAISE. . . . . mém. historiq. 254

MAX ELLYAN

DIANE DE PUYMAL . . . . roman 281

EMMA D'ERWIN

LA FIANCÉE DE GILBERT . . . . roman. . . . 370

ÉTINCELLE

		Nombre de pages.
L'IRRÉSISTIBLE . . . . roman. . . .		338
JOSETTE :		
— Josette. . . . . nouvelle . . .		125
— L'assassin . . . . — . . .		34
— Sylvanette. . . . . — . . .		36
— La Déclaration . . . . — . . .		28
— L'Idole. . . . . — . . .		20
— La Rose . . . . — . . .		20
— Le Tourniquet. . . . . — . . .		20
— La Lettre . . . . — . . .		30

S. LE FANU

MON ONCLE SILAS . . . . roman   360

B.-L. FARGEON

TRADUCTION A. LAMBERT DE SAINTE-CROIX

LE NEUF DE CŒUR . . . . roman   334

CLAUDE FAURIEL

LES DERNIERS JOURS DU CONSULAT . . étude historiq.   486

LÉA FERGUSSON

L'ÉCOLE DU VICE. . . . . roman . . .   25

LÉONCE FERRET

LA VENGEANCE DU BOURREAU. . . . . roman   340

COMTE DE LA FERRIÈRE

		Nombre de pages.
AMOUR MONDAIN, AMOUR MYSTIQUE. .	variété	317
HENRI IV — le Roi, l'Amoureux.	étude histor. .	401
MARGUERITE D'ANGOULÊME, une véritable abbesse de Jouarre.	— . .	341
LES PROJETS DE MARIAGE DE LA REINE ÉLISABETH	— .	281
TROIS AMOUREUSES AU XVIe SIÈCLE. . Françoise de Rohan, Isabelle de Limeuil; la reine Margot.	Études hist. .	337

ALFRED DE FERRY

DEUX RACES	roman	366
UN ROMAN EN 1915	—	380

GABRIEL FERRY

BALZAC ET SES AMIES	variétés. . . .	282
LES DERNIÈRES ANNÉES D'ALEXANDRE DUMAS.	(1864-1870) . .	342

OCTAVE FEUILLET

DE L'ACADÉMIE FRANÇAISE

ŒUVRES COMPLÈTES

LES AMOURS DE PHILIPPE.	roman. . . .	339
BELLAH	— .	353
LE DIVORCE DE JULIETTE	comédie . . .	169
— Charybde et Scylla.	proverbe . . .	65
— Le Curé de Bourron.	nouvelle . . .	3

		Nombre des pages.
HISTOIRE D'UNE PARISIENNE.	roman	281
HISTOIRE DE SIBYLLE	— . . .	387
HONNEUR D'ARTISTE	roman	365
JOURNAL D'UNE FEMME	— . . .	342
JULIA DE TRÉCŒUR	— . . .	208
— Circé	nouvelle. . .	29
UN MARIAGE DANS LE MONDE	roman. . . .	327
MONSIEUR DE CAMORS.	— . . .	377
LA MORTE	— . . .	306
LA PETITE COMTESSE	— . . .	165
— Le Parc.	— . . .	34
— Onesta	— . . .	123
LE ROMAN D'UN JEUNE HOMME PAUVRE	— . . .	352
SCÈNES ET COMÉDIES. :		
— Le Village.	pièce	59
— Le Cheveu blanc.	— . . .	80
— Dalila.	— . . .	146
— L'Ermitage.	— . . .	54
— L'Urne.	— . . .	46
— La Fée.	— . . .	54
SCÈNES ET PROVERBES :		
— Le Fruit défendu.	— . . .	30
— La Crise	— . . .	04
— Rédemption	— . . .	106
— Le Pour et le Contre.	— . . .	80
— Alix.	— . . .	66
— La Partie de Dames.	— . . .	32
— La Clef d'Or.	— . . .	108
LA VEUVE	roman . . .	194
— Le Voyageur	scènes dialog.	60

M⁻ OCTAVE FEUILLET

QUELQUES ANNÉES DE MA VIE	souvenirs. . .	367

ERNEST FEYDEAU

— ŒUVRES COMPLÈTES —

		Nombre de pages.
ALGER	étude.	283
L'ALLEMAGNE EN 1871	voyages . .	274
LES AMOURS TRAGIQUES	roman	289
L'ART DE PLAIRE.	étude. . . .	157
CATHERINE D'OVERMEIRE.	roman . . .	372
COMMENT SE FORMENT LES JEUNES GENS	—	422
LA COMTESSE DE CHALIS.	—	354
DANIEL, 2 volumes	—	744
UN DÉBUT A L'OPÉRA..	—	264
Série : 1° Un Début à l'Opéra. — 2° M. de Saint-Bertrand ; — 3° Le Mari de la Danseuse.		
FANNY.	—	254
LE LION DEVENU VIEUX..	—	320
DU LUXE, DES FEMMES, DES MŒURS, DE LA LITTÉRATURE ET DE LA VERTU. .	étude.	195
— Opinion de M. Dupin, sur le luxe effréné des femmes.	— . . .	10
— Le théâtre et la société	— . . .	8
— Le monde et le demi-monde. . . .	— . . .	10
— Le luxe au corps législatif. . . .	— . . .	14
MÉMOIRES D'UN COULISSIER..	étude.	317
MONSIEUR DE SAINT-BERTRAND, *voir* UN DÉBUT A L'OPÉRA	roman	352
LE MARI DE LA DANSEUSE, *voir* UN DÉBUT A L'OPÉRA	—	398
LES QUATRE SAISONS :		
— Le Printemps.	variété	56
— L'Été..	— . . .	82
— L'Automne.	— . . .	80
— L'Hiver..	— . . .	27

		Nombre de pages.
LE ROMAN D'UNE JEUNE MARIÉE. . . . roman		348
LE SECRET DU BONHEUR, 2 volumes . .	— . . .	690
SOUNA, — MŒURS ARABES :		
— A Franc-étrier ! . . . . roman		208
— Contes des mille et une nuits . . . nouvelle . . .		23
— Anifa Madina, et Aïcha.	— . . .	47
SYLVIE . . . . roman . . .		252

MARY FLORAN

UN AN D'ÉPREUVE . . . . roman		372
LA DESTINÉE DE JACQUES.	— . . .	314
ROMANESQUE	— . . .	337

FOLARÇON

QUAND J'ÉTAIS BRIGADIER :		
— Dans la Chambrée. . . . . nouvelle . . .		9
— Le Dîner de la reine d'Angleterre .	— . . .	8
— Soyez donc chaste !	— . . .	8
— Emballé au pas	— . . .	10
— De l'utilité des mouchoirs d'instruction.	— . . .	8
— On dirait du veau !	— . . .	8
— Un Match de théorie	— . . .	8
— Un Vétérinaire dans le mouvement.	— . . .	8
— C'est les punaises !	— . . .	6
— Un Intendant qui n'aimait pas la cavalerie	— . . .	8
— Le Brigadier Tirefeu.	— . . .	8
— Cerveau-piano.	— . . .	10
— Un Sapeur irrésistible	— . . .	6
— Méfiez-vous des ronfleurs !	— . . .	8
— Cuirs et velours.	— . . .	8
— Ne perdez pas le nord !	— . . .	8
— La Chienne du commandant de place.	—	8

		Nombre de pages.
— L'Art de grandir. . . . . nouvelle. . . .		10
— Carottier-besef. . . . . —		8
— A couvert. . . . . —		8
— Un Vétérinaire vieux jeu. . . . . . —		10
— Guignel froide guignel. . . . . . . —		8
— Volontaires, parents et amis . . . . —		12
— Le Capitaine « c'est écrit » . . . . —		8
— La rosse tarpéienne . . . . —		12
— Le Docteur Bistouri . . . . — . . .		10
— Les Gants de peau. . . . . — . . .		10
— Un peu d'histoire . . . . — . . .		10
— Idée fixe et mérite tropical . . . . — . . .		12
— Hésiter ? jamais !. . . . . — . . .		8
— Un Capitaine inventeur . . . . . . — . . .		10

FONTAINE DE RAMBOUILLET

LA RÉGENCE ET LE CARDINAL DUBOIS. relat. anecdot.   368

ANATOLE FRANCE

BALTHASAR :

— Balthasar . . . . nouvelle . . .		32
— Le Réséda du Curé . . . . — . . .		3
— Monsieur Pigeonneau. . . . . — . . .		27
— La Fille de Lilith . . . . — . . .		28
— Lœta Acilia. . . . . — . . .		19
— L'Œuf rouge . . . . — . . .		19
— Abeille. . . . . — . . .		145

LE CRIME DE SYLVESTRE BONNARD :

— La Bûche. . . . . nouvelle. . .		95
— La Fille de Clémentine. . . . . . . roman. . . .		229

L'ÉTUI DE NACRE :

— Le Procurateur de Judée . . . . . . nouvelle . . .		28
— Amycus et Célestin. . . . . — . . .		12
— Légende des saintes Oliverie et Libe-		
rette. . . . . — . . .		16
— Sainte Euphrosine . . . . — . . .		24

		Nombre de pages.
— Scolastica	nouvelle	10
— Le Jongleur de Notre-Dame.	—	15
— La Messe des ombres.	—	15
— Leslie Wood	—	22
— Gestas.	—	15
— Le Manuscrit d'un médecin de village.	—	10
— Mémoires d'un volontaire.	—	06
-- L'Aube.	—	20
— Madame de Luzy.	—	14
— La Mort accordée.	—	8
— Anecdote de floréal, an II.	—	12
— Le Petit Soldat de plomb	—	18

JOCASTE ET LE CHAT MAIGRE :

— Jocaste	nouvelle	100
—' Le Chat maigre.	—	137

LE LIVRE DE MON AMI	roman	383

LES OPINIONS DE M. JÉROME COIGNARD :

— L'abbé Jérôme Coignard	variétés	38
— Les Opinions de M. Jérôme Coignard :		
— Les Ministres d'État.	—	20
— Saint-Abraham.	—	18
— L'Affaire du Mississipi.	—	9
— Les Œufs de Pâques.	—	14
— Le Nouveau Ministère	—	24
— MM. les Échevins	—	12
— La Science.	—	11
— L'Armée.	—	32
— Les Académies.	—	12
— Les Séditieux	—	9
— Les Coups d'État.	—	13
— L'Histoire	—	9
— Monsieur Nicodème	—	10
— La Justice.	—	37
-- Récit de l'huissier.	—	9

LA ROTISSERIE DE LA REINE PÉDAUQUE	roman	385
THAÏS.	roman	350

LA VIE LITTÉRAIRE :

Première Série.

-- Hamlet à la Comédie française	variétés	8

		Nombre de pages.
— Serenus.	variété.	6
— La Réception de M. Léon Say à l'Académie française	— . . .	10
— M. Alexandre Dumas, moraliste. . .	— . . .	11
— La Jeune Fille d'autrefois et la Jeune Fille d'aujourd'hui.	— . . .	11
— M. Guy de Maupassant et les conteurs français.	— . . .	12
— Le Journal de Benjamin Constant.	— . . .	14
— Un Roman et un Ordre du Jour. — Le Cavalier Miserey	— . . .	11
— A propos du « Journal des Goncourt »	— . . .	11
— M. Leconte de Lisle à l'Académie française	— . . .	12
— Sur le quai Malaquais. — M. Alex. Dumas et son discours.	— . . .	10
— L'Hypnotisme dans la littérature. — Marfa.	— . . .	15
— Le Prince de Bismarck	— . . .	13
— Balzac.	— . . .	10
— Trois poètes. — Sully-Prudhomme. — François Coppée. — Frédéric Plessis.	— . . .	12
— Marie Bashkirtseff	— . . .	10
— Les Fous dans la littérature	— . . .	11
— Le Chevalier de Florian. — Les Félibres à la fête de Sceaux	— . . .	14
— A propos de l'inauguration de la statue d'Armand Carrel, à Rouen . .	— . . .	15
— Louis de Ronchaud, souvenirs. . .	— . . .	8
— La Terre	— . . .	14
— M. Thiers historien.	— . . .	17
— Correspondance de Marie-Louise . .	— . . .	11
— La Reine Catherine.	— . . .	14
— Pour le latin.	— . . .	10
— Propos de rentrée. — La terre et la langue.	— . . .	10
— M. Becq de Fouquières	— . . .	14
— M. Cuvillier-Fleury	— . . .	7
— M. Ernest Renan, historien des Origines	— . . .	

		Nombre de pages.
— La Vertu en France	variété . . .	10
— George Sand et l'idéalisme dans l'Art.	— . . .	9
-- Mensonges, par M. Paul Bourget . .	— . . .	8
— L'Amour exotique. — Madame Chrysanthème	— . . .	9

LA VIE LITTÉRAIRE, 2ᵉ série :

— M. Alexandre Dumas fils	variété. . . .	8
— Les Jouets d'enfants, par M. Camille Lemonnier.	—	8
— Gustave Flaubert.	— . . .	10
— M. Guy de Maupassant	— . . .	8
— Le Bonheur, par Sully-Prudhomme.	— . . .	11
— Mérimée.	— . . .	9
— Hors de la littérature.	— . . .	9
— Bibliophilie	— . . .	10
-- Les Criminels	— . . .	9
— La Mort et les petits dieux	— . . .	10
— La grande Encyclopédie	— . . .	11
— Un Poète oublié : Saint-Cyr de Rais-sac	— . . .	10
-- Les Torts de l'histoire	— . . .	10
— Sur le Scepticisme	— . . .	10
— Euripide.	— . . .	10
— Les Marionnettes de M. Signoret . .	— . . .	11
— La Mère et la Fille : madame de Sabran et madame de Custine, par M. A. Bardoux.	— . . .	6
— M. Jules Lemaître	— . . .	21
— 1814.	— . . .	6
— Demain	— . . .	12
— M. Charles Morice	— . . .	13
— Le grand saint Antoine.	— . . .	12
— Anthologie.	— . . .	13
— La Sagesse de Gyp : les Séducteurs, mademoiselle Loulou.	— . . .	9
--- Anthologie.	— . . .	7
— M. Gaston Paris et la littérature française au moyen âge.	— . . .	15
— Lexique	— . . .	12
— La Pureté de M. Zola.	— . . .	12

		Nombre de pages.
— La Tempête	variété	9
— La Tresse blonde, par Gilbert-Augustin Thierry	— . . .	8
— Brave fille, par Fernand Calmettes .	— . . .	9
— Histoire du peuple d'Israël, tome II, par Ernest Renan.	— . . .	6
— L'Éloquence de la tribune : le Sénat.	— . . .	10
— Roman et Magie	— . . .	8
— M. Octave Feuillet : le Divorce de Juliette ; Jeanne d'Arc et la Poésie ; Vallerand de la Varanne ; M. Ernest Prarond	— . . .	9

LA VIE LITTÉRAIRE, 3ᵉ série :

— Pourquoi sommes-nous tristes ? . . .	— . . .	9
— Hrotswitha aux marionnettes. . . .	— . . .	10
— Charles Baudelaire.	— . . .	8
— Rabelais.	— . . .	9
— Barbey d'Aurévilly	— . . .	9
— Paul Arène.	— . . .	8
— La Morale et la Science, M. Paul Bourget	— . . .	8
— Contes chinois : Histoire de la dame à l'éventail blanc.	— . . .	25
— Chansons populaires de l'ancienne France :		
— I. Chansons d'amour	— . . .	7
— II. Le Soldat	— . . .	6
— III. Chansons de labour	— . . .	10
— Villiers de l'Isle-Adam	— . . .	12
— Un Moine égyptien.	— . . .	
— Léon Hennique.	— . . .	10
— Le Poète de la Bresse, Gabriel Vicaire.	— . . .	12
— Le baron Denon	— . . .	11
— Maurice Spronck.	— . . .	13
— Une Famille de poètes : Barthélemy Tisseur, Jean Tisseur, Clair Tisseur.	— . . .	10
— Rêveries astronomiques.	— . . .	9
— M. Maurice Bouchor et l'histoire de Tobie	— . . .	
— Histoire des deux amants d'Auvergne.	— . . .	10
— Joséphin Péladan.	— . . .	5

		Nombre de pages.
— Sur Jeanne d'Arc	variété	10
— Sous les galeries de l'Odéon	—	12
— Édouard Rod	—	11
— J.-H. Rosny	—	11
— François Coppée	—	12
— Les Idées de Gustave Flaubert	—	9
— Paul Verlaine	—	11
— Dialogues des vivants : la Bête humaine	—	10
— Nouveaux dialogues des morts : une Gageure	—	12
— Une Journée à Versailles	—	12
— Auguste Vacquerie	—	12
— Octave Feuillet	—	14
— Bouddhisme : Histoire de la courtisane Vasavadatta et du marchand Oupagoupta	—	10
— Les Chansons du Chat-Noir	—	8

LA VIE LITTÉRAIRE, 4ᵉ série :

— Madame Ackermann	—	9
— Notre Cœur	—	9
— Un Cœur de femme	—	7
— La Jeunesse de M. de Barante	—	12
— Mysticisme et Science	—	9
— César Borgia	—	11
— M. James Darmesteter	—	8
— Contes et Chansons populaires :		
Jean-François Bladé	—	8
Albert Meyrac	—	25
— Le P. Didon et son livre sur Jésus-Christ	—	14
— Cléopâtre	—	12
— Madame Judith Gautier	—	12
— M. Jean Moréas	—	10
— Apologie pour le plagiat : Le Fou et l'Obstacle	—	10
— Apologie pour le plagiat : Molière et Scarron	—	10
— Jules Tellier	—	10
— La Rame d'Ulysse	—	13
— Lettre de M. Eugène Pottier	—	1

		Nombre de pages.
— Lettre de M. A. Ed. Cualgnet. . . .	variété. . . .	2
— — M. P. Lalanne.	— . . .	1
— — M. Cunisset-Carnot. . . .	— . . .	1
— — M. P. Clairin	— . . .	2
— — M. Gustave Friteau. . . .	— . . .	14
— Blaise Pascal et M. Joseph Bertrand.	— . . .	8
— M. Maurice Barrès : le Jardin de Bé-rénice.	— . . .	10
— Théodore de Banville.	— . . .	10
— M. Gaston Boissier.	— . . .	15
— L'Empereur Julien	— . . .	10
— Gyp : Une Passionnette.	— . . .	14
— J.-J. Weiss	— . . .	10
— Madame de La Fayette et M. le comte d'Haussonville	— . . .	9
— Un poète breton : M. Charles Le Gof-fic.	— . . .	7
— Albert Glatigny	— . . .	1
— M. Marcel Schwob.	— . . .	7
— Madame de la Sablière, d'après des documents inédits	— . . .	21
— Mithridate.	— . . .	16

VICTOR FRANCONI

LE CAVALIER ET L'ÉCUYER, études sur l'équitation . . . 317

ANTOINE GANDON

LE GRAND GODARD. . . . . roman 246

LES 32 DUELS DE JEAN GIGON . . . . . — 347

COMTE AGÉNOR DE GASPARIN
ŒUVRES COMPLÈTES

L'AMÉRIQUE DEVANT L'EUROPE. . . . . étude 504

LA BIBLE, 2 vol. . . . . — 530

6.

		Nombre de pages.
LE BONHEUR.	Étude.	272
LE BON VIEUX TEMPS:		
— Autrefois	—	137
— Aujourd'hui	—	142
LA CONSCIENCE	—	341
DISCOURS POLITIQUES	discours . . .	457
LES DROITS DU CŒUR	étude.	300
LES ÉCOLES DU DOUTE ET L'ÉCOLE DE LA FOI.	—	431
L'ÉGALITÉ	discours . . .	400
L'ÉGLISE SELON L'ÉVANGILE, 2 vol. . .	étude.	705
L'ENNEMI DE LA FAMILLE:		
— L'Histoire.	—	92
— Le Socialisme	—	409
— Mécanisme et individualité.	—	40
— Les Réclamations des femmes . . .	—	113
LA FAMILLE, 2 vol.	étude	785
LA FRANCE, NOS FAUTES, NOS PÉRILS, NOTRE AVENIR.	—	746
UN GRAND PEUPLE QUI SE RELÈVE . .	—	414
INNOCENT III :		
— Le Siècle apostolique.	—	74
— Constantin.	—	116
— Innocent III	—	223
LA LIBERTÉ MORALE, 2 vol.	—	963
LIBERTÉ RELIGIEUSE.	—	316
LUTHER ET LA RÉFORME AU XVIe SIÈCLE	conférences. .	450
PAROLES DE VÉRITÉ	discours . . .	420
PENSÉES DE LIBERTÉ	pensées . . .	228
LES PERSPECTIVES DU TEMPS PRÉSENT	discours . . .	385

		Nombre de pages
TROIS PAROLES DE PAIX :		
— La Déclaration de Guerre	étude	15
— La République neutre d'Alsace	—	165
— Le Luxembourg	—	7
— L'Objection banale	—	7
— Appel au patriotisme et au bon sens	—	98
— Encore l'Alsace neutre	—	10

L'AUTEUR DES HORIZONS PROCHAINS

ANDALOUSIE ET PORTUGAL	voyage	430
A CONSTANTINOPLE	voyages	486
A TRAVERS LES ESPAGNES	—	434
AU BORD DE LA MER	fantaisie	352
BANDE DU JURA :		
— I. LES PROUESSES DE LA BANDE DU JURA, voyages		300
— II. PREMIER VOYAGE	—	298
— III. CHEZ LES ALLEMANDS. — CHEZ NOUS	—	410
— IV. A FLORENCE	—	392
CAMILLE	roman	298
LES HORIZONS CÉLESTES	études	262
LES HORIZONS PROCHAINS :		
— Le songe de Lisette	—	83
— Les trois roses	—	36
— La Tuilerie	—	32
— L'Hégélien	—	26
— Les Sources	—	24
— Un pauvre Garçon	—	83
— Le Forçat	—	14
— Un Pigeonnier	—	30
— Marietta	—	14
— Le Sculpteur	—	18
— La Tonnelle de Cormier	—	13
LES TRISTESSES HUMAINES	études	324

			Nombre de pages.
VESPER :			
— Janvier	nouvelle	. . .	24
— Vieilles coutumes, vieilles gens	—	. . . .	36
— Les Coqs de Mme Alfred	—	. . .	20
— La Fleur rouge.	—	. . . .	22
— Le petit Juif.	—	. . . .	30
— Lucy Mary	—	. . . .	38
— Kalampin	—	. . . .	22
— L'Homme assassiné	—	. . . .	26
— Baucis et Philémon.	—	. . . .	28
— L'Orient.	—	. . . .	36
— Emmanuel.	—	. . . .	23
VOYAGE AU LEVANT, 2 volumes	voyage	. . . .	620

THÉOPHILE GAUTIER FILS

LA BARONNE VÉRA.	roman	. . . .	149
— Virginie Peugheol	nouvelle	. . .	98
— La maison de poste	—	. . .	97

SOPHIE GAY
— ŒUVRES COMPLÈTES —

ANATOLE.	roman	. . . .	264
LE COMTE DE GUICHE	—	. . .	287
LA COMTESSE D'EGMONT.	—	. . .	307
DUCHESSE DE CHATEAUROUX.	—	. . .	321
ELLÉNORE, 2 volumes	—	. . .	671
LE FAUX FRÈRE.	—	. . .	320
LAURE D'ESTELL.	—	. . .	276
LÉONIE DE MONTBREUSE.	—	. . .	205
LES MALHEURS D'UN AMANT HEUREUX.	—	. . .	148
UN MARIAGE SOUS L'EMPIRE	—	. . .	305
LE MARI CONFIDENT.	—	. . .	320

		Nombre de pages.
MARIE DE MANCINI.	roman . . .	319
MARIE-LOUISE D'ORLÉANS	— . . .	320
LE MOQUEUR AMOUREUX.	— . . .	278
PHYSIOLOGIE DU RIDICULE.	variétés . . .	264
SALONS CÉLÈBRES :		
— Le Salon de la baronne de Staël. .	variété	28
— Un Salon au mois de décembre . .	—	18
— Le Salon de mademoiselle Contat. .	—	58
— Le Célibat moderne	—	16
— Le Salon du baron Gérard	—	28
— La Fatuité moderne	—	12
— Le Salon de la comtesse Merlin . .	—	22
— Le Salon de l'impératrice Joséphine.	—	80
SOUVENIRS D'UNE VIEILLE FEMME :		
— Mystère et Leçon	nouvelle . . .	60
— La Providence de Famille	— . . .	58
— Anaïs	— . . .	32
— Le Télescope	— . . .	80
— Le Châle et le Chien.	— . . .	22
— La Princesse de Conti.	— . . .	19

GUSTAVE GENEVOIX

AMOUR D'ÉPOUSE.	roman	349
DUEL FÉMININ.	— . . .	380

A. GENNEVRAYE

ANDRÉE DE LOZÉ.	nouvelle . . .	100
— Incertitude	— . . .	84
— Par la fenêtre	— . . .	141
LES EMBARRAS D'UN CAPITAINE DE DRA-		
GONS	roman	116
— Un grand amour	—	182

		Nombre de pages.
HISTOIRE INVRAISEMBLABLE :		
— Histoire invraisemblable	nouvelle	87
— L'Isolée	—	213
L'OMBRA :		
— L'Ombra	nouvelle	181
— Louise	—	47
— Le Capitaine Mercier	—	86
POUR L'HONNEUR :		
— Pour l'honneur	—	171
— Renouveau	—	172
RIMES ET RAISON	poésies	209
LE ROMAN D'UN MÉCONNU :		
— Le Roman d'un Méconnu	nouvelle	155
— M. de Payen	—	44
— Mme de Faverlay	—	97
LE ROMAN D'UN SOUS-LIEUTENANT	roman	305
UNE SOUS-PRÉFÈTE :		
— Une sous-préfète	—	205
— L'association	—	129
TINTIN	roman	313
TROP RICHE	roman	195
— Pourquoi l'étang de Saint-Gil fut comblé	nouvelle	30
— Fièvre	—	38
— En cabriolet	—	27

GÉRALD

LA FAUTE DE GERMAINE :		
— La Faute de Germaine	nouvelle	127
— La Buissonnière	—	119
— Gertrude	—	49
— Le Mariage de Madeleine	—	54
HISTOIRES INTIMES :		
— Madame de Verteuil	nouvelle	65
— Le Repentir de Jeanne	—	102
— Geneviève	—	50

		Nombre de pages.
MARIAGE DE RAISON	nouvelle . . .	103
— La Promesse de Louise.	— . . .	139
— La Bonne Cause	— . . .	62
MES PENSÉES	pensées . . .	244
MISS MERTON.	roman	201
OUI ET NON	—	190
LE ROMAN DE GABRIELLE	— . . .	211
UN SECRET.	— . . .	173
TOUT PRÈS D'UNE FAUTE.	nouvelle . . .	41
— Le Mariage d'Alix	— . . .	98
— Un Sacrifice.	— . . .	82
— Flavie.	— . . .	48
— Le Journal de Jeanne	— . . .	52

JULES GÉRARD (LE TUEUR DE LIONS)

LA CHASSE AU LION	variété	250
MES DERNIÈRES CHASSES.	—	242
VOYAGES ET CHASSES DANS L'HIMALAYA	—	315

GABRIEL GERIN

| AU PAYS DES ÉTANGS . . . . | roman . . . . | 287 |

HENRI GERMONT

| LE MARIAGE DE MARGUERITE. . . . . . | roman histor.. | 348 |

F. GERSTAECKER

| LES BRIGANDS DES PRAIRIES. . . . . . | roman . . . . | 306 |

— *Série* : 1° Les Brigands des prairies.
— 2° Les Voleurs de chevaux.— 3°
Les Pionniers du Far-West.— 4° Le
Peau-rouge.

		Nombre de pages.
UNE CHARMANTE HABITATION, *voir* LA MAISON MYSTÉRIEUSE . . . . roman		262
LA MAISON MYSTÉRIEUSE . . . . . . —		200
— *Série.* — 1. La Maison mystérieuse.		
— 2. Une charmante habitation.		
LE PEAU-ROUGE, *voir* LES BRIGANDS DES PRAIRIES . . . . —		254
LES PIONNIERS DU FAR-WEST, *voir* LES BRIGANDS DES PRAIRIES . . . . — . . .		265
LES VOLEURS DE CHEVAUX, *voir* LES BRIGANDS DES PRAIRIES . . . . — . . .		290

GUSTAVE GHÈZ

LA QUESTION DU CŒUR :

— La Question du cœur. . . . . nouvelle . . .		34
— La Chambre du pendu. . . . . . . — . . .		44
— L'Amour d'un dompteur. . . . . . — . . .		12
— Le Septième Péché. . . . . — . . .		9
| Histoire gaie d'un mort triste. . . . — . . .		31
— Tribulations d'un pêcheur à la ligne — . . .		44
— La Vengeance du docteur Dunkel-mann. . . . . — . . .		30
— Les Gants du comédien. . . ' . . . — . . .		44
— Le Papa Non-Non . . . . — . . .		48
— Un Chef-d'œuvre oratoire. . . . . — . . .		40
— Manchots !. . . . . — . .		23
— Un Dernier Chapitre. . . . . . . — . . .		44
— Marianne . . . . — . . .		48
— Trop curieux. . . . . — . . .		9
— Le Parapluie rouge. . . . . — . . .		42
— Comment on devient homéopathe. . — . . .		7
— La Légende du château Noir . . . . — . . .		30
— La Veste de Nankin . . . . — . . .		45
— Un Début . . . . — . . .		44

ALBERT GIGOT

Ancien préfet de police.

Nombre
de pages.

LA DÉMOCRATIE AUTORITAIRE AUX ÉTATS-UNIS :
— Le général André Jackson . . . . . étude 359

MARCEL GIRETTE

JOHANNÈS, FILS DE JOHANNÈS . . . . roman 307

F. DE GIRODON-PRALON

UNE FEMME . . . . roman 413
PÉCHÉ ORIGINEL . . . . roman d'hier . 374

Mrs. G.-W. GODFREY

(TRADUCTION DE MADAME C. DU PACQUET.)

AMOUR VRAI . . . . roman 394

W. GODWIN

CALEB WILLIAMS, 2 volumes . . . . . . roman 502

GOETHE

TRADUCTION DE BACHARACH

FAUST, avec introduction d'Alexandre
Dumas fils . . . . poème 308

GOETHE

TRADUCTION N. FOURNIER

HERMANN ET DOROTHÉE . . . . roman 260
WERTHER . . . . — 269

7

OL. GOLDSMITH

Nombre
de pages.

LE VICAIRE DE WAKEFIELD . . . . . . roman 251

ÉDOUARD GOURDON

CHACUN LA SIENNE :

— Somnambule et Médium . . . . nouvelle . . . 101
— L'Œillet bleu . . . . — . . . 52
— Une Rencontre imprévue. . . . . . . — . . . 42
— Ulrich. . . . . — . . 32
— Esquisse d'une Femme. . . . . . . — . . . 30
— A côté de la Bataille. . . . . — . . . 20

LOUISE . . . . roman 251

NAUFRAGE AU PORT. . . . . — 322

UNE GRANDE DAME RUSSE

L'ABBÉ DE MORVAN . . . . roman . . . 321
LES CONSÉQUENCES D'UNE FAUTE . . . — . . . 341

G. GUESVILLER

EN MUSIQUE . . . . roman. 304

OREILLES FENDUES :

— Décoratif. . . . . nouvelle . . . 168
— Le Sorcier. . . . . — . . . 36
— Un Vieux Laurier . . . . — . . . 42
— Le Sergent Rouge-Trogne. . . . . . — . . . 18
— Monsieur l'Inspecteur. . . . . — . . . 10
— Ce terrible Capitaine. . . . . — . . . 34

LE ROMAN DE GÉNÉVOTTE :

— Génévotte. . . . . nouvelle. . . . 68
— Deux Vieilles. . . . . — . . . 16

		Nombre de pages.
— Querelle de jeu	nouvelle	14
— La Fiancée	—	14
— Leçon de choses	—	10
— Maître et Disciple	—	14
— Damnée	—	24
— La Poupée qui parle	—	22
— Fleurs d'automne	—	18
— Le Sourire d'Ydoine	—	22
— Émotions nocturnes	—	16
— Au Pays	—	16
— Jolyette	—	20
— L'Horloge	—	16
— Un Œuf de Pâques	—	21

AMÉDÉE GUILLEMIN

LES MONDES	caus. astron.	337

ANTOINE GUILLOIS

PENDANT LA TERREUR. — Le Poète Roucher, 1745-1794	348
LE SALON DE MADAME HELVÉTIUS	224

GYP

AUTOUR DU DIVORCE	scènes parisiennes	440
AUTOUR DU MARIAGE	—	380
BOB A L'EXPOSITION	—	120
BOB AU SALON DE 1888	—	97
BOB AU SALON DE 1889	—	132
CE QUE FEMME VEUT :		
— Ce que femme veut	nouvelle	10
— Le Gardénia	—	34

		Nombre de pages.
— Variations.	nouvelle. .	14
— Pour les pauvres s'il vous plaît! . .	—	14
— L'Effet qu'on croit faire.	—	28
— L'Œil au bois	—	14
— L'Homme remarquable	—	18
— Messieurs les militaires.	—	16
— Maniaques et abrutis	—	12
— Techniques, fanatiques et ignorants.	—	14
— Un Dîner.	—	18
— Ce qu'ils disent les uns des autres.	—	12
— Une Ouverture.	—	24
— Ce que coûte un équipage	—	6
— Le Jour du Grand Prix.	—	24
— Chevaux et voitures à vendre . . .	—	14
— Comédiens de château	—	68
ELLES ET LUI	scènes parisiennes	287
UN HOMME DÉLICAT :		
— Un homme délicat.	nouvelle . . .	13
— Le Mail des Damiette	— . . .	18
— Réunion du Comité	— . . .	24
— Chrysalide et Papillon	— . . .	28
— Madgyar.	— . . .	16
— Une Visite ennuyeuse	— . . .	20
— Le Mariage de Diane.	— . . .	26
— Ces bons Normands	— . . .	14
— Lequel ?	— . . .	22
— Suavité	— . . .	14
— Le Choix d'un costume	— . . .	26
— Animaux gras	— . . .	20
— Le Portrait	— . . .	24
— La Pluie.	— . . .	20
— Hésitation	— . . .	16
— C'était pas celle-là	— . . .	16
— A l'Américaine.	— . . .	22
— La Fanfare	— . . .	12
JOIES CONJUGALES :		
— A déjeuner.	nouvelle . . .	24
— Le Cottage.	— . . .	22
— Mars en ménage	— . . .	20
— Le Bon Bain	— . . .	26

		Nombre de pages.
— Calme d'une conscience pure	nouvelle	14
— Heures tranquilles	—	28
— Fanfares de chasse	—	19
— Les Ailes de l'ange	—	27
— Au Bois	—	18
— Les Beautés de la nature	—	21
— Revanche	—	27
— Une Chaumière et un cœur	—	18
— Sans phrases	—	20
— Les Cadeaux	—	25
— Concessions	—	30
— Le Divorce de l'Académie	—	22
MADEMOISELLE ÈVE	comédie	182
— Tout à l'égout	revue	74
MADEMOISELLE LOULOU	sc. parisiennes.	275
LE MONDE A COTÉ	roman	322
O PROVINCE !		
— La Cavalcade	variétés	26
— La Bonne pipe	—	26
— La Pêche de madame ***	—	18
— Le Chien du jardinier	—	24
— L'Exploitation agricole	—	26
— L'Assiette	—	30
— Bretonne bretonnante	—	22
— Le Nez de Monseigneur	—	24
— Les Petits chevaux de Monseigneur	—	24
— L'Occasion	—	30
— Coryse	—	28
— Un Bal à la division	—	28
— Madame O'Sterr	—	35
— Au Pilori	—	8
OHÉ ! LES PSYCHOLOGUES !		
— Psychologie !	nouvelle	19
— Papotages	—	25
— Grandes manœuvres	—	22
— Journal du jeune analyste	—	15
— Devant la justice	—	19
— Quand il pleut	—	20

		Nombre de pages.
— Escarmouche.	nouvelle . . .	25
— Perplexe?	— . . .	24
— Des riens	— . . .	15
— Une Rencontre.	— . . .	24
— Psychologie expérimentale	— . . .	26
— Beautés trop neuves!	— . . .	13
— A la chasse	— . . .	19

PAUVRES P'TITES FEMMES !!!

— La Corbeille de mariage.	nouvelle . . .	24
— L'Œil	— . . .	15
— Ma Bonne Tante !	— . . .	25
— Rendez-vous à l'Exposition d'horticulture.	— . . .	17
— Une Conversion	— . . .	23
— Les Mystères de la plage	— . . .	13
— Aux Portraits du siècle	— . . .	15
— Une Société de chasse.	— . . .	24
— Pauvre Opéra-Comique!	— . . .	14
— Vocation	— . . .	20
— En justice	— . . .	25
— Retour du Bois.	— . . .	17
— Par désœuvrement	— . . .	27
— A la fête de Neuilly.	— . . .	37
— Gymnastique de chambre.	— . . .	15
— L'affaire Débrouillar-Delatamize. . .	— . . .	11

PETIT BLEU . . . .

PETIT BLEU	nouvelle . . .	133
— Mariage mondain.	— . . .	25
— En préparant l'arbre de Noël	— . . .	37
— Pas d'étrangère.	— . . .	28
— Joseph.	— . . .	32

PETIT BOB :

— Bob au Salon.	scène parisienne	15
— Bob au Cirque.	—	14
— Bob chez lui.	—	14
— Bob à l'Exposition	—	22
— La Leçon de Bob	—	24
— Bob et maman.	—	16
— Bob à la Chambre	—	18
— Les Étrennes de Bob.	—	20
— La Fête de maman.	—	24

		Nombre de pages.
— Bob au persil	nouvelle. .	16
— Bob à la Mer.	—	18
— Bob au Jardin d'acclimation	—	20
— Bob s'amuse.	—	16
— Bob et Corneille.	—	16
— Bob politique.	—	16
— Bob puni.	—	18
— Bob au concours hippique	—	16

PLUME ET POIL :

— Une dernière conspiration légitimiste	nouvelle . . .	26
— A l'Exposition des Chiens	— . . .	14
— Bourdes de chasse.	— . . .	14
— Souffrances d'un Maître d'équipage.	— . . .	10
— Visite au Chenil.	— . . .	14
— Journée de chasse.	— . . .	27
— Fin de saison	— . . .	14
— Tir au pigeon	— . . .	13
— Le Monde des Courses.	— . . .	11
— Rallye paper militaire.	— . . .	19
— Au Concours hippique.	— . . .	11
— Pendant que ces messieurs chassent	— . . .	12
— A dîner.	— . . .	24
— Ceintures dorées.	— . . .	19
— Retour de chasse	— . . .	25
— Ce qu'on dit pendant le cotillon . .	— . . .	28
— Litanies de Saint-Hubert.	— . . .	5

LE PLUS HEUREUX DE TOUS :

— Le plus heureux de tous	nouvelle . . .	23
— Le modèle.	— . . .	11
— Bruits d'hôtel	— . . .	24
— Moderne !	— . . .	21
— Les derniers beaux jours	— . . .	19
— La mort de la princesse	— . . .	14
— A marier	— . . .	14
— Le pauvre X et le petit Z	— . . .	24
— Jalousies rétropectives.	— . . .	11
— Colette	— . . .	25
— Propos de chasse.	— . . .	27
— Trop chaud	— . . .	34
— Bout de l'an ! ! !	— . . .	16
— Le mariage de Xaintrailles.	— . . .	30

		Nombre de pages.
— Départ.	nouvelle	14
— Trop délicat.	—	22

POUR NE PAS L'ÊTRE ?...

— En retard..	nouvelle	26
— Fin de saison..	—	30
— Avec lui !	—	24
— Conseils maternels.	—	23
— Lawn-tennis.	—	30
— L'hospitalité écossaise.	—	39
— La gouttière.	—	31
— Oh vertu !	—	13
— Invoc .c' .	—	20
— Tro d diplomatie.	—	20
— Un v ami.	—	90

LES « ''' 'TEURS » . . . . sc. parisiennes. 301

SANS '' ''

— .. voiles	nouvelle	20
— uni charité!	—	16
— Mon pauvre oncle.	—	13
— Une perle.	—	11
— Comment elles écoutent la musique	—	14
— Une cabale	—	27
— La tireuse de cartes.	—	16
— Promesses de bonheur.	—	31
— Le plus beau jour de l'année	—	36
— Provinciaux.	—	30
— Le sabre de mon père.	—	26
— Sous bois.	.	19
— Mademoiselle Ève	—	26
— Série sérieuse.	—	41
— Série toquée.	—	27

LA VERTU DE LA BARONNE :

— La Vertu de la baronne	nouvelle	29
— Régénération spontanée	—	24
— Un peu de morale .	—	16
— La Simple nature	—	18
— Le Nuage	—	14
— On ne songe pas à tout	—	12
— X... tout court	—	14

		Nombre de pages.
— Ondoyante et diverse.	nouvelle. .	24
— Le Berceau.	—	22
— Sauvetage	—	12
— Oremus	—	14
— L'Éducation de l'abbé	—	15
— In extremis.	—	12
— L'Idéal.	—	16
— Le Buste.	--	12
— Jours pairs et jours impairs	—	16
— Le Dragon des Hespérides	—.	20
— L'Agenda.	—	16
— Innocence	—	26
— Bal costumé.	—	15
— Un Grand amour	—	10
— Pique-Nique.	—	26

GYP ET TROIS ÉTOILES

SAC A PAPIER . . . . lettres parisiennes 247

IDA HAHN-HAHN

LA COMTESSE FAUSTINE . . . . roman 324

GUSTAVE HALLER

LE BLEUET. . . . . roman 283
LE CLOU AU COUVENT. . . . . — 237
LE SPHINX AUX PERLES . . . . — 376
VERTU. . . . . — 363

HAMILTON-AIDÉ

SACRIFICE. . . . . nouvelle . . 16
— Deux belles-mères. . . . . — . . 58
— Est-ce un rêve?. . . . . — . . 3

7.

MAURICE HARTMANN

TRADUCTION DE M. ALFRED MARCHAND

		Nombre de pages.
RÉCITS D'UN NOMADE :		
— Gloria	nouvelle	98
— L'Idylle d'un déclassé	—	63
— Une descente de rois	—	30
— Les Réprouvés	—	121

COMTE D'HAUSSONVILLE

MA JEUNESSE, 1814-1830	souvenirs	312

COMTE O. D'HAUSSONVILLE

A TRAVERS LES ÉTATS-UNIS	voyages	397
MISÈRES ET REMÈDES	études sociales	550
PROSPER MÉRIMÉE	étude biog. et litt.	204
— Hugh Elliot	—	110

NATHANIEL HAWTHORNE

CONTES ÉTRANGES :		
— La Marque de naissance	nouvelle	23
— La Fille aux poisons	—	38
— La Grande figure de pierre	—	24
— Le Trésor	—	28
— L'Expérience du docteur Heidegger	—	24
— L'Image de neige	—	20
— La Combe des trois collines	—	8
— L'Amour du beau	—	32
— Les Caprices sort	—	10
— La Promenade de la petite Annie	—	10
— La Statue de bois	—	13
— Le Voyage de noce	—	11

		Nombre de pages.
— M. Wakefield . . . . nouvelle . . .		14
— La Catastrophe de M. Higginbotham —		18
— La grande escarboucle. . . . . . . —		20
— Les Portraits prophétiques . . . . . —		18

HENRI HEINE

ALLEMANDS ET FRANÇAIS :

— De la Noblesse allemande . . . . . variété	12
— Lettres écrites de Normandie . . . —	31
— La Pension de Heine et sa prétendue naturalisation en France. . . . . —	47
— Kahldorf . . . . —	23
— Le Miroir des Souabes. . . . . . . —	24
— Salon de 1831 . . . . —	14
— Mirabeau et la Révolution . . . . . —	22
— Les Journées de Juin . . . . —	46
— Salon de 1833 . . . . —	26
— Varia . . . . . . —	64
— Réforme des prisons et Législation pénale . . . . —	14
— Testaments de Henri Heine . . . . —	16

CORRESPONDANCE INÉDITE, 3 volumes . lettres 1255

DE L'ALLEMAGNE, tome Ier :

— De l'Allemagne jusqu'à Luther . . . étude	52
— De Luther jusqu'à Kant . . . . . —	56
— De Kant jusqu'à Hegel. . . . . . —	70
— La littérature jusqu'à la mort de Goethe . . . . —	168
— Poètes romantiques . . . . —	22

DE L'ALLEMAGNE, tome II et dernier :

— Réveil de la vie politique . . . . . —	44
— Traditions populaires . . . . variété. . .	76
— La Légende de Faust . . . . —	62
— Les Dieux en exil. . . . . —	62
— Aveux de l'auteur. . . . . —	97

DE L'ANGLETERRE. . . . . études 357

		Nombre de pages.
DE LA FRANCE. . . . . étude.		383
DE TOUT UN PEU . . . . variétés . . .		377
DRAMES ET FANTAISIES :		
— Introduction. . . . . variété		65
— Almansor. . . . . —		90
— William Ratcliff. . . . . —		56
— Le Retour. . . . . —		54
— Nouveau printemps . . . . —		28
— Le Rabbin de Bacharach. . . . . . . —		84
— Le Romantisme . . . . —		7
LUTÈCE . . . . lettres		420
MÉMOIRES. . . . . variétés. . . .		44
POÈMES ET LÉGENDES :		
— Atta Troll . . . . légende . . .		78
— L'intermezzo . . . . —		36
— La mer du Nord . . . . —		30
— Nocturnes. . . . . —		49
— Feuilles volantes . . . . —		44
— Germania . . . . —		76
— Romancero . . . . —		58
— Le Livre de Lazare . . . . —		52
REISEBILDER, tome 1er :		
— Les Montagnes du Hartz . . . . . variété		92
— L'Île de Norderney . . . . —		46
— Le tambour Legrand. . . . . —		92
— Angleterre . . . . —		54
— Schnabelewopski . . . . —		92
REISEBILDER, tome II :		
— Italie — Voyage de Munich à Gênes. voyage . . .		110
— Les Bains de Lucques. . . . . . . variété. . . .		88
— La Ville de Lucques. . . . . —		84
— Les Nuits florentines. . . . . —		74
SATIRES ET PORTRAITS :		
— Louis Bourne. . . . . —		208
— Le Dénonciateur . . . . —		82
— De la Pologne. . . . . —		54
— Louis Marcus . . . . —		26
— M. Victor Cousin . . . . —		43

E. D'HERVILLY

Nombre de pages.

L'HOMME JAUNE :

— L'Homme jaune. . . . . nouvelle . . . 7
— Une Pierre dans un jardin . . . . . — . . . 8
— Il Maestro Bassinelli . . . . — . . . 14
— La Couronne du sous-préfet . . . . — . . . 6
— Dulac, Dulac and C°. . . . . — . . 10
— La Peau d'âne . . . . — . . . 8
— Madame Bol. . . . . — . . . 10
— Le Professeur Guignol . . . . . . — . . . 8
— Martyrs d'amour. . . . . — . . . 8
— Saints en biscuits . . . . — . . . 8
— Les Orangers de l'État . . . . . . — . . . 8
— La Recherche de l'inconnu. . . . . — . . . 6
— Où est le vieil habit ? . . . . — . . . 10
— Avant les vivisecteurs. . . . . . — . . . 12
— Vol au bonjour . . . . — . . . 12
— Poissons de vacances . . . . — . . . 12
— Saints de bois. . . . . — . . . 12
— Courrier infernal. . . . . — . . . 12
— La Duchesse d'Hall. . . . . — . . . 12
— Marguilliers . . . . — . . . 10
— Mémoire d'un polichinelle . . . . . — . . . 14
— Les Deux Cavaliers . . . . — . . . 8
— La Session des nids . . . . — . . . 8
— Déménagement à bon marché . . . — . . . 12
— Foire aux jambons. . . . . — . . . 8
— Les Turquoises du czar . . . . . . — . . . 6
— Paniers . . . . — . . . 8
— Le Ventre de Sa Majesté . . . . . . — . . . 6
— La Petite-Vache . . . . — . . . 8
— Un Fromage paradoxal . . . . . . — . . . 12
— L'Exposition des fleurs pauvres . . — . . . 10
— Une Ame de feu. . . . . — . . . 12
— Chasselas de Chanaan . . . . — . . . 6
— Les Sœurs de la vague. . . . . . . — . . . 12
— La Revanche de Colin-Tampon . . . — . . . 8
— Marions la momie ! . . . . — . . . 10

LES PARISIENS BIZARRES :

— Métiers baroques. . . . . variété . . . 32

		Nombre de pages.
— Professeur de cymbales et de langues	nouvelle	10
— Le Vieillisseur de fortunes.	—	10
— Tué par un fromage.	—	12
— On prend son plaisir où.	—	8
— Midi à quatorze heures	—	6
— Le Galérien volontaire.	—	10
— Le Docteur Minos	—	8
— Violons de campagne.	—	8
— Les Chiens parisiens	—	8
— Histoires de chiens	—	10
— Funeste présent.	—	6
— Le dernier latin public	—	14
— Calendes d'avril	—	10
— Nous sommes hideux	—	6
— Disparitions	—	10
— Le Rat-goutteux	—	8
— L'Amour de la science.	—	14
— La Première du Salon	—	10
— L'Art sur couche.	—	8
— La Vibrante.	—	6
— Les Flottes du ciel	—	6
— L'Ange de la gare.	—	8
— Les et cætera.	—	6
— Vacances de Pâques.	—	8
— L'Amie de Dédé.	—	6
— A la vieille Angleterre.	—	10
— Pour l'œil de l'enfant	—	8
— Le Gratin	—	8
— Une Soirée rue de Turbigo.	—	16
— Le cas de M. Brolle.	—	8
— Premières Brouées de feu	—	4
— Épiphania à la crème	—	10
— Exégète de jour et de nuit.	—	11

HILDEBRAND

LA CHAMBRE OBSCURE :

— Les Petits garçons.	nouvelle	6
— Malheurs d'enfants.	—	13
— Une Ménagerie.	—	9

		Nombre de pages.
— Un Homme désagréable dans le bois de Haarlem	nouvelle . . .	23
— Humoristes	— . . .	5
— Le Trekschuit, la Diligence, le Bateau à vapeur et le Chemin de fer.	— . . .	17
— Jouissance des plaisirs	— . . .	9
— Les Amis éloignés	— . . .	15
— L'Hiver à la campagne	— . . .	23
— Le Progrès	— . . .	11
— L'Eau	— . . .	9
— Enterrer !	— . . .	11
— Une Exposition de tableaux	— . . .	17
— Le Vent	— . . .	6
— Réponse à une lettre de Paris . . .	— . . .	6
— Antoine le chasseur	— . . .	20
— Types hollandais	— . . .	78

SCÈNES DE LA VIE HOLLANDAISE :

— La Famille Kegge	— . . .	145
— Gerrit Witse ou les amours d'un candidat en médecine	— . . .	72
— Une Vieille Connaissance	— . . .	22
— La Famille Stastok	— . . .	94

HOFFMMANN

CONTES FANTASTIQUES :

— Notice sur Hoffmann, par Ancelot (de l'Académie française)	nouvelle . . .	15
— Cinabre	conte	50
— Le Reflet perdu	— . . .	27
— Le Tonnelier de Nuremberg	— . . .	48
— L'Homme au sable	— . . .	24
— Bonheur au jeu	— . . .	36
— Formica	— . . .	50
— Le Majorat	— . . .	38
— Mademoiselle de Scudéry	— . . .	54
— Marino Faliero	— . . .	48
— Le Magnétiseur	— . . .	18
— Le Violon de Crémone	— . . .	18

ROBERT HOUDIN

Nombre
de pages

L'ART DE GAGNER A TOUS LES JEUX, variétés et anecdotes   352

COMMENT ON DEVIENT SORCIER . .   —   381

CONFIDENCES D'UN PRESTIDIGITATEUR, 2 vol. mémoires   659

MAGIE ET PHYSIQUE AMUSANTE . . . . variétés . . .   295

F. HUGONNET

SOUVENIRS D'UN CHEF DE BUREAU
ARABE. . . . . étude. . . .   286

LÉON HUGONNET

EN ÉGYPTE . . . . voyages . . .   398

WILLIAM HENRY HURLBERT

VOYAGE EN FRANCE D'UN DÉMOCRATE
AMÉRICAIN pendant l'année du cente-
naire. . . . . voyage   322

WASHINGTON IRVING

AU BORD DE LA TAMISE :
— La Traversée . . . . nouvelle. . .   7
— Roscoe. . . . .   —   . . .   7
— L'Épouse . . . .   —   . . .   8
— Rip Van Winkle . . . .   —   . . .   21
— Les Écrivains anglais et l'Amérique.   —   . . .   10
— La Vie rustique en Angleterre. . .   —   . . .   7
— Le Cœur brisé. . . . .   —   . . .   7
— L'Art de faire des livres . . . . . .   —   . . .   8
— Le Poète-roi. . . . .   —   . . .   14
— L'Église de campagne . . . .   —   . . .   8

		Nombre de pages
— La Veuve et son fils.	nouvelle	8
— Un Dimanche à Londres.	—	2
— La Taverne de la Tête-de-Sanglier.	—	13
— La Mutabilité de la littérature.	—	11
— Les Funérailles à la campagne.	—	13
— La Cuisine d'auberge	—	3
— Le Spectre-fiancé	—	16
— L'Abbaye de Westminster	—	17
— Noël.	—	6
— La Diligence.	—	7
— La Nuit de Noël.	—	13
— Le Jour de Noël.	—	15
— Le Dîner de Noël.	—	15
— Les Antiquités à Londres.	—	6
— La Petite-Bretagne.	—	17
— Stratford-sur-Avon.	—	21
— Traits de caractère indien.	—	11
— Philippe de Pokanoket.	—	16
— John Bull	—	12
— L'Orgueil du Village.	—	9
— Le Pêcheur à la ligne.	—	10
— La Légende du Vallon endormi	—	33
— Post-Scriptum	—	2
— L'Envoi	—	3

VICTOR JACQUEMONT

CORRESPONDANCE, 2 volumes	voyage	610
ORRESPONDANCE INÉDITE.	lettres	783

PRINCE DE JOINVILLE

VIEUX SOUVENIRS..	451

VICTOR JOLY

CRIC-CRAC. Récits de la chambrée :

— Pauvre Catargy	nouvelle	33
— Les Ricochets	—	20

		Nombre de pages.
— Un Tambour-major de Saint-Cyr . .	nouvelle . . .	18
— Une Miette de l'histoire	—	6
— Une émouvante Revue.	—	12
— La Peine du talion.	—	16
— Le Capitaine Barascutt.	—	20
— Les Ressources de Montbarret . . .	—	26
· · Les Incarnations de Verney	—	60
— Mon Oncle le colonel	—	30
— Une Année à Constantine	—	76
CRRR DE BLEU !	nouvelle . . .	45
— Orléans et Bourbons au collège . .	—	18
— Le Dîner des dix.	—	30
— Passé au 13e.	—	20
— Max La Gardère	—	36
— Pierre et Jean de Néméo.	—	32
— A l'Hôpital	—	24
— L'Accordéon.	—	22
— Le Chien du régiment	—	18
— Andreas Grozca	—	26
— Un ex-Mobile de 48	—	22
— Le Pilori	—	30
— Le Miroir diabolique.	—	23

FRANÇOIS DE JULLIOT

TERRE DE FRANCE.	roman	333

ALPHONSE KARR

— ŒUVRES COMPLÈTES —

A BAS LES MASQUES	variété. . . .	353
A L'ENCRE VERTE.	— . . .	373
AGATHE ET CÉCILE	roman	304
L'ART D'ÊTRE MALHEUREUX.	variété. . . .	353
AU SOLEIL.	— . . .	350
BOURDONNEMENTS.	— . . .	347

		Nombre de pages.
LES CAILLOUX BLANCS DU PETIT POUCET	variété	307
LE CHEMIN LE PLUS COURT	roman	308
CLOTILDE	—	317
CLOVIS GOSSELIN	—	280
LE CREDO DU JARDINIER	variétés	300
DANS LA LUNE	—	378
DE LOIN ET DE PRÈS	—	301
LES DENTS DU DRAGON	—	318
DIEU ET DIABLE	—	300
ENCORE LES FEMMES	variétés	318
EN FUMANT	—	316
L'ESPRIT D'ALPHONSE KARR	—	352
FA DIÈZE	roman	280
LA FAMILLE ALAIN	—	330
LES FEMMES	variétés	200
FEU BRESSIER	roman	281
LES FLEURS	variétés	205
LES GAIETÉS ROMAINES	—	308
GENEVIÈVE	roman	318
GRAINS DE BON SENS	variétés	331
LES GUÊPES, 6 volumes	—	1870
HÉLÈNE	roman	353
UNE HEURE TROP TARD	roman	315
HISTOIRE DE ROSE ET JEAN DUCHEMIN	—	192
— Valin	nouvelle	14
— Une Falaise à Étretat	—	25
HORTENSE	roman	230
— Sans se voir	nouvelle	36
— Vendredi	—	16

		Nombre de pages.
LETTRES ÉCRITES DE MON JARDIN . . . variétés . .		806
LE LIVRE DE BORD, 4 volumes . . . . mémoires . .		1330
LA MAISON CLOSE. . . . . variétés . . .		818
LA MAISON DE L'OGRE. . . . . variétés.		
— La Maison de l'Ogre	— . . .	45
— A Ernest Legouvé.	— . . .	26
— Kimprsk.	— . . .	19
— Logogriphe.	—	48
— Conférence sur le bonheur	—	24
— La Statue de Jean-Jacques Rousseau	— . . .	35
— Éloge de la Mort.	— . . .	17
— Affaire Boulanger	—	25
— Prix de beauté.	—	26
— Une Femme dans un salon	— . . .	25
— Une Prophétie	—	29
— Panorama du siècle	— . . .	21
MENUS PROPOS	— . . .	818
MIDI A QUATORZE HEURES. . . . . . . nouvelle . . .		138
— Histoire d'un voisin	— . . .	10
— Voyage dans Paris.	—	60
— Une Visite à l'arsenal	— . . .	32
— Un Homme et une Femme	— . . .	42
NOTES DE VOYAGE D'UN CASANIER . . variétés . . .		400
ON DEMANDE UN TYRAN.	— . . .	380
LA PÊCHE EN EAU DOUCE ET EN EAU SALÉE, *suivie* du DICTIONNAIRE DU PÊCHEUR	— . . .	308
PENDANT LA PLUIE	— . . .	352
LA PÉNÉLOPE NORMANDE . . . . roman		305
PLUS ÇA CHANGE.... . . . . variétés . . .		300
...PLUS C'EST LA MÊME CHOSE	— . . .	366
UNE POIGNÉE DE VÉRITÉS	— . . .	315
LES POINTS SUR LES I . . . . variété		350

		Nombre de pages.
LE POT AUX ROSES :		
— Polichinelle et Robespierrots... variété		8
— Les Batraciens... —		3
— Le Pot aux roses... —		16
— La Question du Tonkin... —		14
— Parlons roses... —		19
— Suprême gâchis... —		15
— L'Histoire d'aujourd'hui... —		13
— Histoire d'hier... —		17
— Une Bonne Nouvelle... —		11
— Mensonge... —		17
— De l'unité du soi-disant parti répu-		
blicain... —		12
— A propos de duels... —		28
— Le nouveau Gulliver... —		16
— Le 1er juin... —		9
— Le Thé de madame Gibou... —		17
— Les deux Cassandre... —		16
— Petits Papiers... —		15
— Rechute en sauvagerie... —		14
— Shio-Bou... —		19
— Paris... —		15
POUR NE PAS ÊTRE TREIZE... nouvelle		63
— Romain d'Étretat... —		53
— Les Willis... —		16
— Un Diamant... —		16
— Berthe et Rodolphe... —		9
— Bouret et Gaussin... —		16
— Jobisme... —		71
PROMENADES AU BORD DE LA MER... variétés		310
LA PROMENADE DES ANGLAIS... —		320
PROMENADES HORS DE MON JARDIN... —		278
LA QUEUE D'OR... nouvelle		80
— Une Sommambule... —		5
— Histoire d'un Pion... —		39
Les Fleurs qui ont fait parler d'elles variété		20
— La Pluralité des pères... —		5
— Les Tulipes... —		12
— A propos des noms... —		16

		Nombre de pages.
— Conférence sur le Lilas	variété	16
— De l'Égalité à Paris	—	6
— Un Rayon de soleil	—	4
— Grandeur des petites choses	—	24
— La Maladie de l'agriculture	—	44
— Mes bons Dîners	nouvelle	54
— Les Voleurs volés	—	20

RAOUL . . . . roman 320

LE RÈGNE DES CHAMPIGNONS :

— Quelques pages de l'histoire des champignons	variété	23
— Monsieur le préfet de Seine-et-Meuse	—	14
— Autres temps	—	8
— Les Médiocres	—	14
— Au Jardin	—	14
— A Monsieur Paul Dalloz	—	4
— De quatre Républiques	—	58
— Petits Papiers	—	14
— Et moi aussi	—	10
— D'en haut	—	18
— Les Dominicales d'Anticyre	—	56
— Mes Almanachs	—	16
— La justice sans force et la force sans justice	—	26
— Miel de guêpes	—	12
— Le Roman comique	—	12
— Si	—	10
— Vingt contre quatre cents	—	23
— Correspondance imprévue	—	10
— Femmes et hommesses	—	14
— Essai de contrepoison	—	12
— Butin	—	12

ROSES ET CHARDONS, ou la Politique au jardin :

— Roses et chardons	variété	4
— Au Jardin	—	19
— Un Gouvernement de paille	—	13
— Les Harpies	—	10
— Encore ces vilains oiseaux	—	8
— Au Jardin	—	7
— Cauchemar	—	12

		Nombre de pages
— A propos des femmes	variété	13
— Réponse à une femme	—	5
— Miettes	—	9
— Au Jardin	—	34
— Autopsie	—	10
— Arlequin anthropophage	—	14
— Quand je vois	—	11
— En attendant les bons bougres	—	13
— Fausse monnaie, jaunisse et déluge	—	9
— Le Chapitre des tarets	—	13
— Les Tarets (suite des suites à Buffon)	—	12
— Au Jardin	—	14
— La Première à Son Excellence N'importe qui	—	11
— Du même au même	—	8
— Un Succès	—	9
— Au Jardin	—	17
— P. P. C.	—	12
ROSES NOIRES ET ROSES BLEUES	—	317
LE SIÈCLE DES MICROBES		
— L'Age de papier	—	17
— Il y a autre chose à faire	—	14
— On descend l'escalier rouge	—	20
— Avant cent ans	—	5
— A propos de duels	—	16
— Marchands d'orviétan	—	5
— Programme d'un cours d'histoire	—	
— Rechute en sauvagerie	—	5
— Les Mendiants vainqueurs	—	6
— Messieurs les Escarpes	variétés	3
— Le « tu » obligatoire	—	11
— Grains d'hellébore	—	13
— Pente glissante	—	11
— Vieux papiers, choses encore neuves	—	7
— Une Dette	—	7
— Un Centenaire	—	8
— La Liberté	—	4
— A propos d'un livre	—	4
— Jean-Jacques Rousseau et le Conseil municipal	—	4
— L'École Mangin	—	8

		Nombre de pages.
— Un Souvenir	variété . . .	8
— Une Réunion privée	— . . .	4
— De la difficulté de parler et d'écrire aux grands	— . . .	10
— Le Duel au pistolet	— . . .	7
— Égalité	— . . .	5
— Une Nuit de mai	— . . .	4
— Les Idées de M. Saint-Romme . . .	— . . .	7
— Les Petits Métiers	— . . .	4
— Quelques Grains d'hellebore . . .	— . . .	7
— Les Décorations	— . . .	6
— Les idées de M. Michelin	— . . .	8
— Ce qui se disait	— . . .	13
— C'est nous qu'est les princesses . . .	— . . .	15
— Comme on chavire on se noie . . .	— . . .	12
— Un petit coin de la question sociale .	— . . .	9
— L'Art de former un ministère . . .	— . . .	14
— Souvenir et pensées	— . . .	11

LES SOIRÉES DE SAINTE-ADRESSE :

— Histoire de tant de Charmes et de la Vertu même	nouvelle . . .	22
— La Vierge noire	— . . .	6
— Le Moine de Kremsmunster	— . .	11
— La Main du Diable	— . . .	15
— De bas en haut	— . . .	27
— Bernard et Mouton	— . . .	13
— Les Révolutions de Pirmasentz, ville de soixante-dix-huit maisons . .	— . . .	35
— Un Vaudeville	— . . .	40
— Une Histoire invraisemblable	. . .	145

LA SOUPE AU CAILLOU	roman . . .	375
SOUS LES POMMIERS	— . . .	386
SOUS LES ORANGERS	variétés . . .	320
SOUS LES TILLEULS	— . . .	320
SUR LA PLAGE	variétés . . .	320
TROIS CENTS PAGES	— . . .	300
VOYAGE AUTOUR DE MON JARDIN . . .	— . . .	324

G.-G. KÉRONAN

Nombre de pages.

OHÉ SAINT-CYR ! . . . . variété 325

I.-A. KHOUDIAKOFF

MÉMOIRES D'UN RÉVOLUTIONNAIRE . . . mœurs russes. 297

LÉOPOLD KOMPERT

(TRADUCTION DANIEL STAUBEN)

LES JUIFS DE LA BOHÊME :

— Le Colporteur. . . . . nouvelle . . . 65
— Une Enfant perdue . . . . — . . . 163
— Trenderl . . . . — . . . 60

SCÈNES DU GHETTO :

— Là dehors devant le Ghetto . . . . nouvelle . . . 4
— Schlemiel. . . . . — . . . 48
— Vieille Babelé . . . . — . . . 31
— Les Enfants du Randar . . . . . . — . . . 66
— Sans autorisation . . . . — . . . 32
— Un Conte du Ghetto. . . . . — . . . 4

GEORGES KOHN

AUTOUR DU MONDE. . . . . voyages . . . 450

I.-J. KRASZEWSKY

OULANA. . . . . nouvelle . . . 267

PAUL LABARRIÈRE

L'AFFAIRE GAULIOT. . . . . roman. 348
L'AMOUR AUX ENCHÈRES . . . . roman 332

			Nombre de pages.
CONTES COURANTS :			
— L'Aventure de Justin Ferrat. . . .	nouvelle	. . .	22
— Turco.	—	. . .	16
— Le Rêve du singe.	—	. . .	10
— La Princesse et le bengali.	—	. . .	10
— La Croix de M. Moutonel	—	. . .	12
— La Salamandre.	—	. . .	21
— Le Cas de M. Pégolau	—	. . .	11
— L'Embuscade.	—	. . .	12
— L'Article nécrologique	—	. . .	10
— Notes et croquis.	—	. . .	27
— Maria	—	. . .	11
— Tintin.	—	. . .	18
— L'article 315	—	. . .	18
— Le Mariage du grand-père.	—	. . .	32
— Le petit Cochon de Sylvie.	—	. . .	18
— Le Commandant Baurel.	—	. . .	13
— Le Docteur Mirol	—	. . .	17
MAITRE SAUVAT.	roman.		298
RIVALES I.	—	. . .	320
SECRET DE FAMILLE :			
— Secret de famille	roman.		202
— La Vengeance de M. Guichelor. . . .	nouvelle. . . .		34
— La Tache.	—	. . .	16
— Le Poupon rose.	—	. . .	18
— La Veillée du corps.	—	. . .	18
— La Tentation de César.	—	. . .	33

LABARRIÈRE-DUPREY

AMOUR D'ALLEMAND. . . . . roman 324

LÉOPOLD LACOUR

GAULOIS ET PARISIENS :			
— Le Théâtre de la Vérité	étude	. . . .	131
— Le Théâtre de M. Labiche	—	. . .	134
— Meilhac et Halévy	—	. . . .	70
— Le Théâtre de M. Gondinet	—	. . . .	50

Nombre
de pages

TROIS THÉÂTRES :
— Le Théâtre de M. Émile Augier . . étude 57
— Le Théâtre de M. Alex. Dumas fils. — 110
— Le Théâtre de M. Sardou . . . . . — 109

Mme LAFARGE

HEURES DE PRISON . . . . mémoires. . . 311
MÉMOIRES . . . . — 314

H. LAFONTAINE

LES BONS CAMARADES . . . . roman 302
L'HOMME QUI TUE . . . . — 340
PETITES MISÈRES :
— Nanine . . . . nouvelle . . . 53
— Porte-bonheur. . . . . — . . . 112
— Noela. . . . . — . . 64
— Pas de chance !. . . . . — . . 86
— Treize à table . . . . — . . 53
LA SERVANTE . . . . roman 318
THÉRÈSE MA MIE . . . . nouvelle . . . 40
— Réveillon d'artistes. . . . . — . . 14
— Le Petit Réchappé . . . . — . . 61
— Le Paletot de M. le baron A. de R. . . . — . . 16
— Folie d'orgueil. . . . . — . . 26
— La Petite Maman . . . . — . . 19
— La Mort de Rose Chéri . . . . variété 10
— Marguerite et Méphisto . . . . nouvelle . . 50
— Trop tard le tonnerre! . . . . — 23
— A propos du *Fils de famille*. . . . variété 14
— Les Vacances de Pandolphe . . . . . nouvelle . . . 25

L.-P. LAFORÊT

EXPLOITS ET AVENTURES DE DÉSIRÉ
COURTALIN . . . . roman . . . 378

A. DE LAMARTINE

		Nombre de pages.
ANTAR	poème	180
BALZAC ET SES ŒUVRES	étude	294
BENVENUTO CELLINI		829
BOSSUET	—	830
CHRISTOPHE COLOMB	—	307
CICÉRON	—	807
LE CONSEILLER DU PEUPLE, 6 vol	études	1811
CROMWELL	—	265
FÉNELON	—	257
LES FOYERS DU PEUPLE (1re série)		
— Des devoirs civils du curé	variété	22
— A M. le comte d'Orsay	poésie	
— Le Cachot, conte arabe	—	4
— Sultan ou le Cheval du voyageur	—	6
— Le Trophée d'armes orientales	—	2
— Child Harold, fragment	variété	4
— Discours prononcé par M. de La-		
martine à un banquet offert par		
ses éditeurs	—	6
— Lettre à Béranger	variété	4
— Le Coquillage	poésie	6
— Pompéi, fragment d'un voyage à		
Naples	variété	8
— Discours prononcé à la séance gé-		
nérale de la Société d'agriculture		
de Saône-et-Loire	—	20
— Le Grillon	poésie	6
— A propos des secondes Méditations	variété	12
— Le Moulin de Milly	poésie	6
— La Marseillaise de la paix, ou le		
Rhin allemand	—	10
— La Fenêtre de la maison paternelle	—	2
— Les Saisons	—	4
— Souvenir	—	6
— Lettre à M. d'Esgrigny	variété	48

		Nombre de pages.
— La Pensée des morts.	—	8
— Ferrare.	poésie	2
— Le Lézard.	—	4
— Murat.	variété	44
— Salut à l'île d'Ischia	poésie	3
LES FOYERS DU PEUPLE (2e série) :		
— Ressouvenir du lac Léman.	poésie	18
— Confidence poétique	variété	10
— La Fleur des eaux.	poésie	10
— Le Mont Blanc.	—	6
— Une entrevue avec Rossini.	variété	6
— Une visite à l'abbaye de Vallombreuse.	—	10
— Les Esprits des Fleurs.	poésie	4
— Entretien avec le lecteur	variété	16
— Les Pavots	poésie	2
— Une Conspiration.	variété	62
— Hypothèses	—	50
— La Revision	—	54
GENEVIÈVE, histoire d'une servante.	roman	268
GUILLAUME TELL.	étude.	180
— Bernard de Palissy.	—	134
HÉLOISE ET ABÉLARD.	étude.	112
— Milton.	—	103
HOMÈRE ET SOCRATE :		
I. Homère	étude.	118
II. Socrate	—	95
JACQUARD.	—	122
— Gutenberg.	—	117
JEAN-JACQUES ROUSSEAU	—	288
JEANNE D'ARC.	—	245
MADAME DE SÉVIGNÉ.	—	271
NELSON	—	237
NOUVEAU VOYAGE EN ORIENT.	voyage.	429
RUSTEM	récit.	223

8.

		Nombre de pages.
SAUL.	trag. 5 a.	210
TOUSSAINT LOUVERTURE.	poème dr. 5 a.	244
— De l'émancipation des esclaves.	discours	76
VIE DU TASSE	étude.	239

ALEX. LAMBERT DE SAINTE-CROIX

ESSAI SUR L'HISTOIRE DE L'ADMINISTRATION DE LA MARINE DE FRANCE, 1089-1792	étude.	454
MADEMOISELLE DE MORON.	roman	386
L'ŒILLET BLANC :		
— L'Œillet blanc	nouvelle	47
— La Nuit du 22 décembre 1879.	—	24
— Le Curé de Garbais).	—	80
— Les Deux Perles	—	51
— La Ville des chiens.	—	22
— Égilone	—	37
DE PARIS A SAN FRANCISCO	notes de voy.	313

L'ABBÉ DE LAMENNAIS

LE LIVRE DU PEUPLE	étude.	308
PAROLES D'UN CROYANT.	—	110
— Une Voix de prison	variété	58
I. Hymne à la Pologne.	—	3
II. La Pologne.	—	2
III. Les Morts	—	8
— De l'esclavage moderne		49

JULES LAN

MÉMOIRES D'UN CHEF DE CLAQUE	souv. des théâtres	307

H. LECOMTE DU NOUY

Nombre
de pages.

L'ERREUR D'AIMER :

— Maldonne . . . . nouvelle. . . . 39
— Une Ame de jeune fille . . . . — . . . 111
— Magda. . . . . — . . . 179

CARLE LEDHUY

LE CAPITAINE D'AVENTURE . . . . . . roman 208
— La Tour des fleurs . . . . — 86
LE FILS MAUDIT . . . . — 319
LA NUIT TERRIBLE. . . . . biographie . . 223

MADAME LEE CHILDE

UN HIVER AU CAIRE . . . . voyage. . . . 326

PAUL LEFEBVRE

UNE FAVORITE DE NORODOM. . . . . . roman exotiq. 244
— La Folle de Oudon . . . . nouvelle . . . 64

E. LÉGÉ-BERSŒUR

CÉLÉRITÉ ET DISCRÉTION . . . . roman 347

A. LE HOUNEC

CHICOT. . . . . roman 331

JULES LEMAITRE

LES ROIS. . . . . roman.. . . . 356

PIERRE LEPAPE

Nombre
de pages

LE PROCÈS DE LA COMTESSE MARCIA . roman 303

ANATOLE LEROY-BEAULIEU

DE L'INSTITUT

LA FRANCE, LA RUSSIE ET L'EUROPE . . . . études politiq. 361

ISRAËL CHEZ LES NATIONS . . . . étude 433

LA PAPAUTÉ, LE SOCIALISME ET LA DÉMO-
CRATIE. . . . . — 371

DANIEL LESUEUR

L'AMANT DE GENEVIÈVE . . . . roman 326

LE MARIAGE DE GABRIELLE . . . . . . — . . . 280

LOUIS LÉTANG

LA BELLE HOTESSE . . . . rom. de cape et d'épée 343

CLAIRE DE BRIMEU . . . . roman 268

LES JACQUES D'AUVERGNE . . . . roman 298

JEAN MISÈRE. . . . . — 308

MADAME DE VILLEMOR (suite du Roi de
Paris) . . . . — . . . 340

LA MARION (suite de Jean Misère) . . . — . . . 396

MONSIEUR NARCISSE. . . . . — . . . 427

LE ROI DE PARIS . . . . — . . . 344

LE SECRET. . . . . — . . . 336

PIERRE LOTI

DE L'ACADÉMIE FRANÇAISE

		Nombre de pages.
AU MAROC.	impr. de voy..	358
AZIYADÉ.	roman	310
L'EXILÉE :		
— Carmen Sylva.	variété	32
— Une Exilée.	—	70
— Constantinople en 1890.	—	79
— Charmeurs de serpents.	—	6
— Une Page oubliée de M** Chrysan-		
thème.	—	25
— Femmes japonaises.	—	44
FANTOME D'ORIENT.	roman	234
FLEURS D'ENNUI :		
— Fleurs d'ennui.	nouvelle	179
— Pasquala Ivanovitch	—	68
— Voyage de quatre officiers de l'es-		
cadre internationale au Montenegro	voyage.	54
— Suleïma.	nouvelle	79
JAPONERIES D'AUTOMNE :		
— Kioto la ville sainte	variété	75
— Un Bal à Yeddo	—	30
— Extraordinaire cuisine de deux vieux	—	10
— Toilette d'impératrice	—	32
— Trois Légendes rustiques	—	3
— La Sainte montagne de Nikko	—	105
— Au Tombeau des Samouraïs	—	11
— Yeddo.	—	38
— L'Impératrice Printemps	—	47
LE LIVRE DE LA PITIÉ ET DE LA MORT :		
— Avertissement de l'auteur		3
— Rêve	nouvelle	16
— Chagrin d'un vieux forçat	—	11
— Une Bête galeuse	—	12
— Pays sans nom.	—	8
— Vies de deux chattes.	—	104

		Nombre de pages.
— L'Œuvre de Pen-Bron.	—	24
— Dans le passé mort	—	26
— Veuves de pêcheurs	—	20
— Tante Claire nous quitte.	—	66
— Viande de boucherie	—	12
— La Chanson des vieux époux	—	24
MADAME CHRYSANTHÈME.	roman.	305
LE MARIAGE DE LOTI	roman	207
MON FRÈRE YVES	—	428
PÊCHEUR D'ISLANDE.	—	319
PROPOS D'EXIL :		
— Propos d'exil.	variété	100
— Une Relâche de trois heures	—	9
— Mahé des Indes.	—	49
— Obock	—	19
— Sur la Mort de l'amiral Courbet.	—	31
— Pagodes souterraines	—	23
— Un Vieux	—	67
LE ROMAN D'UN ENFANT	autobiographie.	314
LE ROMAN D'UN SPAHI.	roman	360

JACQUES LOZÈRE

LA TERRE SANGLANTE	roman histor.,	419
LA VIE EN JAUNE :		
— Kérinbac	nouvelle	35
— Mort d'Homme.	—	34
— Idylle.	—	20
— M. Perrochard.	—	12
— Histoire de Chasse	—	14
— Conte parisien.	—	8
— Le Petit Bariche.	—	6
— La Revanche de Beauminet	—	10
— M. de Nolbac.	—	10
— L'Ordonnance du Docteur	—	12
— Le Saut de la Grille.	—	10

			Nombre de pages.
— Cet excellent Chevreville	—	. . .	10
— Aux Champs	—	. . .	6
— En Battue	—	. . .	8
— Leroy-Guitel	—	. . .	12
— Histoire de voleurs	—	. . .	8
— Entre Hommes	—	. . .	12
— Vieilles Lettres	—	. . .	28
— Souvenirs d'Amour	—	.	8
— Paysannerie	—	.	8
— Puy-Laurin	. .	. . .	12
— Types du Turf	—	. . .	27

JEAN MADELINE

CONTES SUR PORCELAINE :

— L'Anniversaire	nouvelle	. . .	10
— La Gueuse	—	. . .	7
— Le Revoir	—	. . .	18
— Le Bal	—	. . .	6
— Madame Maman	—	. . .	12
— La Tournée	—	. . .	10
— La Clarinette	—	. . .	10
— Les Oubliés	—	. . .	8
— Les Violettes de Paule	—	. . .	20
— Vincent et Mijoulet	—	. . .	20
— Toujours	—	. . .	5
— Les Grand'mères	—	. . .	16
— La Robe	—	. . .	8
— Le Boudoir lilas	—	. . .	6
— L'Homme aimable	—	. . .	14
— Chrysanthèmes d'automne	—	. . .	10
— Sous les Cendres	—	. . .	8
— Francine	—	. . .	10
— Le Péché	—	. . .	8
— L'Attente	—	. . .	22
— Ballade	—	. . .	4
— Le Gros Fried	—	. . .	6
— Votre Bonne	—	. . .	16
— Flânerie au crépuscule	—	. . .	10
— Les Noyés de Mourigade	—	. . .	26
— Madame la Supérieure	—	. . .	28
— Au Soir tombant	—	. . .	12

VICOMTE ADRIEN MAGGIOLO

Nombre
de pages.

CORSE, FRANCE ET RUSSIE — POZZO DI
BORGO, 1764-1842 . . . . biographie . . 440

ROSE-AGATHE . . . . roman 245

PAUL MAHALIN

LE ROI DE LA LIGUE. . . . . roman de cape et d'épée   324

LES BARRICADES . . . .   —   350
— Série : 1° Le Roi de la Ligue. — 2° Les
Barricades.

XAVIER DE MAISTRE

VOYAGE AUTOUR DE MA CHAMBRE :

— Voyage autour de ma chambre. . . fantaisie . . . 192
— Expédition nocturne autour de ma
    chambre. . . . .   —   . . 130

EUGÈNE MANUEL

EN VOYAGE. . . . . poés.,réc.et souv.   252

PAGES INTIMES . . . . poésies diverses   240

PENDANT LA GUERRE . . . .   —   189

POÈMES POPULAIRES . . . .   —   232

POÉSIES DU FOYER ET DE L'ÉCOLE . . . .   —   282

MARC-MONNIER

APRÈS LE DIVORCE . . . . roman . . . 370

UN AVENTURIER ITALIEN DU SIÈCLE DER-
NIER. . . . . mémoires . . 356

LA CAMORRA, Mystères de Naples. . . . étude hist. . 265

		Nombre de pages.
UN DÉTRAQUÉ	rom. expérim.	356
HISTOIRE DU BRIGANDAGE DANS L'ITA-LIE MÉRIDIONALE.	étude hist. .	251
LE ROMAN DE GASTON RENAUD.	roman	376

COMTE DE MARGON

LE GÉNÉRAL ABDELAL.	étude biogr. .	325

X. MARMIER

DE L'ACADÉMIE FRANÇAISE

AU BORD DE LA NÉVA.	contes russes.	339
— Un Héros de notre temps, d'après Lermontoff.	nouvelle . . .	200
— Le Manteau, d'après Nicolas Gogol.	— . . .	57
— La Pharmacienne, d'après le comte Sollohoub.	— . . .	74
CONTES RUSSES :		
— Un héros de notre temps, d'après Lermontoff.	nouvelle . . .	205
— Le Manteau, d'après Nicolas Gogol. .	— . . .	57
— La Pharmacienne, d'après le Comte Sollohoub	— . . .	74
LES DRAMES DU CŒUR :		
— Le Tentateur	— . . .	174
— Cimarosa.	— . . .	43
— Anne-Mari	— . . .	87
LES DRAMES INTIMES :		
— Lioudmila, par Polevoï.	nouvelle . . .	63
— Histoire de deux Galoches, par le comte Sollohoub.	— . . .	98
— L'Examen, par Bestonchef.	— . . .	30
— Une agréable découverte, par le baron de Korf.	— . . .	80
— La Fontaine de Baktschisaraï, par Pouchkine.	poème. . . .	13

Nombre
de pages.

UNE GRANDE DAME RUSSE :

— Une grande Dame russe, par Vouliar-
Harski. . . . . roman. . . . 173
— La Nuit du 28 septembre. . . . . . nouvelle . . . 136

HISTOIRES ALLEMANDES ET SCANDINAVES :

· Le Départ de l'Émigrant, scène de la
Forêt-Noire. . . . . nouvelle . . . 47
— L'Expiation. . . . . — . . . 50
— Civilisation et Barbarie. . . . . . . — . . . 42
— La Juive. . . . . — . . . 51
— Le Caporal Sigurd. . . . . — . . . 50
— Le Vase d'or. . . . . — . . . 45
— Une Nuit dans une maison de jeu
de la Californie. . . . . — . . . 23
— La Caisse d'Épargne. . . . . . . — . . . 23

LES SENTIERS PÉRILLEUX :

— Une Aventure en chemin de fer. . nouvelle . . . 43
— La Pupille. . . . . — . . . 82
— Le Peintre de portraits. . . . . . — . . . 46
— Un Roman inachevé. . . . . . . — . . . 36
— Vivre ou mourir. . . . . — . . . 42
— Le Joueur du Mississipi. . . . . . — . . . 58
— Le Rouet d'or. . . . . — . . . 16

GASTON MAUGRAS

LES COMÉDIENS HORS LA LOI. . . . . . variétés. . . . 485
JOURNAL D'UN ÉTUDIANT PENDANT LA
RÉVOLUTION, 1789-1793. 385
VOLTAIRE ET J.-J. ROUSSEAU. . . . . . . variétés . . . 601

MAX O'RELL

L'AMI MAC DONALD. . . . . variétés. . . . 384
LES CHERS VOISINS! . . . . étud. de mœurs 370
LES FILLES DE JOHN BULL. . . . . . . — 235
JOHN BULL ET SON ILE . . . . — 318
JONATHAN ET SON CONTINENT . . . . . . variétés. . . . 372

CAPITAINE MAYNE-REID

Nombre
de pages.

LES CHASSEURS DE CHEVELURES. . . . roman   351

PROSPER MÉRIMÉE

ŒUVRES COMPLÈTES

CARMEN . . . . nouvelle . . .   106

  — Arsène Guillot. . . . .   —   . . .   86
  — L'Abbé Aubaln. . . . .   —   . . .   28
  — La Dame de pique. . . . .   —   . . .   58
  — Les Bohémiens. . . . .   —   . . .   24
  — Le Hussard . . . .   —   . . .   8
  — Nicolas Gogol . . . .   —   . . .   49

CHRONIQUE DU RÈGNE DE CHARLES IX. roman   236

  — La double méprise. . . . . nouvelle . . .   88
  — La Guzla. . . . . ballades . . .   116

COLOMBA. . . . . roman   241

  — La Vénus d'Ille . . . . nouvelle . . .   54
  — Les Ames du purgatoire. . . . . .   —   . . .   6

LES COSAQUES D'AUTREFOIS :

  — Bogdan Chmielnicki . . . .   —   . . .   294
  — Stenka Razine. . . . .   —   . . .   75

DERNIÈRES NOUVELLES :

  — Lokis . . . . nouvelle . . .   119
  — Il viccolo di madama Lucrezia. . .   —   . . .   64
  — La Chambre bleue. . . . .   —   . . .   40
  — Dioumane . . . .   —   . . .   34
  — Le Coup de pistolet . . . .   —   . . .   20
  — Federigo. . . . .   —   . . .   26
  — Les Sorcières espagnoles. . . . . .   —   . . .   31

LES DEUX HÉRITAGES . . . .   —   . . .   125

  — L'Inspecteur général. . . . .   —   . . .   138
  — Les Débuts d'un aventurier . . . .   —   . . .   106

ÉPISODE DE L'HISTOIRE DE RUSSIE (les
faux Démétrius). . . . . variétés . . .   452

		Nombre de pages
ÉTUDES SUR LES ARTS AU MOYEN AGE :		
— Essai sur l'architecture religieuse au moyen âge, particulièrement en France.	variété	53
— L'Église de Saint-Savin et ses peintures murales.	—	164
— L'Architecture militaire au moyen âge	—	83
— Constantinople en 1453.	—	36
— Le Retable de Bâle.	—	10
— Album de Villard de Honnecourt.	—	22
— Les Couronnes du musée de Cluny.	—	5
ÉTUDES SUR L'HISTOIRE ROMAINE :		
— Essais sur la guerre sociale	étude	232
— La Conjuration de Catilina.	—	198
LETTRES A M. PANIZZI, 2 volumes	correspondance	805
LETTRES A UNE INCONNUE, 2 volumes	—	741
LETTRES A UNE AUTRE INCONNUE.	—	255
MÉLANGES HISTORIQUES ET LITTÉRAIRES :		
— Les Mormons	variétés	58
— Les Cosaques de l'Ukraine.	—	32
— Un Tombeau découvert à Tarragone.	—	16
— De l'histoire ancienne de la Grèce.	—	14
— L'Hôtel de Cluny.	—	16
— De la littérature espagnole.	—	28
— Les Romains sous l'Empire.	—	34
— Mémoires d'une famille huguenote.	—	20
— De l'enseignement des Beaux-Arts.	—	24
— Restauration du Musée du Louvre.	variété	16
— Vie de César-Auguste.	—	12
— Les Joyaux de Louis, duc d'Anjou.	—	11
MOSAIQUE :		
— Mateo Falcone.	nouvelle	31
— Vision de Charles XI.	—	16
— L'Enlèvement de la redoute.	—	14
— Tamango.	—	41
— La Perle de Tolède.	—	8
— La Partie de trictrac.	—	34
— Le Vase étrusque.	—	43
— Les Mécontents.	—	71
Lettres adressées d'Espagne.	variété	77

			Nombre de pages.
PORTRAITS HISTORIQUES ET LITTÉRAIRES :			
— Cervantès	étude		53
— Victor Jacquemont	—		22
— Henri de Guise	—		34
— Charles Nodier	—		36
— J.-J. Ampère	—		10
— Henri Beyle (Stendhal)	—		38
— Théodore Leclercq	—		10
— Alexis de Valon	—		6
— Alexandre du Sommerard	—		8
— Froissart	—		6
— Brantôme	—		46
— Charles Lenormand	—		20
— Edward Ellice	—		6
— Alexandre Pouchkine	—		42
— Ivan Tourguénef	—		18
THÉATRE DE CLARA GAZUL :			
— Les Espagnols en Danemarck	pièce		87
— Une Femme est un diable, ou la Tentation de saint Antoine	—		46
— L'Amour africain	—		11
— Inès Mendo, ou le Préjugé vaincu	—		25
— Inès Mendo, ou le Triomphe du Préjugé	—		30
— Le Ciel et l'enfer	—		18
— L'Occasion	—		35
— Le Carrosse du Saint-Sacrement	—		4
— La Jacquerie	—		159
— La Famille de Carvajal	—		35

J. MÉRY

— ŒUVRES COMPLÈTES —

UN AMOUR DANS L'AVENIR	roman		212
— Maria	nouvelle		68
— Le Gladiateur	—		12
— La Punition	—		4
ANDRÉ CHÉNIER	roman		108
L'ASSASSINAT (une nuit du Midi)	drame		140
— Promenade dans Florence	variété		32
— Un souvenir de l'adolescence	nouvelle		14

		Nombre de pages.
LE BONNET VERT	roman	150
— L'Ame transmise.	nouvelle . . .	70
— Van Dyck au palais Brignole. . . .	—	26
— La Popularité	variété. . . .	5
UN CARNAVAL DE PARIS.	roman	253
LA CHASSE AU CHASTRE.	nouvelle . . .	40
Le Savant et le Crocodile	variété. . . .	18
— Le Rat.	—	26
— Un Chat, deux chiens, une perruche, un nuage d'hirondelles	—	48
— Le Coq et la poule.	—	40
— Les Abeilles.	—	30
— Une chasse au tigre.	—	18
— Les Éléphants	nouvelle . . .	43
LE CHATEAU DE LA FAVORITE.	—	102
— Un Musicien couronné	variété. . . .	84
— Potsdam et Sans-Souci.	—	16
— La Wilhelma.	—	32
— Les Châteaux de Rihaupierre. . . .	—	10
— La Parisienne à Bade.	—	12
— Le Vieux Château à Bade	—	6
— Les Trois ages de Bade.	—	17
LE CHATEAU DES TROIS TOURS.	nouvelle . . .	61
— Les Nuits de Bade.	—	22
— Eléphants et Monstres.	—	70
— Les Pyramides et le grand sphinx .	—	28
— La Vie au désert	—	46
— Souvenir de voyages.	—	9
— Une Nuit de terreur	—	61
LE CHATEAU VERT :		
— Une Amie de pension	—	28
— Adrienne Chenevier	—	33
— Ventre affamé a des oreilles	—	21
— Bourguignon en Egypte	—	43
— Un Fait-Paris d'hier	—	21
— Chronique du Bosphore	—	27
— Un Couple affreux.	—	27
— Le Climat de Paris.	variété	15
— Le Joueur d'échecs	—	17
— Variations de l'Eglise française. . .	—	14

		Nombre de pages
— Deux historiens	variété	8
— Ubiquité de l'Angleterre	—	10
— Les Païens de 1848	—	20
— Mademoiselle Rachel au théâtre Chave	—	15
LA CIRCÉ DE PARIS	roman	248
LA COMTESSE ADRIENNE	—	228
— Le Bonheur des grandes artistes	variété	58
— Une chaumière sous la Restauration	—	10
— Une audience de Méhémet-Ali	—	18
LA COMTESSE HORTENSIA	roman	208
UNE CONSPIRATION AU LOUVRE	—	256
— Une Commune	variété	16
— Ce qu'on verra	nouvelle	49
LA COUR D'AMOUR	roman	275
UN CRIME INCONNU	—	250
LES DAMNÉS DE L'INDE	—	330
DÉBORA, voir LA JUIVE AU VATICAN	—	276
LE DERNIER FANTOME	roman	192
— Voisin et voisine	nouvelle	91
LES DEUX AMAZONES	roman	185
— La Famille Dherbier	nouvelle	74
— Causeries	variété	28
LA FLORIDE, voir HÉVA	roman	292
LA GUERRE DU NIZAM, voir HÉVA	—	309
HÉVA	—	271
— Série : 1° Héva. — 2° La Floride. — 3° La guerre du Nizam.		
UNE HISTOIRE DE FAMILLE	roman	239
— Paris futur	variété	18
— La Terre bouleversée	—	9
— Suites d'une bonne action	nouvelle	15
— Un théâtre bourgeois	variété	8
— Albert de Kerbriant	nouvelle	19

		Nombre de pages.
HISTOIRE D'UNE COLLINE	nouvelle. . . .	127
UN HOMME HEUREUX.	roman	204
LES JOURNÉES DE TITUS	variétés. . . .	376
LA JUIVE AU VATICAN.	roman	285
— *Série* : 1° La Juive au Vatican.		
— 2° Débora.		
UN MARIAGE DE PARIS.	—	200
— Scènes de la vie parisienne	variété	9
— Un Voyage aérien	nouvelle . . .	22
MARSEILLE ET LES MARSEILLAIS. . . .	variétés . . .	308
MARTHE LA BLANCHISSEUSE (la Vénus d'Arles).	roman	154
— Le Pendant de la Vénus d'Arles . .	nouvelle . . .	28
— Paris avant, pendant et après . . .	variété	50
— Les Sept cascades	nouvelle . . .	67
MONSIEUR AUGUSTE	roman	273
LES MYSTÈRES D'UN CHATEAU	—	174
— La Divinité intervient au dénouement	nouvelle . . .	5
— Steinbach	variété	8
— Achern	—	9
— L'Orpheline de Solférino.	nouvelle . . .	99
NOUVEAU THÉATRE DE SALON :		
— La Comédie chez soi.	com. 1 acte .	34
— Une Éducation.	—	34
— M. Rousseau.	— .	40
— Comédiens et diplomates.	com. 2 actes.	96
— Gloire et amour.	com. 1 acte .	30
— Le Récit de Théramène	parodie vers.	16
— La Soubrette de Clairon	com. 1 acte .	44
— Le Prix de famille.	com. enfantine.	25
LES NUITS ANGLAISES :		
— Le Château d'Udolphe	nouvelle . . .	24
— Boudha-Var.	— . . .	52
— Histoire d'une colline	— . . .	81
— Bonheur d'un millionnaire.	— . . .	85
— Les Nuits d'été à Londres	variété	40
— Physionomie de Manchester	— . . .	17
— Anglais et Chinois	nouvelle . . .	83
— Un Acte de désespoir	— . . .	39

		Nombre de pages.
LES NUITS PARISIENNES :		
— La Sieste	nouvelle . . .	12
— Simple histoire	— . . .	12
— Une Nuit au Colysée	— . . .	16
— Les Nuits de Frascati	— . . .	38
— Les Lunariens	— . . .	18
— Après Constantine	— . . .	16
— Journal d'un humoriste	variétés . . .	32
— Une Nuit de Henri IV	— . . .	10
— Les Nuits sinistres	nouvelle . . .	32
— Carnet d'artiste	variété . . .	24
— Une Nuit à table	nouvelle . . .	22
— Nuits lyriques	variété . . .	16
— Histoire d'un brick naufragé	nouvelle . . .	12
— Voyage au Palais-Royal	— . . .	72
LE PARADIS TERRESTRE	roman	249
— Le Naufrage du Durce	nouvelle . . .	25
RAPHAEL ET LA FORNARINA	roman	205
— L'Horloge de M. Charlet	nouvelle . . .	36
— Les Comètes	variété	22
— Les Comètes au jeu	— . . .	16
— Une Ville inconnue et ses environs	—	18
LES NUITS ITALIENNES :		
— Italie	variété . . .	88
— L'Atelier de Bartolini	— . . .	12
— Pise	— . . .	24
— Florence	nouvelle . . .	18
— Sampietro	variété . . .	16
— Chapitre des albums	— . . .	14
— De Florence à Rome	— . . .	34
— Une Visite à la mère de l'Empereur	— . . .	12
— Les Tombeaux des Scipions	— . . .	8
— Le Vatican	— . . .	20
— Les Italiens de Rome	— . . .	12
— Antiquités modernes	— . . .	8
— Antonio Gasperoni	nouvelle . . .	18
— Comme on s'instruit en voyageant	variété	12
— La Norma au Carlo-Felice	— . . .	10
— Souvenirs	— . . .	23
— L'Italie des Gaules	— . . .	12

9.

		Nombre de pages.
SALONS ET SOUTERRAINS DE PARIS . .	roman	348
THÉATRE DE SALON :		
— Après deux ans.	com. en 1 acte.	30
— La Coquette.	—	45
— Aimons notre prochain.	parabole 1 act.	31
— Le Château en Espagne	c., 1 act., en v.	45
— Être présenté	com. en 1 acte.	28
— La Grotte d'azur.	légende en vers	47
— Une Veuve inconsolable	com. 4 parties	84
— L'Essai du mariage.	com. en 1 acte.	48
TRAFALGAR	roman	309
LE TRANSPORTÉ.	—	294
LES UNS ET LES AUTRES :		
— Rachel à vingt ans.	variété	24
— Les Jeunes de 1827	—	24
— Un Souvenir de Rome, 1831	—	14
— Un Voyage à Oxford.	—	34
LES NUITS ESPAGNOLES :		
— Vivre aux étoiles	nouvelle . . .	42
— La Villa Amorosa.	— . . .	22
— La Belle étoile	— . . .	34
— Le Château des Trois-Tours	— . . .	6
— La Dame noire	— . . .	14
— Don José de Ribéra	— . . .	20
— La Planète et ses satellites	— . . .	18
— Lively Kopson.	— . . .	22
— Les Étoiles nébuleuses.	— . . .	10
— Un Problème astronomique.	— . . .	8
— Rosaire et reliquaire	— . . .	30
— Giovanni et Margellina.	— . . .	4
— La Bonne étoile	— . . .	6
— Dona Jacintha	— . . .	22
— Bianca.	— . . .	10
— Gaston de Vannier.	— . . .	12
— Le Baron de Mornas.	— . . .	8
— Maria	— . . .	14
— La Ceinture des Grâces	— . . .	6
— Valério Sedom.	— . . .	18
— Le Médaillon.	— . . .	43

		Nombre de pages.
— Souvenirs d'une lecture du Talmud nouvelle	. . . .	22
— Une Campagne dans le Palatinat. . —	. . . .	20
— Une Œuvre de Meyerbeer . . . . . —	. . . .	12
— Souvenir d'enfance à Marseille . . . —	. . . .	22
— Gérard de Nerval . . . . —	. . . .	58
— Une Première représentation à Paris —	. . . .	12
— Le Cheval parisien. . . . . —	. . . .	24
— Le Chapitre des chapeaux . . . . . —	. . . .	20
— Promenade au Jardin des Plantes. . —	. . . .	18
— Mohammed et Bumbinah. . . . . . —	. . . .	26
— Lackistes et meetings . . . . —	. . . .	29
URSULE . . . . roman	. . . .	275
LA VIE FANTASTIQUE. . . . . —	. . . .	299

GUSTAVE MICHAUD

LE VOYAGE DE WILLIAM WILLOUGHBY, roman	. . . .	331

LÉON MIRAL

LE CHEMIN D'UNE PASSION . . . . roman	. . . .	360

EUGÈNE DE MIRECOURT

A FEU ET A SANG, ... roman	. . . .	169
— L'Ange du repentir . . . . nouvelle	. . .	47
— Jehan le Borgne. . . . . —	. . .	84
— Le Billet de loterie . . . . —	. . .	86
ANDRÉ LE SORCIER . . . . roman	. . . .	269
UN ASSASSIN. . . . . —	. . .	267
LA BOHÉMIENNE AMOUREUSE. . . . . . —	. . .	330
COMMENT LES FEMMES SE PERDENT . . —	. . .	293
— Série : 1° Comment les femmes se perdent. — 2° La marquise de Courcelles.		
CONFESSIONS DE MARION DELORME, 3 volumes. . . . . —	. . .	998

		Nombre de pages.
CONFESSIONS DE NINON DE LENCLOS		
3 volumes . . . . roman		820
LE DERNIER BAISER. . . . . — . . .		211
LE FOU PAR AMOUR. . . . . — . . .		182
— La Clef de communication. . . . . nouvelle . . .		34
— Histoire d'une jeune fille et d'un		
rosier. . . . . —		34
— Carle Vanloo. . . . . — . . .		29
UN MARIAGE SOUS LA TERREUR. . . . roman		304
LE MARI DE MADAME ISAURE. . . . . —		226
— Une Actrice d'un jour. . . . . . . nouvelle . . .		50
LA MARQUISE DE COURCELLES, voir		
COMMENT LES FEMMES SE PERDENT. . . . roman		310
MASANIELLO, LE PÊCHEUR DE NAPLES. —		304

G. MONOD

LES MAITRES DE L'HISTOIRE :		
— Renan, Taine, Michelet. . . . . . . études		312

FLORENCE MONTGOMMERY

L'HÉRITIÈRE . . . . roman		308

FRANÇOIS MUGNIER

MADAME DE WARENS ET J.-J. ROUSSEAU. ét. hist. et crit.		453

HENRI MURGER

ŒUVRES COMPLÈTES

LES BUVEURS D'EAU. . . . . roman		351
LE DERNIER RENDEZ-VOUS. . . . . . . —		106
— La Résurrection de Lazare. . . . . —		206

		Nombre de pages.
DONA SIRÈNE.	nouvelle . . .	113
— Le Mât de cocagne	—	36
— Fragments du journal d'un Anonyme	—	12
— Son Excellence Gustave Colline . .	—	66
— Les Derniers Buveurs d'eau	—	42
— Propos de dessert du souper de Valentin	—	18
— La Grande marée	—	10
— A propos des sauvages	variété . . .	4
MADAME OLYMPE.	nouvelle . . .	100
— Comment on devient coloriste . . .	—	24
— Une Victime du bonheur.	—	46
— La Fleur bretonne.	—	18
— Le Fauteuil enchanté	—	14
— Christine	—	24
— Entre quatre murs.	—	16
— Premières amours du jeune Bichat.	—	18
LES NUITS D'HIVER.	poésies. . . .	246
LE PAYS LATIN	roman	353
PROPOS DE VILLE ET DE THÉÂTRE. . .	variété. . .	
— Un Réveillon à la Maison-d'Or . . .	—	12
— Les Intrigues et les intrigants. . .	—	14
— Fantaisies à propos de l'hiver . . .	—	32
— Les Soupers de bal	—	35
— Le Monsieur s'occupant de littérature	—	5
— Le Charançon	—	6
— Le Rédacteur pour tout faire . . .	—	7
— Le Caudataire	—	4
— Les Jérémies	—	6
— Un succès de première	—	7
— Notes de voyage	—	59
— Mademoiselle Rachel	—	4
— Émile Augier.	—	12
— L'Esprit du jour.	—	2
ROMAN DE TOUTES LES FEMMES	nouvelle . . .	66
— Stella.	—	88
— Margareth	—	30
— Le Mausolée.	—	44

		Nombre de pages.
— Le Stabat Mater	nouvelle	14
— La Biographie d'un inconnu	—	10
LES ROUERIES DE L'INGÉNUE	roman	179
— La Scène du gouverneur	—	44
— La Nostalgie	—	74
— Les Sirènes	—	11
LE SABOT ROUGE	roman	304
SCÈNES DE CAMPAGNE (Adeline Protat)	—	313
SCÈNES DE LA VIE DE BOHÊME	—	318
SCÈNES DE LA VIE DE JEUNESSE :		
— Le Souper des funérailles	nouvelle	93
— La Maîtresse aux mains rouges	—	18
— Le Bonhomme Jadis	—	43
— Les Amours d'Olivier	—	70
— Un Poête de gouttières	—	14
— Le Manchon de Francine	—	46
LES VACANCES DE CAMILLE	roman	296

PAUL DE MUSSET

ANNE BOLEYN, 2 vol.	roman	636
LA BAVOLETTE	nouvelle	148
— Fleuranges	—	86
— Deux mois de séparation	—	68
LE BRACELET	—	308
LA CHÈVRE JAUNE :		
— Le Cavalier servant	nouvelle	179
— Procès de Pascal Zioba	—	283
EN VOITURIN (en Italie et en Sicile)	voyage	312
LE MAÎTRE INCONNU, 2 volumes	roman	508
PUYLAURENS	—	320
SAMUEL	roman	318

		Nombre de pages
LA TABLE DE NUIT, équipées parisiennes :		
— Rodolphe. Histoire inconvenante . . . nouvelle . . .	69
— Ce que veut une femme, Dieu le veut. Histoire mystérieuse. . . . . . . — . . .	41
— Le Précepteur. Histoire sentimentale. — . . .	64
— Les Facéties d'un homme mort. Histoire exagérée . . . . — . . .	31
— La Main malheureuse. Histoire triste. — . . .	32
— L'Homme perplexe. Histoire fashionable. . . . . — . . .	40

GÉRARD DE NERVAL

— ŒUVRES COMPLÈTES —

LA BOHÈME GALANTE :		
— La Main enchantée. . . . . — . . .	41
— Le Monstre vert. . . . . — . . .	7
— Petits chateaux de Bohème . . . — . . .	11
— Les Poètes du xvie siècle . . . . . fantaisie . . .	31
— Explications . . . . — . . .	1
— Musique. . . . . — . . .	4
— Mes Prisons. . . . . nouvelle . . .	40
— Les Nuits d'octobre . . . . — . . .	36
— Promenades et Souvenirs. . . . . . . — . . .	28

LES FILLES DU FEU :		
— A Alexandre Dumas. . . . . fantaisie . . .	12
— Sylvie, souvenirs du Valois . . . . nouvelle . . .	50
— Jemmy . . . . — . . .	29
— Octavie, ou l'Illusion . . . . — . . .	9
— Isis, souvenirs de Pompéi . . . . . — . . .	19
— Émilie, souvenirs de la Révolution française . . . . — . . .	25

LES DEUX FAUST DE GŒTHE :		
— Faust . . . . pièce.	177
— Le second Faust. . . . . —	113
— Poésies allemandes :		
— Notice sur les poètes allemands . . étude	15
— Gœthe. . . . . —	23
— Schiller . . . . —	35

		Nombre de pages.
— Klopstock	étude.	16
— Burger.	—	15
— Poëtes divers	—	38
— Henri Heine	—	43

LES ILLUMINÉS :

— Le roi de Bicêtre (Raoul Spifame).	nouvelle . . .	13
— Les Confidences de Nicolas (Restif de la Bretonne)	—	147
— Cazotte	—	53
— Cagliostro	—	17
— Quintus Aucler	—	31
— Les Successeurs d'Icare	—	10
— Les Faux Saulniers :		
— Angélique	—	138
— Histoire de l'abbé de Bucquoy . . .	—	53

LORELY (Souvenirs d'Allemagne). . . .	voyage	372
LE MARQUIS DE FAYOLLE	roman	292
POÉSIES COMPLÈTES	poésies	311
LE PRINCE DES SOTS.	roman.	384
LE RÊVE ET LA VIE :		
— Aurélia	nouvelle. . . .	74
VOYAGE EN ORIENT, 2 volumes	voyages . . .	857
— Souvenirs d'Allemagne, Lorely. . .	—	433

BARON DE NERVO

CALCHAS II. SA DYNASTIE, SON EMPIRE.	roman	284
LES CONFIDENCES D'UNE HIRONDELLE. .	Histoire russe	291
LA DUCHESSE DE PUERTO-REAL	roman	296
LUCIA OU LA STATUE DE MONT-CASSIN.	—	284
MÉMOIRES DE MON COUPÉ.	—	324
NOTES D'ALBUM	variété	414
SOUVENIRS DE MA VIE.	mémoires . .	325

			Nombre de pages.
LES TROIS AGES DE LA VIE.	roman	. . . .	389
LES TROIS DANSEURS DE VALENTINE. .	—	. . . .	305

DÉSIRÉ NISARD
de l'Académie française.

ÆGRI SOMNIA	variétés.	. . .	305
ESSAIS SUR L'ÉCOLE ROMANTIQUE			357
SOUVENIRS ET NOTES BIBLIOGRAPHIQUES.	—	. . . .	862

LE VICOMTE DE NOÉ

LES BACHI-BOZOUKS ET LES CHASSEURS D'AFRIQUE.	études	. . . .	254

YVES DE NOLY

LE MARI DE LUCIENNE	nouvelle	. . .	180
— Un Baiser mortel.	—	. . .	139
RAISON D'ÉTAT.	roman	. . . .	203
SANS LENDEMAIN.	—	. . .	277

JULES NORIAC
ŒUVRES COMPLÈTES

LA BÊTISE HUMAINE	roman	. . . .	280
LE CAPITAINE SAUVAGE.	—	. . . .	366
LE 101ᵉ RÉGIMENT.	fantaisie	. . .	270
LE CHEVALIER DE CERNY, voir LA FALAISE D'HOULGATE	roman	. . . .	330
LA COMTESSE DE BRUGES, voir LA FALAISE D'HOULGATE	—	. . . .	374

		Nombre de pages.
LA DAME A LA PLUME NOIRE	roman.	204
DICTIONNAIRE DES AMOUREUX.	fantaisie . . .	268
LA FALAISE D'HOULGATE	roman	304
Série : 1° La Falaise d'Houlgate. — 2° La Comtesse de Bruges. — 3° Le Chevalier de Cerny.		
LES GENS DE PARIS.	fantaisie . . .	347
LE GRAIN DE SABLE	roman	283
JOURNAL D'UN FLANEUR.	—	314
MADEMOISELLE POUCET	—	327
LA MAISON VERTE.	—	249
— La Grande Veuve.	nouvelle . . .	75
MÉMOIRES D'UN BAISER	roman	250
PARIS TEL QU'IL EST :		
— Une Dépêche Télégraphique.	variété. . . .	7
— Un Reporter.	—	7
— Les Mangeurs de Nez	—	5
— Jadis et Aujourd'hui.	—	5
— Les deux Gendarmes d'Uri. . . .	—	5
— L'Homme au Sou	—	3
— Une Révolution pour les Femmes .	—	8
— Petits Mystères de la Claque. . . .	—	11
— Guerre entre les deux Faubourgs .	—	5
— Le Nécrologiste	—	13
— Un peu de High-Life.	—	5
— Les Petits Oiseaux.	—	3
— La Rosière des Batignolles. . . .	—	5
— La Rosière de Suresnes	—	2
— Actrice et Grande Dame	—	4
— Un Théâtre de l'Avenir	—	2
— Les Faux Pauvres	—	5
— Tableaux Vivants	—	3
— Le Murillo volé	—	2
— Une Histoire de Gentilhomme . . .	—	8
— Le Jeu	—	6
— Les Folles.	—	10
— La Question des Diamants	—	20

		Nombre de pages.
— Petits bonheurs du Deuil . . . . . nouvelle. . . .		8
— Scènes de la Vie Balnéaire. . . . . — . . .		6
— Comment on discipline les Musiciens. —		4
— Paris est-il un Gargantua ? . . . . . — . . .		5
— Un Duel russe . . . . — . . .		3
— Faux Nobles et Chauves. . . . . . — . . .		4
— Un Marchand de Tableaux . . . . . — . . .		3
— Témoin de tout le Monde . . . . . — . . .		2
— Comédiens Errants . . . . — . . .		5
— L'Éducation d'un Vicomte . . . . . —		6
— Louis-Philippe et Marie-Amélie		5
— Le Duc de Brunswick . . . . — . . .		8
— A propos du Shah de Perse . . . . — . . .		5
— Théodore Barrière . . . . — . . .		4
— Pepita Sanchez. . . . . — . . .		3
— Henri Murger . . . . — . . .		2
— Les Amis d'Henri Murger . . . . . — . . .		12
— Naundorff . . . . — . . .		3
— Jules Janin . . . . — . . .		3
— Félix Pigeory . . . . — . . .		2
— Bertall. . . . . — . . .		2
— Lise Taulin . . . . — . . .		2
— Armand Barthet. . . . . — . . .		7
— Miss Amy Sheridan		4
— Alfred Quidant. . . . . — . . .		3
— Edmond Viellot . . . . — . . .		0
— Michelet. . . . . — . . .		2
— Louis d'Avyl. . . . . — . . .		7
— La Reine Pomaré . . . . — . . .		4
— Madame Thierret . . . . —		3
— En fumant un cigare. . . . . nouvelle . . .		27
LES PLUMEURS D'OISEAUX : . . . . . — . . .		23
— Madame Durand . . . . — . . .		14
— Mon ami Jacques . . . . — . . .		16
— La Loge d'un ministre. . . . . . . — . . .		15
— L'Ami d'Hector . . . . — . . .		18
— C'est bon pour les Bourgeois. . . . — . . .		13
— Le Mariage de la Marquise. . . . . — . . .		16
— La Neige. . . . . variété. . . .		20
— Les Donateurs de l'Institut. . . . . — . . .		8
— Les Baudruchard et les Durançon. . — . . .		12

		Nombre de pages.
— Souvenirs du Divan	variété	8
— La côte normande	—	4
— Paris et les Provinciaux	—	8
— Le Ballon captif	—	6
— Aux Désespérés	—	11
— Saint Pierre et le Bossu	—	16
— La Question des petits oiseaux	—	6
— Souvenirs intimes	—	14
— Comment se font les réjouissances publiques	—	8
— A propos du Shah de Perse	—	8
— Un Drame parisien	—	12
— Giroud Gatebourse	—	9
— La Scie du Bulgare	—	11
— La Légende de Chabannais	—	8
— Les trois trous de M. Canler	—	4
— La Question des Blondes	—	6
— Gustave Courbet	—	19
— Victoria, reine d'Angleterre	—	5
— François Barin et Razoua	—	6
— Madame la comtesse Duchâtel	—	10
— Madame la princesse de Metternich	—	5
— Mademoiselle Tallandiéra	—	2
— Méry	—	5
— Ponson du Terrail	—	4
— Clairville	—	6
— Nestor Roqueplan	—	4
— Sur l'asphalte	—	12
SUR LE RAIL :		
— Un Drame dans une cage	nouvelle	16
— Le Voisin de ma voisine	—	12
— Le Vaudeville de la mort	—	24
— Les Chevaliers de l'amour	—	26
— Ce que coûte un cigare de cinq sous	—	14
— Le Passé défini	—	13
— Les Salviati	—	10
— Les Cercles de Paris	variété	33
— Le Cercle en province	—	17
— Une économie bien entendue	nouvelle	16
— L'Homme au sac	—	12
— Notes perdues par un voyageur égaré	variété	21

ROBERT NOVILLE

Nombre
de pages

IDYLLE NOIRE. . . . . roman   350

JEAN D'OC

MALIUS VEHA. . . . . roman   308

LAURENCE OLIPHANT

VOYAGE PITTORESQUE D'UN ANGLAIS EN
  RUSSIE. . . . . voyage. . . .   304

DUC D'ORLÉANS

LETTRES (1825-1842). . . . . correspond.. .   323
RÉCITS DE CAMPAGNE (1833-1841).   508

PRINCE HENRI D'ORLÉANS

AUTOUR DE TONKIN. . . . . voyages   560
SIX MOIS AUX INDES. . . . . chass. aux tigr.   378

CHARLES D'OSSON

PRÉLAN DE DOCTEURS. . . . . roman . . .   235
LA CHASSE A L'HÉRITIÈRE. . . . . . .   —   340
LA COMTESSE MÉTELLA. . . . .   —   296
FIDÉLIO . . . .   —   314

OUIDA

		Nombre de pages
DANS UNE VILLE D'HIVER	roman	335
DEUX PETITS SABOTS	—	140
— La Branche de lilas	—	80
— Une Feuille dans l'ouragan	—	40
— Nello et Patrasche	—	48

ÉDOUARD PAILLERON

AMOURS ET HAINES	poésies	240
LE THÉÂTRE CHEZ MADAME	Théâtre et poésies	202

NOËL PARFAIT

LE GÉNÉRAL MARCEAU. — Sa vie civile et sa vie militaire		407

PARIA KORIGAN

RÉCITS DE LA LUÇOTTE	nouvelles	
— Le Bers	—	13
— Ous qu'il est fait mention de la chose qu'on n'sait	—	16
— Le Conscrit Yvonnec Kerségan	—	46
— La Luçotte, ses affutiaux et ses chèvres	—	14
— La N'non	—	18
— Le Cheval embourbé	nouvelle	10
— Les Trois Innocents	—	32
— La fille qui pend qui veut la pendre	—	18
— Monsieur Zéphir Cocu	—	24
— Le Cousin de la Pinaude	—	8
— Margot Péé	—	14
— Faut ben durer!	—	12
— La Fille amoureuse pour de vrai	—	14

		Nombre de pages.
— Le Péché de monsieur le marquis .	nouvelle . . .	14
— Trois histoires de forçats	— . . .	24
— Le Bâtard	— . . .	36
— Rose Lamoureux	— . . .	26
— L'Idiot	— . . .	16
— Le p'tiot Jaloux	— . . .	18

LYDIE PASCHKOFF

FLEUR DE JADE :

— Fleur de Jade	nouvelle exot.	21
— El Feroz	— . . .	34
— Iekbal-Hanoum	— . . .	20
— Un naufrage	— . . .	56
— Illusion	— . . .	24
— Cristallisé	— . . .	34
— Les Errants	nouvelle . . .	80
— Une Belle-mère	— . . .	20
— Lou-Pang	— . . .	51
LA PRINCESSE VÉRA GLINSKY	roman	147
— La Niania Marpha	nouvelle . . .	20
— Un Divorce en Russie	— . . .	87

THÉODORE PAVIE

RÉCITS DE TERRE ET DE MER :

— Antonina, récit des bords de la Plata.	voyage . . .	34
— Les Nakouas, récit de la côte de Madras	— . . .	54
— Joaquin, récit des Algarves	—	64
— El Nino de la Rollona, récit des bords du Guadalquivir	— . . .	54
— Gretchen, récit de la haute mer . .	—	60
— Manoëla, récit des Açores	— . . .	36
— La Vision de Pao-ly	—	24
— La Loca Cuerda, récit de la côte du Chili	— . . .	85

		Nombre de pages.
SCÈNES ET RÉCITS DES PAYS D'OUTRE-MER :		
— Ismaël Er-Raschydi, récit des bords du Nil	voyage . . .	43
— Bataillon, histoire de la Pampa . .	—	32
— Les Babouches du brahmane, scène de la vie anglo-hindoue.	—	27
— Une Chasse aux nègres marrons. .	—	40
— Les Nincheyras, dernier chapitre de l'histoire d'indépendance du Chili.	—	43
— La Peau d'ours, souvenirs des bords de la Sabine	. . . . . .	41
— Sougandhie, histoire indienne . . .	—	8
— Yu-ki le magicien, légende chinoise.	roman . . .	24
— Rosita, histoire péruvienne	—	40
— Chérumal le Mahout, récit de la côte de Malabar.	—	47
— Pépita, récit de la Pampa	—	47
— Padmavati, récit de la côte de Coromandel	—	51

LUCIEN PEREY

LA FIN DU XVIIIᵉ SIÈCLE. — Le Duc de Nivernais, 1754-1798.		460
LA FORÊT ENCHANTÉE, ou Tranquille et Vif-Argent	conte de fée . .	152
HISTOIRE D'UNE GRANDE DAME AU XVIIIᵉ SIÈCLE :		
— I. La Princesse Hélène de Ligne . .	variétés. . . .	481
— II. La Comtesse Hélène Potocka . . .	— . . .	483
UN PETIT-NEVEU DE MAZARIN.		578
LE PRÉSIDENT HÉNAULT ET MADAME DU DEFFAND	— . . .	541
LE ROMAN DU GRAND ROI	— . . .	62
ZERBELINE ET ZERBELIN, ou la princesse qui a perdu son œil.	— . . .	93

LUCIEN PEREY et GASTON MAUGRAS

Nombre
de pages

L'ABBÉ F. GALIANI . . . . correspond . . 1188

DERNIÈRES ANNÉES DE MADAME D'ÉPINAY variétés. . . . 602

LA JEUNESSE DE MADAME D'ÉPINAY . . . — 540

LA VIE INTIME DE VOLTAIRE AUX DÉ-
LICES ET A FERNEY (1754-1778). . . . — 539

COMMANDANT ÉT. PEROZ

AU NIGER . . . . voyages. . . . 424

AU SOUDAN FRANÇAIS . . . . — 463

PAUL PERRET

L'AMIE DE LA FEMME . . . . roman 519

L'AMOUR ÉTERNEL. . . . . nouvelle . . . 82

— Le Pain d'autrui. . . . . — . . . 106
— Christiane . . . . — . . . 23

LES AMOURS SAUVAGES . . . . roman 315

APRÈS LE CRIME. . . . . — . . . 260

LA BAGUE D'ARGENT. . . . . — . . . 333

LES BOURGEOIS DE CAMPAGNE. . . . . — . . . 315

LE CHATEAU DE LA FOLIE. . . . . . . — . . . 331

LES ÉNERVÉS :
— Les Vaudremer. . . . . nouvelle . . . 130
— Le Vieil Anthelme . . . . — . . . 222

L'HÉRITAGE DE L'USURIER. . . . . . . — . . . 174

— Arabelle. . . . . — . . . 120

HISTOIRE D'UNE JOLIE FEMME . . . . . roman 305

10

		Nombre de pages.
MADAME VALENCE	roman	335
LE MARIAGE EN POSTE	nouvelle	114
— Histoire d'un Violon	—	89
— La Grande Cousine	—	110
LES MISÈRES DU CŒUR	nouvelle	101
— Les Yeux d'or	—	154
— Le Supplice d'une honnête femme	—	85
NI FILLE NI VEUVE	roman	375
LE PRIEURÉ	—	327
LE ROI MARGOT	—	156
— Histoire d'un bouffon	—	106
VIOLANTE	—	351

PAUL PERRET et FÉLIX COHEN

LE DUC JEAN	roman	329
LA DUCHESSE JEAN	—	326

— *Série :* 1° Le Duc Jean. — 2° La Duchesse Jean.

JULES PERRIN

LE BESOIN DU CRIME	roman	295
CHAÎNE DE CŒURS	roman	271
LA REINE ARTÉMISE	—	320

AMÉDÉE PICHOT

LE CHEVAL ROUGE	nouvelle	105
— Kalish, l'éléphant du roi de Siam	—	51
UN DRAME EN HONGRIE	roman	300

			Nombre de pages.
UN ENLÈVEMENT.	nouvelle	. . .	63
— Le Serin Jacobite	—	. . .	20
— Un Portrait du diable		. . .	36
— La Femme voilée	—	. . .	52
— La Pomme de l'arbre de vie. . . .	—	. . .	18
— Le Sac de velours rouge	—	. .	20
— La Maison du plan de la cour. . .	—	. . .	16
— Lou Porto Algo	—	. . .	8
— Sauvé par Shakespeare	—	. . .	36
— Le Docteur des Marsigues	—	. . .	14
— Falot l'anthropophage		. . .	20
— Edmond Ier	—	. . .	20
LA FEMME DU CONDAMNÉ	roman	. . . .	284

GEORGES PICOT

M. DUFAURE, SA VIE ET SES DISCOURS.	biographie.	. . .	410

AMÉDÉE PIGEON

LA CONFESSION DE MADAME DE WEYRE :			
— La Confession de madame de Weyre.	nouvelle	. . .	87
— Deux Mensonges.	—	. .	68
— Conversation parisienne	—	. . .	36
— Un bon conseil	—	. . .	20
— Le critique qui ne passe qu'une fois	—	. . .	22
— Nogaret	—	. . .	16
— Clémentine	—	. . .	16
AU VILLAGE.			
— Le mariage de Tuevin.	—	. . .	8
— Une dévote de village.	—	. . .	8
— Le mot : « Amour »	—	. . .	28

JEAN DE PONTEVÈS DE SABRAN

NOTES DE VOYAGE D'UN HUSSARD. — Un Raid en Asie.	voyage	. . . .	415

POTAPENKO

TRADUIT DU RUSSE PAR MARINA POLONSKI

Nombre
de pages.

LE ROMAN D'UN HOMME RAISONNABLE. . roman 315

ARTHUR POUGIN

VERDI, histoire anecdotique de sa vie de
    ses œuvres . . . . biographie . . 325

COMTE CHARLES POZZO DI BORGO

CORRESPONDANCE DIPLOMATIQUE DU
    COMTE POZZO DI BORGO, ambassadeur
    de Russie en France et du Comte de
    Nesselrode, Tome 1er, 1814-1818. 512

GEORGES PRICE

HISTORIETTES DE FRANCE ET D'ESPAGNE :
    — La Tête de Cire. . . . . nouvelle . . . 33
    — La Guérison d'Hassan . . . .   —   . . . 48
    — Le premier Habit noir . . . .   —   . . . 40
    — Le dernier Don Quichotte . . . . .   —   . . . 58
    — Le Criminel de Chatou. . . . . . .   —   . . . 72
    — La Science d'Aristide Cloquet . . .   —   . . . 79

JEAN PSICHARI

CADEAU DE NOCES :
    — Cadeau de noces. . . . . roman 216
    — L'Étranger. . . . . nouvelle . . . 44
    — Jalousie. . . . .   —   . . . 86

M⁰ EDGAR QUINET

		Nombre pages.
CE QUE DIT LA MUSIQUE. . . . . variété		404
LE VRAI DANS L'ÉDUCATION. . . . . . . études		375

HENRY RABUSSON

L'AMIE. . . . . —		305
L'AVENTURE DE M⁰ DE SAINT-ALAIS. . roman		383
BON GARÇON. . . . . —		339
DANS LE MONDE . . . . roman d'hier.		378
L'ÉPOUSÉE . . . . roman		320
HALLALI. . . . . —		304
UN HOMME D'AUJOURD'HUI. . . . . . . —		374
IDYLLE ET DRAME DE SALON. . . . . . —		330
L'ILLUSION DE FLORESTAN . . . . —		362
MADAME DE GIVRÉ. . . . . —		253
LE MARI DE MADAME D'ORGEVAUT. . . —		360
MODERNE. . . . . —		287
MON CAPITAINE. . . . . —		358
PRÉJUGÉ. . . . . —		399
LE ROMAN D'UN FATALISTE . . . . —		370
SANS ENTRAVES . . . . —		330
LE STAGE D'ADHÉMAR . . . . —		349

ANNE RADCLIFFE

LA FORÊT OU L'ABBAYE DE SAINT-CLAIR roman		392
L'ITALIEN OU LE CONFESSIONNAL DES PÉNITENTS NOIRS . . . . —		397
JULIA OU LES SOUTERRAINS DU CHATEAU DE MAZZINI . . . . roman		394
LES MYSTÈRES DU CHATEAU D'UDOLPHE, 2 volumes . . . . —		406
LES VISIONS DU CHATEAU DES PYRÉNÉES —		319

COMTE DE RAMBUTEAU

                                              Nombre
                                              de pages.

LETTRES DU MARÉCHAL DE TESSÉ . . . correspond. . . .   485

A.-R. RANGABÉ

LA CRAVACHE D'OR . . . . nouvelle. . .   45
— L'Amazone . . . .   —   . . .   33
— Brutus Courterie. . . . .   —   . . .   20
— l'Entrevue de Dresde . . . .   —   . . .   30
— Les Deux fils. . . . .   —   . . .   22
— Sur les Sommets. . . . .   —   . . .   38
— Angleterre. . . . . variétés . . .   18
— Deux Villes de l'Adriatique. . . . .   —   . . .   50
— Une Lettre d'Égypte . . . .   —   . . .   45
— La Famille heureuse . . . .   —   . . .   11
— Le Tribunal D'Élisabethotwn. . . .   —   . . .   38
LEILA. . . . . variétés . . . 127
— La Naïade . . . .   —   . . .   40
— Une Excursion à Poros. . . . . . .   —   . . .   70
— Les Tisserands de la Hanse . . . .   —   . . .   50

ERNEST RASETTI

LES DRAMES DU VILLAGE :
— Rosa Romano. . . . . roman 376

CH. DE RÉMUSAT

ABÉLARD. . . . . drame philos. 488
POLITIQUE LIBÉRALE. . . . . étude. 454
LA SAINT-BARTHÉLEMY . . . . drame histor. 891

Mme DE RÉMUSAT

		Nombre de pages.
LETTRES, 6 volumes	correspond . .	2498
MÉMOIRES, 3 volumes	mémoires. . .	1294

PAUL DE RÉMUSAT

LES SCIENCES NATURELLES	étude.	404

ERNEST RENAN
DE L'ACADÉMIE FRANÇAISE

L'ABBESSE DE JOUARRE	drame philos.	110
L'AVENIR DE LA SCIENCE. — Pensées de 1848.		541
FEUILLES DÉTACHÉES. — Souvenirs d'enfance et de jeunesse.		443
HISTOIRE DU PEUPLE D'ISRAEL, 5 volumes	étude religieuse	2347
LE PRÊTRE DE NEMI	—	131
SOUVENIRS D'ENFANCE ET DE JEUNESSE :		
— Le Broyeur de lin	nouvelle	57
— Prière sur l'Acropole. — Saint-Renan. — Mon Oncle Pierre. — Le Bonhomme Système et la petite Noémi.	variété	72
— Le Petit Séminaire Saint-Nicolas du Chardonnet.	—	70
— Le Séminaire d'Issy	—	58
— Le Séminaire Saint-Sulpice.	—	60
— Premiers pas hors de Saint-Sulpice.	—	54
— Appendice.	—	35

B.-H. RÉVOIL

Nombre
de pages.

LE DOCTEUR AMÉRICAIN. . . . . roman . . . 311
LES HAREMS DU NOUVEAU-MONDE . . . — 308

W. REYNOLDS

LES DRAMES DE LONDRES :
  — 1° LES FRÈRES DE LA RÉSURREC-
       TION . . . . roman 292
  — 2° LA TAVERNE DU DIABLE . . . — . . . 370
  — 3° LES MYSTÈRES DU CABINET
       NOIR . . . . — 307
  — 4° LES MALHEURS D'UNE JEUNE
       FILLE . . . . — 291
  — 5° LE SECRET DU RESSUSCITÉ . . — . . . 269
  — 6° LE FILS DU BOURREAU . . . . — . . . 304
  — 7° LES PIRATES DE LA TAMISE. . — . . . 300
  — 8° LES DEUX MISÉRABLES . . . . — . . . 290
  — 9° LES RUINES DU CHATEAU DE
       RAVENSWORTH . . . . — . . . 301
  — 10° LE NOUVEAU MONTE-CRISTO. . — . . . 314

ALBERT RHODES

RUSES DE GUERRE . . . . roman 328

J. RICARD

CŒURS INQUIETS . . . . roman 274
CONTES A MON SINGE :
  — La Morale du Commissaire. . . . . nouvelle . . . 8
  — L'Idole . . . . — . . . 10
  — La Pilule . . . . — . . . 10
  — Remords. . . . . — . . . 8
  — Initiation . . . . — . . . 10
  — La Belle Sarah. . . . . — . . . 18
  — Faute de s'entendre . . . . — . . . 10
  — La Bombe. . . . . — . . . 10
  — Trois . . . . — . . . 8

		Nombre de pages.
— L'Enlèvement	nouvelle	14
— Josèphe	—	22
— La Vénus des cyprès	—	10
— Pour sa Dame !	—	10
— Bonheur du Jour	—	22
— Sauvetage	—	16
— M. de Modern'amour	—	14
— Témoin !	—	8
— Choc en retour	—	16
— Le Suicide d'hier	—	10
— Fleurs d'assises	—	14
— Ingénuités	—	4
— Entre deux trains	—	10
— Plaisir d'amour	—	12
— Deuil	—	12
— Amour de poète	—	10
— Naïve Enfant	—	6
— Volonté dernière	—	10
— Fantôme passé	—	18
— Simplette	—	164

CONTES D'APRÈS-MIDI :

— Communication	nouvelle	12
— Toilette	—	14
— Le Choix d'une bonne	—	10
— Cœur gardé	—	13
— Confidence	—	11
— L'Agence	—	12
— Philémon et Baucis	—	10
— Choléra !	—	10
— Autographe	—	14
— Aux Champs	—	10
— Le Nid	—	10
— Qui sait ?	—	12
— La Gageure	—	8
— Au temps des Pivoines	—	10
— Sous la douche	—	8
— Promenade matinière	—	8
— Éternel amour	—	16
— Viol	—	10
— Perplexité	—	10
— Histoire d'amour	—	10

		Nombre de pages.
— La Lettre	nouvelle	10
— Le Devoir	—	8
— Idyle noire	—	8
— Évolution conjugale	—	12
— Petite Bleue	—	12
— Déplacement	—	12
— Canicule	—	10
— La Sirène	—	10
— Envoi de fleurs	—	15
— Le Fauteuil	—	11
— Délicatesse	—	10
— Sur la route	—	10
— Le Missionnaire	—	8
— Présentation	—	8
— Bronze japonais	—	13
— Un peu de Musique	—	10
LA COURSE A L'AMOUR	roman	218
CRISTAL FÊLÉ	roman	307
HISTOIRES FIN DE SIÈCLE :		
— Paternité	nouvelle	11
— Chambre d'hôtel	—	10
— Le Violon de l'abbé	—	10
— Insomnie	—	12
— Eugénie	—	8
— Funèbre gaffe	—	14
— Au dessert	—	10
— Fatalité	—	10
— Cri du cœur	—	11
— Sauvé !	—	13
— Toujours la même	—	10
— Premier pas	—	8
— Plaisir des Dieux	—	10
— Le Héros de Tépéacu	—	10
— Bon-Papa	—	10
— Lapin fleuri	—	10
— Hyménée !	—	16
— Gontran	—	10
— L'Héroïne	—	12
— Le Coup de Kiki	—	10
— Pourquoi l'on tue	—	10

		Nombre de pages.
— Train de plaisir	nouvelle	12
— Les Grands yeux	—	12
— Après les assises	—	12
— Reflet dans l'eau	—	18
— Madame se meurt	—	12
— Hôtel à vendre	—	18
HUGUETTE	roman	363
MAGDON	roman	388
MOUMOUTE	—	350
PACHA	roman paris.	216
— Au tombeau des goujons	nouvelle	102
PITCHOUN !	nouvelle	196
SECRET DE FEMME	roman	504
SŒURS	—	348
LA VOIX D'OR	roman	400

RICHARD O'MONROY

A GRANDES GUIDES :

— Château et chaumière	nouvelle	15
— Une Femme à soi	—	14
— Une Répétition générale au cercle	—	12
— Près d'une baignoire	—	10
— A quelque chose malheur est bon	—	18
— Au Bois le matin. — Aux Acacias à cinq heures	—	22
— Fête nationale	—	4
— Une farce de carnaval	—	14
— La vieille Pelisse	—	8
— The terrible night !	—	8
— Le Cabaret à la mode	—	10
— La Matinée du capitaine	—	14
— Un Samedi au cirque	—	8
— Une Journée à Chic-sur-Mer	—	6
— Trouville-Deauville-Dieppe	—	10
— Malheureux au jeu	—	15
— Un Pari en mer	—	12
— Qui va piano va lontano	—	10

		Nombre de pages
— Cirque d'amis.	nouvelle . . .	14
— Le Coup de sifflet.	— . . .	12
— Les Excuses du capitaine	— . . .	14
— Une Journée à Nice	— . . .	10
L'Anarchiste.	— . . .	10
Le Dîner de la Rapière	— . . .	6
Le Sommeil d'Endymion.	— . . .	10
— L'Œil à la mer.	— . . .	10
— La Saint-Sylvestre du général . . .	— . . .	12

A LA HUSSARDE :

— Une Page d'amour.	nouvelle. . .	
— En vingt-huit jours	— . . .	12
— Le Portrait-carte	— . . .	12
— Le Paravent.		14
— Président !.	— . . .	18
— Aux Italiens.	— . . .	12
— De Cauterets à Cauterets.	— . . .	44
— Le Tour du lac	— . . .	12
— Quelles femmes inviterons-nous ? .	— . . .	6
— Les Histoires du mess.	— . . .	12
— La Lanterne rouge.	— . . .	12
— Une bonne journée	— . . .	16
— Mes souvenirs de ce printemps . .	— . . .	12
— Au Conservatoire	— . . .	6
— En passant par Saint-Cloud.	— . . .	10
— La Saison à Trouville	— . . .	4
— Mauvais conseils à suivre en voyage.	— . . .	10
— Une toquade	— . . .	14
— Au Comité de littérature	— . . .	12
— L'Occasion.	. . .	18
— Mon Concours hippique	— . . .	10
— Au Concours hippique	— . . .	6
— Un Bon Système.	— . . .	6
— Par un beau soir de carnaval . . .	— . . .	14
— Le Marasme.	— . . .	9

LA BRUNE ET LA BLONDE :

— Une Nuit d'orgie à la tour	nouvelle . . .	22
— Maqu...ignonnage	— . . .	16
— Une Bonne Résolution	— . . .	20
— Le Sein d'un ami	— . . .	19
— Le Doigt de Dieu	— . . .	61

		Nombre de pages.
— Études sur les Bois.	nouvelle . . .	27
— Comment ces demoiselles disent bon-		
jour.	— . . .	19
— Le Perchoir de Léa	— . . .	22
— L'Accident du carrousel	— . . .	15
— Princesse par amour.	— . . .	14
— A vendre ou à louer	— . . .	14
— Étrennes incohérentes.	— . . .	33
— Les Pénibles Adieux.	— . . .	20
— Une Journée de plaisir.	— . . .	18
— Le Sauveur.	— . . .	18
— Le Maillot noir	— . . .	16
— A la Russe.	— . . .	21

LE CAPITAINE PARABÈRE :

— Pour garder ses cheveux.	nouvelle . . .	16
— La Tête du chat.	— . . .	16
— Les Effilés verts	— . . .	12
— La Voiture de madame X	— . . .	20
— Une Femme forte.	— . . .	14
— Le Comble de la délicatesse	— . . .	12
— En revenant du Bossu.	— . . .	10
— De Rocquencourt à Paris..	— . . .	8
— Vengeance, plaisir des dieux. . . .	— . . .	12
— Le Piédestal	— . . .	14
— Hussard et Houzard.	— . . .	18
— Le Nid du Poète.	— . . .	14
— Le Plumet.	— . . .	6
— Régénération	— . . .	20
— Le Gilet de loutre.	— . . .	8
— Les Joyeux Viveurs.	... . . .	7
— En musique.	— . . .	21
— Le Bain	— . . .	5
— Une Journée bien remplie	— . . .	8
— Une Pièce reçue	— . . .	15
— Une Chaumière et un Cœur	— . . .	10
— Trop de réputation.	— . . .	10
— Ma première cuirasse	— . . .	10

LE CHIC ET LE CHÈQUE :

— Fanny (Souvenirs d'Afrique)	nouvelle . . .	16
— A l'Américaine (Conte de Noël). . .	— . . .	8
— Une étrange Histoire	— . . .	10

		Nombre de pages
COUPS DE SOLEIL :		
— Les deux Lettres	nouvelle	18
— Le Duel au bal.	—	20
— Quand même	—	16
— La Douche.	—	18
— Les quatre Réponses de Pigncrolles.	—	12
— La Polka	—	16
— Le Pied	—	8
— Un Coup d'épée dans l'eau. . . .	—	16
— Le Rata	—	6
— Panem et feminas	—	12
— Grandes manœuvres	—	18
— Haut et bas	—	8
— Les deux Semaines du capitaine . .	—	32
— Un Homme fort	—	18
— Le Régiment qui passe.	—	12
— Le Clown	—	12
— Un vrai Carnaval	—	16
— Tendres Adieux	—	8
— Ceuillir et se recueillir.	—	10
— Maudites femelles	—	10
— Les Cordes de l'arc	—	15
— Les Revenants.	—	17
LES FEMMES DES AUTRES :		
— Le Domino blanc	—	15
— Grandes Manœuvres.	—	16
— La Perle de Circassie	—	16
— Un Duel intercontinental	—	14
— Infanterie ou Cavalerie	—	12
— Une Haine de famille.	—	10
— Nuit d'Amour	—	10
— La Purification.	—	12
— Le Moyen infaillible	—	14
— Petite Ferme, petit jardinet	—	8
— Le Cadre	—	12
— Le Lendemain.	—	12
— La Boucle.	—	10
— Les Nuances du sentiment	—	10
— Le Tableau d'église	—	10
— Ous'qu'est mon Casque!.	—	14
— Une Découverte	—	8
— Monsieur !.	—	10
— Le Poulet.		6

		Nombre de pages.
— Faits divers.	nouvelle	6
— Une Première à la Renaissance	—	14
— Le Huit-Ressorts	—	14
— La Dernière Grisette.	—	12
— Le Nehu de l'Émir.	—	12
— A travers la fête de l'Opéra.	—	10
— Bien noté	—	8
— Libretti.	—	12

FEUX DE PAILLE :

— Partie et Revanche.	—	22
— Dans les Etoiles.	—	22
— Dévouement.	—	6
— La veille d'une petite fête.	—	10
— Déplacement et villégiature	—	20
— Pour une soirée.	—	14
— Ah ! Quel plaisir d'être soldat	—	20
— L'Enlèvement des Sabines	—	12
— Le Saisissement	—	18
— La Fête de Saint-Gymère	—	8
— Amour et cuisine.	—	10
— Les Préparatifs d'une Fête.	—	12
— Botte et bottine.	—	14
— Fête de famille	—	16
— Pas si raide que ça !	—	16
— Une Femme d'esprit.	—	18
— A Trouville-Deauville	—	10
— Babel-Revue.	—	16
— La Lettre.	—	12
— Une grande fête au profit des inondés de l'Amour et du hasard	—	12
— Sauvé !	—	18
— Une Carte S. V. P.	—	8
— Comme elles jouent.	—	18
— Comment elles devraient s'habiller.	—	20
— Profession de foi	—	11

LA FOIRE AUX CAPRICES :

— Mazeppa.	—	24
— Incertitude	—	10
— Un Objet de cent lots	—	8
— Tosté malade	—	12
— Un peu de morale.	—	6
— Amour et Benting !	—	20

		Nombre de pages
— C'est beau la franchise	nouvelle	8
— Before and After	—	10
— Une guérison	—	14
— Conseils pratiques aux étrangers à la recherche d'une chaumière et d'un cœur	—	32
— Le Téléphone	—	8
-- L'Entrevue	—	14
— La semaine des courses à Trouville	—	18
— Demi-jour	—	8
— Une étoile	—	14
— Monsieur Paul	—	10
— Le Révérend	—	16
— A la Revue	—	16
-- Amour et Mystère	—	18
— Soumission ou Démission	—	12
— A la Fourchette	—	14
— Le Gaz	—	10
— Conseils pratiques pour aller au bal	—	18
— Le Majorat	—	12
— L'Écuyère	—	16
— La Prise de Fleury-sur-Andelle	—	10
— Monsieur le Maire	—	14

LA GRANDE FÊTE !

— Où cela mène	nouvelle	15
— La Galerie	—	12
— Aubade	—	14
— Isaure Campistrous	—	12
— La Pêche miraculeuse	—	12
— La Minerve	—	12
— Très volontiers	—	14
— Autres temps !	—	14
— Trop raffiné	—	12
— Le Téléphone	—	10
— Rastaquouérisme	—	12
— Bœuf à l'huile	—	12
— Le Bois	—	10
— Tentation	—	12
— État de siège	—	12
— N'écrivez jamais !	—	12
— Action-Réaction	—	12
— Par Téléphone	—	12

			Nombre de pages.
— A la Redoute	nouvelle	. . .	12
— Pour une Drôlesse !	—	. . .	12
— La Cravate	—	. . .	12
— Le Problème	—	. . .	12
— La Nuit du mardi-gras	—	. . .	12
— Le Jour de l'An	—	. . .	12
— La Cuirasse	—	. . .	11

MADAME MANCHABALLE

— La Fugue	—	. . .	12
— Cantatrice	—	. . .	12
— Le Jeu	—	. . .	12
— Le Passage	—	. . .	12
— Le Violon	—	. . .	12
— Le Syndicat des Mères	—	. . .	10
— Le Futur de Caroline	—	. . .	12
— La Culotte d'un dieu	—	. . .	10
— Cas de conscience	—	. . .	12
— Le Rôle de Lili	—	. . .	12
— La Lyre d'Apollon	—	. . .	12
— Honneur d'artiste !	—	. . .	12
— La Boîte au lait	—	. . .	10
— Ça ! c'est ma femme !	—	. . .	10
— La Danse du désespoir	—	. . .	10
— Le Pain bénit	—	. . .	12
— Un Sauvetage	—	. . .	12
— Les Débuts de Zizi	—	. . .	12
— Le Loyer de Maman	—	. . .	10
— Si jeunesse savait !	—	. . .	12
— L'Épreuve	—	. . .	12
— Pendant le ballet	—	. . .	10
— Sainte Mousseline	—	. . .	10
— Zizi	—	. . .	12
— L'Épingle	—	. . .	12
— Marche funèbre	—	. . .	12
— Les Souliers de satin	—	. . .	10

M. MARS ET Mme VÉNUS :

— La Belle Hélène à Hambourg	—	. . .	12
— Le Train spécial	—	. . .	10
— Une Grand'garde à la Belle-Épine	—	. . .	10
— La nuit porte conseil	—	. . .	12
— Le capitaine Joseph	—	. . .	10

		Nombre de pages.
— La Séance de nuit.	— . . .	12
— Le Képi du Commandant.	— . . .	12
— A coup sûr	— . . .	10
— La belle Chapelière	— . . .	10
— Une Séance orageuse	— . . .	10
— L'Étape	— . . .	8
— Amour ! Amour ! Quand tu nous tiens!	— . . .	12
— Le Carabinier et la Caissière. . . .	— . . .	10
— Souviens-toi ! ! !	— . . .	8
— Un Cercle diablement vicieux . . .	— . . .	18
— La Première étape.	— . . .	8
— Beau premier	— . . .	10
— Le Sabre	— . . .	10
— Comment on écrit l'histoire	— . . .	10

LE PÉCHÉ CAPITAL :

— La Vengeance de Pardaillan	nouvelle . . .	27
— Cordon, S. V. P	. . .	17
— L'Ambassadeur.	— . . .	17
— La Toquade	— . . .	14
— La Patissière.	— . . .	14
— Par Chic.	— . . .	12
— La Vérité	— . . .	12
— L'Enfant du Miracle	— . . .	12
— Les Deux Chambres.	— . . .	14
— Une intrigue parlementaire.	— . . .	14
— La Rose du Brésil.	— . . .	17
— Le Goût de Liona.	— . . .	17
— Aller et Retour	— . . .	12
— Suggestion à échéance	— . . .	19
— La Quête.	— . . .	15
— Dans ton intérêt	— . . .	16
— Le Dernier Souper	— . . .	12
— Tout à Bourgachard	— . . .	14
— Bébé a soif.	— . . .	20
— La Pipe à mon Oncle	— . . .	12
— Une Farce de Carnaval	— . . .	15
— Le cas de madame Ramelot	— . . .	13
— Les deux journées.	nouvelle . . .	12
— Primeurs.	— . . .	6
— Prisonnier de guerre. . '	— . . .	10
— Une Idée du Colonel.	— . . .	10
— La Timbale d'argent.	— . . .	14

		Nombre de pages.
— Le Train des maris	nouvelle	6
— Chargé de la défense	—	8
— On en revient toujours.	—	10
— La Commission du chiendent.	—	8
— De Paris à Versailles.	—	14
— Futurs officiers	—	6
— Vox Populi, Vox Dei.	—	8
— Trappe à louer	—	8
— Aller et retour.	—	6
— La Paix des champs.	—	14
— Great Attraction	—	8

LES PETITES MANCHABALLE :

— L'Examen de Danse	nouvelle	10
— Le Directeur.	—	12
— Le Chausson rose	—	13
— Faute de Surveillance	—	14
— Le Deuil de Rébecca.	—	12
— Manchaballe à Nazareth	—	12
— Le Trou de Clodimir.	—	12
— La Flèche.	—	12
— Avant « Maladetta »	—	12
— Le Roman d'hier.	—	12
— Rapapillotage	—	10
— Samson et Dalila.	—	10
— Manchaballe et Bossuet.	—	12
— Manchaballe politique	—	10
— La Serpentine.	—	12
— Perplexité.	—	10
— A l'Enterrement	—	12
— L'Engagement de Caroline	—	8
— Mes Prisons	—	12
— L'Ancre en saphirs.	—	12
— Le Figurant	—	12
— Sieglinde et Crevette.	—	12
— Flirting-Record	—	12
— Le Traité de Manchaballe III	—	12
— Profanation !...	—	12
— Manchaballe grand'mère	—	12
— L'Examen semestriel.	—	10

SANS M'SIEUR LE MAIRE :

— Le Serment de Léo.	—	11

		Nombre de pages.
— Sur le Volga (fantaisie russe)	nouvelle . . .	11
— Louise ?	— . . .	11
— Le Capitaine Miaou	— . . .	12
— A qui l'estampille ?	— . . .	13
— Euphémisme !	— . . .	11
— La « Bombarda »	— . . .	8
— La Condition d'Edwidge	— . . .	11
— Amour et Baccara	— . . .	11
— Le Dragon et la Danseuse	— . . .	12
— Chambre 19	— . . .	10
— La Leçon d'anglais	— . . .	11
— Similia Similibus	— . . .	12
— Le Tonkinois et la Comtesse	— . . .	13
— Liline	— . . .	11
— Le Décret de messidor	— . . .	14
— L'Art avant tout !	— . . .	13
— Le Chèque	— . . .	11
— Le Pari	— . . .	11
— Les Épaulettes	— . . .	11
— Rajeunissement	— . . .	11
— Quand même !	— . . .	11
— Les Poulets du Colonel	— . . .	11
— La Rupture	— . . .	11
— Un Mariage tzigane	— . . .	12
— Battue !	— . . .	11
— Le Plumet du Saint-Cyrien	— . . .	11
SERVICES DE NUIT :		
— La Prise de Plewna	— . . .	11
— Manque de mémoire	— . . .	10
— Casque et Cuirasse	— . . .	10
— Olga Pankratieff	— . . .	13
— Le Pardon	— . . .	0
— Un Conseil	— . . .	12
— L'Idée du Général	— . . .	10
— Train manqué	— . . .	8
— Tous séminaristes !	— . . .	12
— Le Constat électrique	— . . .	10
— A Mourmelon-les-Bains	— . . .	10
— Le Figurant	— . . .	10
— Chiens et Chats	— . . .	10
— Le Cœur de Nini	— . . .	12
— Brune ou Blonde ?	— . . .	12

11.

		Nombre de pages.
— La Pénitence.	nouvelle	10
— La Vertu récompensée	—	10
— Noir et blanc	—	10
— Le Traitement.	—	10
— L'Ours et la Sentinelle.	—	10
— La Ronde.	—	10
— L'Éternuement.	—	16
— L'Écumeur des Plages	—	10
— Soirée gâchée	—	12
— La « Sidi-Brahim »	—	10
— L'Éléphant.	—	10
— Le Haubert	—	10
— La Belle Olympia.	—	9

SOYONS GAIS !

— En Mission.	nouvelle	12
— Thermidor et Germinal.	—	12
— Le Triomphe de Vénus.	—	10
— Sur les genoux.	—	10
— A quoi cela tient.	—	12
— La Piqûre	—	10
— Au Concert Vatoire.	—	12
— Brimades	—	12
— Le Cab	—	10
— Monsieur Édouard	—	12
— Ménage moderne.	—	12
— Les Dormeuses.	—	10
— Briseur de chaînes !	—	10
— Les Émeraudes.	—	10
— Une Conversion	—	10
— Le Refrain.	—	12
— En vingt clichés.	—	12
— Pas d'émotion !	—	10
— Le Tremblement de terre.	—	12
— Un Sous-Off	—	12
— Les Trucs du Capitaine.	—	10
— La Lutte.	—	12
— Miss Jenny.	—	10
— Le Tailleur.	—	10
— Rentière ?	—	10
— Margarita ante Porcos	—	10
— Snipp.	—	10
— Le Violon	—	9

		Nombre de pages.
TAMBOUR BATTANT !		
— Marseille ou Tarascon	nouvelle	12
— Bonnet et Chapeau	—	15
— Trop chic !	—	11
— La Perle	—	12
— De Biarritz	—	8
— Le Mariage de Berthe	—	15
— Par économie	—	10
— La Recherche de l'absolu	—	9
— Ni l'une ni l'autre	—	15
— Le Nouveau chic	—	7
— Toquée	—	12
— En revenant du Châtelet	—	12
— La Vengeance de Carmen	—	9
— Lequel ?	—	11
— Le Jeudi de Chameroy	—	10
— Une Idylle au Cercle	—	11
— Nuit de noces	—	7
— L'Expérience	—	10
— Trop de précaution	—	15
— Cercle ou Crèche	—	5
— Une Mascotte	—	9
— Un bon conseil	—	8
— Five O'clock tea	—	15
— Marianne	—	7
— Le Point du Jour	—	12
— Les Débuts de Pignerolles	—	8
— Mon carnet du Salon	—	10
— Ce qu'on entend au Concours hippique	—	8
— Camélia	—	14
UN PEU ! BEAUCOUP !! PASSIONNÉMENT !!!		
— A bon chat, bons rats	nouvelle	10
— Première étape	—	10
— Pelotodora	—	8
— Une Fête de charité	—	20
— Quand on va au cirque Molier	—	8
— Les Coulisses d'un ballet	—	14
— Capra	—	17
— Promenade matinale	—	8
— Pour les pauvres	—	15
— Fin de saison	—	8

		Nombre de pages.
— Pour Dieu! pour le Czar! pour la Patrie! nouvelle	12
— Messieurs Mars et mesdames Vénus. —	8
— La grande semaine à Trouville —	24
— Sur la terrasse du casino à Chic-sur-Mer. —	6
— A la Fête à Neuilly, chez Marseille —	8
— Une Journée à Bougival. —	8
— Cousine Des Boisonfort —	12
— Au Cabaret. — Tel menu, telle femme —	8
— Un Concours de beauté —	52
— La Choupasse —	12
— Une Journée aux grandes manœuvres —	12
— Le Bateau de fleurs. —	10
— Vénus et Machiavel —	14
— L'Oncle Broudoudoum. —	18

HENRI RIVIÈRE

AVENTURES DE TROIS DAMES.	roman	272
— Philippe.	nouvelle	81
LE CACIQUE (*Journal d'un Marin*).	roman	289
LE COMBAT DE LA VIE :		
— La Jeunesse d'un désespéré.	roman	359
— Madame Nasser	—	410
— Les Fatalités.	—	443
EDMÉE.	—	113
— Le Châtiment	nouvelle	70
— Flavien	roman	147
LA FAUTE DU MARI	—	226
— Madame Herbin	nouvelle	86
LA GRANDE MARQUISE.	roman	111
— Le comte d'Arbray.	nouvelle	91
— Le cirque Gory	—	103
MADEMOISELLE D'AVREMONT	roman	211
— Monsieur Margerie.	nouvelle	79

			Nombre de pages.
LA MAIN COUPÉE.	roman		200
— Un Enlèvement	nouvelle		97
LA MARQUISE D'ARGENTINI.	—		93
— Édith	—		138
— Madame de Ferlon.	—		119
LES MÉPRISES DU CŒUR.	—		78
— Voix secrètes de Jacques Lambert.	—		62
— Terre et Mer.	—		60
— Les Voisins du lieutenant Feraud.	—		44
— Le Rajeunissement.	—		66
LE MEURTRIER D'ALBERTINE RENOUF.	—		81
— Les derniers jours de Don Juan	roman		217
PIERROT.	nouvelle		85
— Caïn.	—		79
— L'Envoultement	—		66
LA POSSÉDÉE.	nouvelle		101
— Le Colonel Pierre	—		60
— La seconde Vie du docteur Roger.	—		43
LE ROMAN DE DEUX JEUNES FILLES.	roman		199
— Un dernier succès.	nouvelles.		84
— Lettres de voyage.	récit		46
SOUVENIRS DE LA NOUVELLE CALÉDONIE	récit de voyage et de combat.		296

B. DE RIVIÈRE

PAR COUPLE :

— Le Feu grisou.	nouvelle		15
— Une Madeleine.	—		30
— La Mèche de Cheveux.	—		10
— La Solitaire.	—		18
— Deux feuilles de rose	—		8
— Odette et Ben Zatti	—		38
— Bien vite passé	nouvelle		10
— Le Vieux Couteau.	—		10

		Nombre de pages.
— Deux jours au bord de la mer. . .	nouvelle . . .	14
— Un Mariage	— . . .	14
— La Femme et les saisons.	— . . .	16
— La Somnambule	— . . .	28
— Nos 18 et 19 de l'hôtel X, Z. . . .	— . . .	10
— Le Nid	— . . .	10
— Tu m'as donc trompée !	— . . .	8
— Le Tas de foin d'Odette	— . . .	6
— Les Étrennes de la mère Niclot . .	— . . .	38
— Mère et fils.	— . . .	22

CLÉMENCE ROBERT

— ŒUVRES COMPLÈTES —

LES AMANTS DU PÈRE-LACHAISE. . . .	roman	302
L'AMOUREUX DE LA REINE.	—	
L'ANGE DU PEUPLE	roman	154
— La Rose du Cimetière	nouvelle . . .	18
— Le Père et la Fille.	— . . .	20
— L'Abbé de Bernis	— . . .	12
— Marie de Beauvilliers	— . . .	20
— Le Lac des Larmes.	— . . .	15
LES ANGES DE PARIS	roman	291
— Série : 1° Les Anges de Paris. — 2° La Misère dorée. — 3° L'Avocat du peuple.		
L'AVOCAT DU PEUPLE, voir LES ANGES DE PARIS	— . . .	344
UN BANDIT GENTILHOMME	— . . .	358
LE BARON DE TRENCK.	— . . .	264
— Série : 1° Le Baron de Trenck. — 2° Le Martyr des Prisons.		
LA BELLE VALENTINE, voir WOLF LE LOUP.	— . . .	404
— La Duchesse de Chevreuse.	— . . .	192
LA CHAMBRE CRIMINELLE (les Victimes du fanatisme), voir LA FAMILLE CALAS.	— . . .	243

		Nombre de pages.
LA COMTESSE THÉRÈSA. . . . . roman		195
LA DUCHESSE DE MONTBARRE, *voir* LA FILLE DE SATAN.	— . . .	315
LA FAMILLE CALAS.	— . . .	282
— *Série :* 1° La Famille Calas. — 2° La Chambre criminelle.		
LA FILLE DE DAMIENS . . . . nouvelle . . .		80
— La Nuit d'un Bal.	— . . .	10
— Une Nuit affreuse	— . . .	36
— La Saint-Louis.	— . . .	46
— Malbroug s'en va-t-en guerre . . .	— . . .	71
LA FILLE DE SATAN. . . . . roman		315
— *Série :* 1° La Fille de Satan. — 2° La duchesse de Montbarre. — 3° Le Trésor de Saint-Claude.		
LA FONTAINE MAUDITE.	— . . .	192
— Le Loup-Garou . . . . nouvelle . . .		50
LES FRANCS-JUGES, *voir* LE TRIBUNAL SECRET. . . . . roman		315
LA JACQUERIE, *voir* JEANNE DE MONTFORT.	— . . .	272
JEANNE LA FOLLE.	— . . .	279
— *Série :* 1° Jeanne la Folle. — 2° Le Pavillon de la Reine.		
JEANNE DE MONTFORT	— . . .	311
— *Série :* 1° Jeanne de Montfort. — 2° La Jacquerie.		
LES JUMEAUX DE LA RÉOLE, *voir* LES QUATRE SERGENTS DE LA ROCHELLE . . .	— . . .	247
LE MAGICIEN DE LA BARRIÈRE D'ENFER	— . . .	344
MANDRIN.	— . . .	286
LE MARTYR DES PRISONS, *voir* LE BARON DE TRENCK.	— . . .	244
LES MARTYRS VENGÉS, *voir* LES MYSTÈRES DE LA BASTILLE	— . . .	302

		Nombre de pages.
LES MENDIANTS DE LA MORT, *voir* LES MENDIANTS DE PARIS . . . . roman	. . .	256
LES MENDIANTS DE PARIS . . . . . . —	. . .	273
— *Série :* 1° Les Mendiants de Paris.		
— 2° Les Mendiants de la mort.		
MICHELY, *voir* UN SERF RUSSE. . . . . . —	. . . .	312
LA MISÈRE DORÉE, *voir* LES ANGES DE PARIS —	. . . .	293
LE MOINE NOIR . . . . —	. . . .	319
LE MONT SAINT-MICHEL . . . . —	. . . .	904
LES MYSTÈRES DE LA BASTILLE. . . . —	. . . .	311
— *Série :* 1° Les Mystères de la Bastille.		
— 2° Les Martyrs vengés.		
LE PASTEUR DU PEUPLE. . . . . —	. . . .	306
LE PAVILLON DE LA REINE, *voir* JEANNE LA FOLLE . . . . —	. . . .	177
— La Chambre d'une femme . . . . . nouvelle	. . .	28
— L'Ordre de la Cordelière . . . . . . —	. . .	40
— Ce que les Femmes portent à la main variété	. . . .	19
— Les Fleurs . . . . —	. . . .	14
PEUPLES ET ROIS . . . . roman	. . . .	380
LA PLUIE D'OR. . . . . —	. . . .	200
— Le Ramoneur millionnaire . . . . . nouvelle	. . .	42
ES QUATRE SERGENTS DE LA ROCHELLE. roman	. . . .	324
— *Série :* 1° Les Quatre sergents de La Rochelle. — 2° Les Jumeaux de La Réole.		
RENÉ L'OUVRIER. . . . . —	. . . .	186
— Anne de Nantoue . . . . nouvelle	. . .	80
LE SECRET DE MAITRE ANDRÉ . . . . . roman	. . . .	101
— *Série :* 1° Le Secret de maitre André. 2° La Tour Saint-Jacques.		
UN SERF RUSSE. . . . . —	. . . .	314
— *Série :* 1° Un Serf russe. — 2° Michely.		

		Nombre de pages.
TABARIN. . . . . roman		325
LA TOUR SAINT-JACQUES, voir LE SECRET DE MAITRE ANDRÉ.	—	307
LE TRÉSOR DE SAINT-CLAUDE, voir LA FILLE DE SATAN	—	344
LE TRIBUNAL SECRET	—	347
— Série : 1° Le Tribunal secret.— 2° Les Francs-Juges.		
LES VOLEURS DU PONT-NEUF	—	280
— Série : 1° Les Voleurs du Pont-Neuf. — 2° Tabarin. — 3° Un Bandit Gentilhomme.		
WOLF LE LOUP	—	307
— Série : 1° Wolf le Loup. — 2° La Belle Valentine.		

ÉTIENNE ROCHEVERRE

MADEMOISELLE D'HANNONVILLE. . . . roman.	384

NESTOR ROQUEPLAN

LA VIE PARISIENNE :		
— Les Vieilles femmes. . . . . nouvelle . . .		5
— Les Pigeons.	— . . .	7
— Les Dindons.	— . . .	5
— Les Lorettes	— . . .	15
— Les Femmes déchues	— . . .	17
— Les Hommes aimés	— . . .	7
— Les Amours à distance	— . . .	4
— Les Petits ménages	— . . .	7
— Les Lorettes du monde	— . . .	5
— Les Coulisses de l'Opéra.	— . . .	44
— Les Choses qui n'existent plus. . .	— . . .	5
— Du Point d'honneur	— . . .	5
— Les Comiques.	— . . .	7
— Les Larmoyeurs.	— . . .	6

		Nombre de pages.
— Les faux Anglais	nouvelle	4
— Les Mascarilles	—	6
— Les Feu.	—	5
— La Bohême de Paris.	—	7
-- La Littérature des articles de mode.	---	8
— Le Bric-à-brac.	—	17
— Les Crédits supplémentaires.	—	23
— Un Coin de l'Espagne	—	33
— Les Spectacles d'été.	—	13
— Les Spectacles d'hiver.	—	56
— Le Verre d'eau en Russie	—	6
— Un Jubilé protestant en 1835.	—	14

CHARLES ROSS

— TRADUCTION AMY DAVY —

LA JOLIE VEUVE.	roman	286

G. ROTHAN

L'AFFAIRE DU LUXEMBOURG	étude historiq.	422
L'ALLEMAGNE ET L'ITALIE, 1870-1871..	—	
— Tome I. L'Allemagne	—	389
— Tome II. L'Italie	—	447
L'EUROPE ET L'AVÉNEMENT DU SECOND EMPIRE.	souv. diplom.	439
LA FRANCE ET SA POLITIQUE EXTÉRIEURE EN 1867	souv. diplom.	870
LA POLITIQUE FRANÇAISE EN 1866.	étude historiq.	406
LA PRUSSE ET SON ROI PENDANT LA GUERRE DE CRIMÉE.	souv. diplom.	394

E. ROUSTAN

LE ROMAN D'UN MARIN	nouvelle	109
— Naïs.	—	29

— Deux frères . . . . nouvelle . . .   24

— Zette . . . .   —   . . .   12

— Nello et Bijou . . . .   —   . . .   18

— Djali . . . .   —   . . .   34

— Un Conte d'amour . . . .   —   . . .   29

— Maxime . . . .   —   . . .   39

— Affaire de Femme . . . .   —   . . .   13

SACHER - MASOCH

LE CABINET NOIR DE LEMBERG . . . . . nouvelle . . .   156

   — L'Ilau . . . .   —   . . .   198

L'ENNEMI DES FEMMES . . . . roman   213

HADASKA . . . .   —   260

NOUVEAUX RÉCITS GALICIENS :

   — Sacher-Masoch, sa vie et ses œuvres   étude   41

   — La Justice des paysans . . . . . . nouvelle . . .   74

   — Le Haydamak . . . .   —   . . .   72

  · · La Hosara-Raba . . . .   —   . . .   104

   — Le Mariage de Valérien Kochanski .   —   . . .   46

LES PRUSSIENS D'AUJOURD'HUI, 2 vol. . roman   764

UN TESTAMENT . . . . nouvelle . . .   143

   — Basile Hymen . . . .   —   . . .   102

   — Le Paradis sur le Dniester . . . .   —   . . .   72

Comte A. DE SAINT-AULAIRE

LES DESSOUS DE L'HISTOIRE

   — Les Dessous de l'histoire   nouvelle . . .   129

   — La Médaille . . . .   —   . . .   41

   — Fleur de serre . . . .   —   . . .   123

   — L'Or maudit . . . .   —   . . .   11

FRANCE ET RUSSIE . . . . roman histor.   320

GILDA . . . . roman contemporain.   306

UN NAIF . . . .   —   312

SAINT-PRIX

Nombre de pages.

VERTU PAIENNE. . . . . roman 339

A. DE SAINT-QUENTIN

UN AMOUR AU PAYS DES MAGES. . . . roman 314

CAMILLE SAINT-SAENS

RIMES FAMILIÈRES . . . . poésies. . . . 128

GASTON DE SAINT-VALRY

SOUVENIRS ET RÉFLEXIONS POLITIQUES. 2 volumes. . . 759

PAUL DE SAINT-VICTOR

ANCIENS ET MODERNES. . . . . études. 580

BARBARES ET BANDITS :

   — Henri Heine et la Prusse. . . . . . étude 22
   — L'Allemagne et la Prusse . . . . . — 10
   — La Statue de Strasbourg . . . . . . variété . . . 3
   — Les Trésors de Paris. . . . . — . . . 12
   — La Cité antique . . . . — . . . 13
   — Le Gros Guillaume. . . . . — . . . 02
   — Némésis . . . . — . . . 10
   — Prosper Mérimée . . . . étude 11
   — Un Prisonnier de la Prusse. . . . . variété . . . 11
   — L'Art pendant le siège . . . . étude 12
   — Nos bons Allemands. . . . . variété . . . 10
   — Chants populaires du pays Messin . — . . . 10
   — L'anniversaire de Molière. — Paris
      Grand Hôtel. . . . . — . . . 10
   — Henry Regnault . . . . étude 10

		Nombre de pages.
— La Patrie toujours en danger. . . . variété		11
— Comment les peuples périssent . . — . . .		11
— L'Orgie rouge . . . . — . . .		13
— Une Voix dans le désert. . . . . . — . . .		17
— La Haine sainte . . . . — . . .		10
LES DEUX MASQUES, 2 vol. . . . . . . étude		1110
HOMMES ET DIEUX :		
— La Vénus de Milo. . . . . étude.		8
— Diane . . . . — . . .		10
— Les Grandes déesses : Cérès et Proserpine . . . . — . . .		16
— Hélène . . . . — . . .		10
— Méléagre . . . . — . . .		11
— La Momie. . . . . — . . .		16
— Néron. . . . . — . . .		16
— Marc-Aurèle. . . . . — . . .		12
— Attila. — Charles XII . . . . . — . . .		13
— Louis XI. . . . . — . . .		16
— César Borgia . . . . — . . .		22
— Bonvenuto Cellini . . . . — . . .		13
— Diane de Poitiers . . . . — . . .		15
— Henri III . . . . — . . .		14
— La Cour d'Espagne sous Charles II. — . . .		96
— Les Comédies de la Mort . . . . . — . .		20
— Les Bohémiens . . . . — . . .		14
— Les Vocératrices de la Corse. . . . — . . .		20
— L'Argent. . . . . — . . .		22
— Roland. — La Chanson de Paris . . — . . .		16
— Le Décaméron de Boccace. . . . . — . . .		16
— Agrippa d'Aubigné. . . . . . . — . . .		18
— Don Quichotte. . . . . — . . .		16
— Gil Blas. . . . . — . . .		10
— Les Contes de fées . . . . — . . .		12
— Manon Lescaut . . . . — . . .		10
— Mademoiselle Aïssé . . . . . . — . . .		12
— Swift . . . . — . . .		11
LE THÉÂTRE CONTEMPORAIN :		
— Émile Augier. . . . . variétés. . . .		200
— Alexandre Dumas . . . . — . . .		155
VICTOR HUGO. . . . . étude . . .		385

C. A. SAINTE-BEUVE[1]

		Nombre de pages.
CHATEAUBRIAND, SON GROUPE LITTÉRAIRE SOUS L'EMPIRE, 2 volumes . . étude.		866
CHRONIQUES PARISIENNES . . . . variétés . . .		359
LE CLOU D'OR . . . . nouvelle . . .		60
— La Pendule . . . . — . . .		13
CORRESPONDANCE, 2 volumes . . . . . lettres		759
ÉTUDE SUR VIRGILE . . . . variété		441
LETTRES A LA PRINCESSE. . . . . . lettres		366
OUVELLE CORRESPONDANCE. . . . . . —		426
NOUVEAUX LUNDIS, 13 volumes . . . . variétés. . . .		6018
PORTRAITS CONTEMPORAINS, 5 vol . . —		2488
PREMIERS LUNDIS, 3 volumes . . . . . —		1242
P.-J. PROUDHON, SA VIE, SA CORRESPONDANCE. . . . . étude.		350
SOUVENIRS ET INDISCRÉTIONS. . . . . variétés. . . .		351

SAINTE-MARIE BINSCE

REINETTE. . . . . roman		336

PIERRE SALES

L'AMÉRICAINE. . . . . roman		421
LE DIAMANT NOIR . . . . —		378
UN DRAME FINANCIER. . . . . —		382

Série : 1° Un Drame financier. — 2° Robert de Campignac.

1. Voir, pour les études nombreuses que renferme chacun des volumes de C.-A. Sainte-Beuve, la table analytique et explicative qui se trouve à la fin du tome III des PREMIERS LUNDIS.

		Nombre de pages.
LA FEMME ENDORMIE	roman	365
INCENDIAIRE	—	426
JEANNE DE MERCŒUR	—	327
LOUISE MORNANS	—	326
MARIAGE MANQUÉ :		
— Mariage manqué	nouvelle	14
— Les Relevailles de Pastoret	—	13
— Modeste	—	14
— Les Microbes pacificateurs	—	15
— Leur premier jour de bonheur	—	11
— La Lampe merveilleuse	—	15
— Kiki	—	12
— Quatre têtes dans un bonnet	—	12
— La Bourse d'or	—	15
— Les Vingt-huit jours d'un homme heureux	—	11
— Les Vieux	—	12
— Lendemain de noces	—	16
— L'Enfant trouvé	—	14
— Contre-ordre	—	11
— Mon mari fait de la politique	—	14
— Le Frère de lait	—	16
— Les dix-huit ans de Cendrinette	—	12
— Jardin suspendu	—	15
— Femme de chambre par intérim	—	11
— La Réponse	—	14
— Endurci	—	17
— Surmené	—	15
LA MÈCHE D'OR	roman	360
ORPHELINES !	—	416
PIERRE SANDRAC	—	353
LE PUITS MITOYEN	—	387
ROBERT DE CAMPIGNAC	—	329
SACRIFIÉE !	—	360

Série : 1° Sacrifiée ! — 2° Pierre Sandrac.

		Nombre de pages.
LE SERGENT RENAUD . . . . roman	. . . .	425
Série : 1° Le Sergent Renaud. — 2° L'Américaine.		
UNE VIPÈRE. . . . . —	. . . .	356
Série : 1° Une Vipère. — 2° Orphelines.		

GUSTAVE SALICIS

JEANNE ET JEAN. . . . . hist. bretonne.	310

PRUDENCE DE SAMAN

LES ENCHANTEMENTS DE PRUDENCE. . biographie . .	366

LES NOUVEAUX ENCHANTEMENTS :

— Pitt. . . . . variété	12
— Burke. . . . . —	4
— Aperçu sur la Chine . . . . —	35
— Les Indes . . . . —	21
— Harmonie de la nature, de Bernardin de Saint-Pierre . . . . —	23
— Diogène . . . . —	8
— Le duc Antonio des Algarves. . . . —	29
— Pensées détachées sur la religion. . —	14
— Pensées détachées sur la politique. —	6
— Madame Hamelin. . . . . —	8
— Poésies de M. de Chateaubriand . . —	11
— La baronne de Marcoussis . . . . . —	6
— Sébastien de Gama. . . . . —	19
— Myrtéa. . . . . —	43
— Jérôme ou le jeune prélat. . . . . —	52
— Sextus ou le Romain des Maremmes —	33
— L'Indienne . . . . —	40

DERNIERS ENCHANTEMENTS :

— Gertrude. . . . . nouvelle . . .	242
— Harold. . . . . —	52
— Le jeune Comte Henri ou l'Éducation —	54
— Lettres choisies de Béranger. . . . variété	75

PAUL SAMY

		Nombre de pages.
LA FIANCÉE DU DOCTEUR......... roman		392
LA RANÇON DU CŒUR .... —		283

GEORGE SAND

— ŒUVRES COMPLÈTES —

ADRIANI.................. roman		279
LES AMOURS DE L'AGE D'OR (Evenor et Leucippe)................. — ...		319
ANDRÉ................. — ...		270
ANTONIA................. — ...		339
AUTOUR DE LA TABLE......... études ...		117
-- Gœthe, Byron, Micklewicz..... — ...		60
-- Honoré de Balzac......... — ...		18
— Béranger.......... — ...		14
— H. de Latouche.......... — . .		32
— Fenimore Cooper.......... — ...		18
— George de Guérin......... — ...		36
-- Harriett Beecher Stowe...... -- ...		10
— Eugène Fromentin (écrivain).... — ...		18
— *Bêtes et gens*, par P.-J. Stahl.... — ...		5
— Le Théâtre Italien de Paris et Mademoiselle Pauline Garcia..... — ...		18
— *La Joconde de Léonard de Vinci*, gravée par M. Louis Calamatta.. — ...		10
LE BEAU LAURENCE, *voir* PIERRE QUI ROULE roman ...		324
BEAUX MESSIEURS DE BOIS-DORÉ, 2 vol.. — ...		635

12

•

		Nombre de pages
LA DERNIÈRE ALDINI. . . . . roman		201
— Le poème de Myrza. . . . . variété. . . .		24
— Les Visions de la nuit. . . . . . . étude.		80
— George de Guérin. . . . . variété		26
LE DERNIER AMOUR . . . . roman.		333
DERNIÈRES PAGES :		
— Dans les bois. . . . . variété		18
— Nuit d'hiver. . . . . — . . .		14
— Voyage chez M. Blaise. . . . . . . — . . .		24
— La Blonde Phœbé.. . . . . — . . .		16
— Mon Grand-Oncle.. . . . . — . . .		36
— *Dialogues philosophiques*, E. Renan. — . . .		12
— Les marionnettes de Nohant. . . . — . . .		58
— La Laitière et le Pot au lait. . . . — . . .		28
— A propos d'une *Nouvelle lettre de*		
Junius. . . . . — . . .		8
— *La Flore de Vichy*, par Jourdan . . — . . .		4
— *Mes Campagnes*, par Pauline Flau-		
gergues.. . . . . — . . .		23
— Aux Alsaciens-Lorrains . . . . . . — . . .		6
— Charles Duvernet.. . . . . — . . .		4
— Souvenir d'Auvergne. . . . . — . . .		10
— Michel Lévy. . . . . — . . .		6
— *Au Village*, par J. Gotthelf.. . . . — . . .		4
LES DEUX FRÈRES, *voir* FLAMARANDE . . roman		234
LE DIABLE AUX CHAMPS . . . . — . . .		220
ELLE ET LUI. . . . . — . . .		210
LA FAMILLE DE GERMANDRE. . . . . . — . . .		175
LA FILLEULE. . . . . — . . .		213
FLAMARANDE . . . . — . . .		218

Série : 1° Flamarande. — 2 Les deux
Frères.

		Nombre de pages.
FLAVIE.	roman	179
— Les Majoliques florentines	variété. . . .	40
FRANCIA.	roman	233
— Un Bienfait n'est jamais perdu . .	proverbe . . .	49
FRANÇOIS LE CHAMPI	roman	243
HISTOIRE DE MA VIE (4 volumes) . . .	memoires. . .	1304
UN HIVER A MAJORQUE	voyages. . . .	183
— Spiridion	roman	250
L'HOMME DE NEIGE (3 volumes)	— . . .	888
HORACE	— . . .	409
IMPRESSIONS ET SOUVENIRS	variétés. . . .	363
INDIANA	roman	334
ISIDORA	—	200
— Aldo le Rimeur	fragment . . .	48
— Les Mères de famille	—	16
— Cercle hippique de Mézières-en-Brenne	variété	17
JACQUES.	roman	353
JEAN DE LA ROCHE	— . . .	224
JEANNE	roman	359
JEAN ZYSKA.	étude.	148
— Gabriel	— . . .	74
— Lettre à M. Lerminier	variété	13
— Werther.	étude.	9
JOURNAL D'UN VOYAGEUR PENDANT LA GUERRE.	lettres	310
LAURA.	roman	195
— Les Charmettes	variété. . . .	63
— Lettre d'un voyageur	— . . .	61
— Ce que dit le ruisseau.	— . . .	44

		Nombre de pages
LÉGENDES RUSTIQUES :		
— Pierres sottes ou pierres caillasses.	légende.	13
— Les Demoiselles	—	17
— Les Laveuses de nuit ou lavandières	—	15
— La Grand'bête	—	11
— Les Trois hommes de pierre	—	12
— Le Follet d'Ep-Nell	—	11
— Le Casseu' de bois	—	14
— Le Meneu' de loups	—	12
— Le Lupeux	—	12
— Le Moine des Etangs-Brisses	—	11
— Les Jambettes	—	14
— Lubins et Lupins	—	12
— Légendes du centre de la France.	variété	10
— La Reine Mab	poème	6
— La Fée qui court	conte.	2
— Le Ruisseau	—	4
— Fanchette	variété	79
LÉLIA (2 volumes)	roman	515
— Métella	nouvelle	67
— Melchior	—	43
— Cora	—	37
LETTRES D'UN VOYAGEUR	lettres	344
LUCRÉZIA FLORIANI	roman	270
— Lavinia	nouvelle	50
MADEMOISELLE LA QUINTINIE	—	347
MADEMOISELLE MERQUEM	—	309
LES MAITRES MOSAISTES	—	238
LES MAITRES SONNEURS	—	391
MALGRÉTOUT	roman	330
LA MARE AU DIABLE	—	140
— Les Noces de campagne	étude.	55
LE MARQUIS DE VILLEMER	roman	379
MA SŒUR JEANNE	—	358
MAUPRAT	—	383

12.

		Nombre de pages.
PIERRE QUI ROULE	roman	300
Série : 1° Pierre qui roule. — 2° Le Beau Laurence.		
PROMENADES AUTOUR D'UN VILLAGE .	variété. . . .	256
— Mœurs et coutumes du Berry . . .	— . . .	35
— Les Visions de la nuit	— . . .	30
· Les Tapisseries du château de Boussac.	— . . .	10
— Les Bords de la Creuse	— . . .	10
·— Gargilesse.	— . . .	12
QUESTIONS D'ART ET DE LITTÉRATURE.	étude	431
QUESTIONS POLITIQUES ET SOCIALES. .	variétés . . .	356
LE SECRÉTAIRE INTIME	roman	212
— Mattéa.	nouvelle . . .	68
— La Vallée noire	variété. . . .	23
LES SEPT CORDES DE LA LYRE. . . .	fantaisie . . .	105
— Lettres à Marcie.	nouvelle . . .	80
— Carl.	— . . .	26
— Le Dieu inconnu	— . . .	18
— La Fille d'Albano	— . . .	16
— Cléopâtre . . . . - . . .	étude	4
— Fragment de lettre écrite à Fontainebleau	variété. . . .	4
— Les Fleurs de mai.	nouvelle . . .	6
— Coup d'œil général sur Paris. . . .	variété. . . .	9
SIMON	roman	180
— La Narquise.	nouvelle . . .	44
— Monsieur Rousset	— . . .	23
— Mouny-Robin.	— . . .	27
— Les Sauvages de Paris.	étude. . . .	33
SOUVENIRS DE 1848 . . . . · .	variétés . . .	434
TAMARIS.	roman	210
TÉVERINO	— . . .	178
— Léone Léoni.	nouvelle . . .	62

		Nombre de pages.
THÉÀTRE COMPLET, tome I :		
— Cosima ou la halue dans l'amour.	drame	114
— Le Roi attend	prologue	18
— François le Champi	comédie	76
— Claudie	drame	90
— Molière	—	143
THÉÀTRE COMPLET, tome II :		
— Le Mariage de Victorine	comédie	85
— Les Vacances de Pandolphe	—	114
— Le Démon du foyer	—	60
— Le Pressoir	drame	92
THÉÀTRE COMPLET, tome III :		
— Mauprat	drame	115
— Flaminio	comédie	108
— Maître Favilla	drame	79
— Lucie	comédie	40
THÉÀTRE COMPLET, tome IV et dernier :		
— Françoise	comédie	111
— Comme il vous plaira	drame	100
— Marguerite de Saint-Gemme	comédie	90
— Le Marquis de Villemer	—	157
THÉÀTRE DE NOHANT :		
— Le Drac	rêverie	79
— Plutus	comédie	76
— Le Pavé	nouvelle	60
— La Nuit de Noël	fantaisie	62
— Marielle	comédie	114
LA TOUR DE PERCEMONT	roman	211
— Marianne	nouvelle	156
L'USCOQUE	roman	218
— La Fauvette du docteur	nouvelle	4
— Sur une publication de Lamennais	étude	21
— Réflexions sur Jean-Jacques-Rousseau	—	19
VALENTINE	roman	334
VALVÈDRE	—	360
LA VILLE NOIRE		259

MAURICE SAND

Nombre
de pages.

LE THÉATRE DES MARIONNETTES :

— Le Flageolet (avril 1863) . . . . . . pièces 28
— Nous dînons chez le colonel (27 jan-
    vier 1867) . . . . — . . . 20
— La Clémence de Titus (20 nov. 1867). — . . . 28
— Funeste oubli, fatale baignoire (20 dé-
    cembre 1868) . . . . — . . . 34
— Jouets et mystères (18 juin 1871). . . — . . . 28
— Les Esprits frappeurs (5 nov. 1871). . — . . . 16
— Le Candidat de Trépagny (28 nov. 1874). — . . . 26
— Le Lundi de la comtesse (31 déc. 1874). — . . . 36
— Une Nuit à Châteauroux (26 mars 1875). — . . . 30
— La Chambre bleue (4 avril 1875). . . — . . . 25
— J'ai oublié mon panier (10 avril 1875). — . . . 37
— La Rosière de Viremollet (18 oct. 1870). — . . . 20
— Zut !... (19 avril 1870). . . . . . . — . . . 26
— Balandard aux enfers (8 février 1884). — . . . 45

JULES SANDEAU

— DE L'ACADÉMIE FRANÇAISE —

CATHERINE. . . . . roman 304
LE CHATEAU DE MONTSABREY . . . . . nouvelle . . . 117
  — Karl Henry . . . . — 58
  — Le Concert pour les pauvres. . . . — 44
  — Vingt-quatre heures à Rome . . . . — 39

UN DÉBUT DANS LA MAGISTRATURE . . — 133
  — Olivier. . . . . — 72

UN HÉRITAGE . . . . roman 246

JEAN DE THOMMERAY . . . . nouvelle . . . 157
  — Le colonel Évrard . . . . — 132

LE JOUR SANS LENDEMAIN . . . . — 95
  — Hélène Vaillant. . . . . — 95

		Nombre de pages.
MADEMOISELLE DE KÉROUARE	roman	210
— La Dernière Fée	nouvelle	80
LA MAISON DE PÉNARVAN	roman	309
SACS ET PARCHEMINS	—	316

FRANCISQUE SARCEY

ÉTIENNE MORET	roman	316
LES MISÈRES D'UN FONCTIONNAIRE CHINOIS	nouvelle	160
— Le Nouveau Seigneur de Village	—	162
— Henri Perrier		97
LE PIANO DE JEANNE	—	122
— Qui perd gagne	—	120
— Un Ami véritable	—	86
— Il ne faut jamais dire : fontaine	—	24

VICTORIEN SARDOU
DE L'ACADÉMIE FRANÇAISE

LA PERLE NOIRE	nouvelle	127
— Les Trois Ciseaux	fantaisie	48
— Le Rosier de Schubert	poésie	86

SAYGÉ

MÉMOIRES DE TANTE GERTRUDE	roman	310

GUSTAVE SCHLUMBERGER

LES ILES DES PRINCES :		
— L'Église et le Palais des Blachernes.		
— La grande Muraille de Byzance.	variétés	307

		Nombre de pages.

-- Souvenirs d'Orient. — Un train de plaisir à Sardes et à Philadelphie de Lydie. . . . . variété . . . 118

JEANNE SCHULTZ

CE QU'ELLES PEUVENT :
  — Ce qu'elles peuvent. . . . . nouvelle . . . 213
  — Claire de Saulnis. . . . . — . . . 46
JEAN DE KERDREN . . . . roman 361
LA NEUVAINE DE COLETTE . . . . — 354

GUSTAVE SIMON

LA CONFESSION D'UNE MÈRE 306

LOUIS DE SOUDAK

L'AMOUR D'UN CLOWN. . . . . roman 364
LA LIONNE D'ODESSA . . . . — 412
LA VOCATION DE VALENTIN . . . . — . . . 350
VOYAGE EN CRIMÉE. . . . . voyage 273

FRÉDÉRIC SOULIÉ

— ŒUVRES COMPLÈTES —

LES AMOURS DE VICTOR BONSENNE, voir LES DRAMES INCONNUS.
AU JOUR LE JOUR . . . . roman 318
AVENTURES D'UN JEUNE CADET DE FA-MILLE, voir LES DRAMES INCONNUS.

		Nombre de pages.
AVENTURES DE SATURNIN FICHET, 2 vol.	roman	744
LE BANANIER	—	240
— Eulalie Pontois.	nouvelle	110
LE CHATEAU DES PYRÉNÉES, 2 vol.	roman	577
LE COMTE DE FOIX, voir LE COMTE DE TOULOUSE	—	241
LE COMTE DE TOULOUSE.	—	344
— Série : 1° Le comte de Toulouse. — 2° Le comte de Foix. — 3° Le vicomte de Béziers.		
LA COMTESSE DE MONRION :		
— 1° LA LIONNE.	—	300
— 2° JULIE.	—	370
CONFESSION GÉNÉRALE, 2 vol.	roman	658
LE CONSEILLER D'ÉTAT.	—	310
CONTES ET RÉCITS DE MA GRAND'MÈRE :		
— Le Tour de France.	nouvelle	156
— Le Cocher du Maréchal C.	—	18
— La Poupée de la fête aux Loges.	—	14
— L'Orpheline de Waterloo.	—	32
— Le Louis d'or.	—	14
— Louis Jacquot.	—	14
— Le Roi Jean.	—	20
— Le Conseiller au Parlement	—	24
— La Mort de Duranti	—	17
CONTES POUR LES ENFANTS :		
— L'Enfant des Grenadiers de la Garde	—	15
— Eugénie ou l'Enfant sans mère.	—	14
— Le Roi de Rome.	—	14
— Le Sapeur de dix ans	—	18
— M. Perroquet.	—	30
— L'Auberge de Sainte-Gabelle.	—	18
— Le Tour de France.	—	24
— La Mort d'un enfant.	—	23
— Le petit Pêcheur.	—	24
— Jane Grey ou la Reine de seize ans.	—	20
— La Lanterne magique	—	56

		Nombre de pages.
— Bataille d'Austerlitz	nouvelle. . .	20
— Rivalité de Murat et de Davoust . .	— . . .	16
— L'Arc-de-Triomphe de l'Étoile . . .	— . . .	16
LES DEUX CADAVRES.	— . . .	364

LES DRAMES INCONNUS :

— 1° LA MAISON N. 3 DE LA RUE DE PROVENCE	roman. . . .	313
— 2° AVENTURES D'UN JEUNE CADET DE FAMILLE	—	205
— 3° LES AMOURS DE VICTOR BON-SENNE.	—	320
— 4° OLIVIER DUHAMEL	—	342

UN ÉTÉ A MEUDON :

— La Nièce de Vaugelas..	nouvelle. . . .	59
— Message.	— . . .	74
— La Grille du Parc..	— . . .	45
— Cœlina	— . . .	28
— Tragédie bourgeoise.	— . . .	20
— Un Nom.	— . . .	54
— Le Rêve de Villebois.	— . . .	55
LES FORGERONS	roman.	274
— Impressions de voyage.	variété	31
HUIT JOURS AU CHATEAU..	roman.	320

JULIE, voir LA COMTESSE DE MONRION.

LE LION AMOUREUX.	nouvelle.. . . .	88
— La femme russe.	— . . .	80
— Les Drames invisibles	— . . .	41
— Marguerite Lambrun.	— . . .	8
— L'Art de dire non	— . . .	12
— Le Bas-Bleu.	— . . .	50
— L'Ame méconnue.	— . . .	16
— La Maîtresse de Maison de Santé. .	— . . .	16
— Le Bourgeois campagnard	— . . .	14
— L'Agent de change.	— . . .	16
— Le Contrôleur des contributions . .	— . . .	11

LA LIONNE voir LA COMTESSE DE MONRION.

		Nombre de pages.
LE MAGNÉTISEUR.	roman	330
LA MAISON N° 3 DE LA RUE DE PROVENCE voir LES DRAMES INCONNUS.		
LE MAITRE D'ÉCOLE.	nouvelle	171
— Diane et Louise.	—	199
UN MALHEUR COMPLET.	nouvelle	103
— Les Averses.	...	36
— Les deux Roses.	—	22
— La Tour de Verdun.	—	22
— Misères du Dimanche.	—	74
— Un projet de Loi.	—	30
— Léon Baburrus.	—	30
— Les deux Aveugles de 1525.	—	12
— Christine à Fontainebleau.	—	50
MARGUERITE.	nouvelle	2..
— Restaurants et Gargotes.	variété	23
— La Chambre des Députés.	—	13
LES MÉMOIRES DU DIABLE 2 vol.	roman	904
OLIVIER DUHAMEL, voir LES DRAMES INCONNUS.		
LE PORT DE CRÉTEIL :		
— La Trappistine.	nouvelle	54
— La Lampe de Saint-Just.	—	10
— Étrennes des bons Ménages.	—	26
— Nuit du 28 au 29 juillet.	—	12
— Un Montmorency.	—	52
— Mademoiselle de la Faille.	—	14
— Aimery Béranger.	—	24
— L'Écrivain public.	—	20
— Le sire de Terrides.	—	12
— L'Espionne.	—	30
— Scènes de 1815.	—	8
— L'Orage.	—	24
LES PRÉTENDUS.	—	157
— Le Château de Montfillon.	—	54
— Souvenirs de L'Ariège.	—	72
— Visite fiscale dans la Mayenne.	—	27

		Nombre de pages.
LES QUATRE ÉPOQUES :		
— Les Celtes.	nouvelle.	77
— Les Gaulois.	—	64
— Les Romains.	—	120
— Les Chrétiens.	—	38
LES QUATRE NAPOLITAINES, 2 vol.	roman.	543
— Anne de Pons.	nouvelle.	73
LES QUATRE SŒURS.	roman.	306
UN RÊVE D'AMOUR.	nouvelle.	79
— La Chambrière.	—	68
— Le Choix d'un nom.	—	16
— Une Bohémienne au XVe siècle.	—	22
— Maison de campagne à vendre.	—	84
— Aventure du Chat galant.	—	6
— La Maison de santé.	—	15
SATHANIEL.	roman.	318
SI JEUNESSE SAVAIT, SI VIEILLESSE POUVAIT ! 2 vol.	—	716
LE VICOMTE DE BÉZIERS, voir LE COMTE DE TOULOUSE.	—	400

ÉMILE SOUVESTRE

— ŒUVRES COMPLÈTES —

LES ANGES DU FOYER :		
— Monsieur Pierre.	nouvelle	58
— Le Sagar des Vosges	—	68
— Les Ramasseurs de traînes.	—	10
— Le Cornet de l'Épicier.	—	20
— Le Bouvreuil du père Marc	—	11
— Les Deux portraits.	—	14
— La Roche-Percée.	—	17
— Le Petit verre d'eau-de-vie	—	8
— Drak le farfadet	—	12
— Une Nuit dans les bois	—	33
AU BORD DU LAC :		
— L'Esclave	—	60
— Le Serf.	—	80
— Le Chevrier de Lorraine	—	88
— L'Apprenti.	—	44

		Nombre de pages.
EN BRETAGNE :		
— Kemper. — La ville d'Is	variété	45
— Châteaulin — Kemper — Concarneau — Penmarc'h — Pont-l'Abbé.	—	16
— Les Pardons en Bretagne	—	12
— Traditions de la Bretagne	—	26
— Le Pardon d'Auray (Morbihan)		18
— Costumes bretons	—	36
— Nantes	—	48
— Institutions populaires	—	18
— Destruction des vieux monuments	—	12
— Un Mystère breton	—	14
— Roche percée de la baie de Dinan	—	6
— Saint-Hilaire	—	12
— L'Automne	—	5
EN FAMILLE :		
— Le Précepteur d'un roi	nouvelle	23
— L'Aveugle d'Armagh	—	10
— Le paysan de Caregliano	—	28
— Le deux Écoliers de Westminster	—	12
— La Lourde Croix	—	16
— Les Ancres de miséricorde	—	80
— La Pierre bornale	—	22
— Le Chirurgien de Saint-Martin		14
— Les Bergers d'Écosse		44
— Mulhouse	variété	32
— Bâle	—	61
EN QUARANTAINE :		
— Le Traîneur de grèves	nouvelle	90
— Le Gardien du vieux phare	—	80
— Le Garde du Lazaret	—	82
LE FOYER BRETON, tome premier :		
— La Ferme des nids	conte	22
— Comorre	—	18
— Les Trois rencontres	—	17
— Histoire de Saint-Galonnek	—	20
— Jean Rouge-Gorge	—	19
— La Forge isolée	—	25
— Les Lavandières de nuit	—	18
— La Groac'h de l'île du Lok	—	84
— Invention des bassins	—	16
— Truz-ar-Pouliet	—	19
— L'île de Saint-Nicolas	—	17
— Keris	—	44

		Nombre de pages.
LE FOYER BRETON, tome second :		
— L'heureux Maho	conte	28
— La Souris de terre et le corbeau gris.	—	20
— Les Quatre dons.	—	21
— La Hutte du sabotier	—	27
— Le Diable devenu recteur	—	23
— Les Korils de Plauden.	—	24
— Peronik l'idiot	—	44
— Les Pierres de Plouinec.	—	18
— L'Auberge blanche.	—	8
— Le Sonneur	—	6
— Al Lew-Drez.	—	6
LA GOUTTE D'EAU	roman.	322
HISTOIRES D'AUTREFOIS :		
— L'Inventaire du Planteur.	nouvelle. . . .	40
— Le Général Guillaume	—	36
— Fiamma	—	44
— Un dernier amour	—	78
— Le Brick norwégien	—	10
— L'Architecte inconnu.	—	11
— Les Femmes poétiques.	—	11
— L'Académie des paradoxes	—	19
L'HOMME ET L'ARGENT	roman.	280
LECTURES JOURNALIÈRES	variétés. . . .	373
LOIN DU PAYS :		
— Saint-Domingue.	variété.	93
— Les Jésuites du Paraguay.	—	42
— Canada. — Acadie. — Terre-Neuve. . .	—	100
— Missionnaires et voyageurs.	—	33
LA LUNE DE MIEL	roman.	245
LA MAISON ROUGE.	—	227
— Une Journée de loisir	—	46
LE MARI DE LA FERMIÈRE	nouvelle. . . .	135
— Un Roman de rencontre	—	78
— La République de la Bouquetière. .	—	46
— La Province à Paris	—	21

		Nombre de pages.
RICHE ET PAUVRE	roman.	301
LE ROI DU MONDE (2 volumes)	—	668
SCÈNES DE LA CHOUANNERIE :		
— La Famille Chouan.	nouvelle.	82
— Jambe-d'Argent et M. Jacques.	—	84
— Le Sonneur de cloche.	—	80
SCÈNES DE LA VIE INTIME :		
— Le Médecin des Ames	—	76
— Savenières.	—	72
— Une Étrangère.	—	126
SCÈNES ET RÉCITS DES ALPES :		
— Le Chasseur de chamois.	—	75
— Le Filiole des Allemagnes.	—	114
— L'Hospice de Selisberg.	—	71
LES SOIRÉES DE MEUDON :		
— Correspondance d'une institutrice.	—	103
— La Leçon d'une sœur	—	18
— Un Mariage de puritains.	—	20
— Les Rencontres de Friedlin.	—	26
— La Saint-Léonard.	—	22
— Le Dimanche des Rameaux.	—	16
— Le Chien enragé.	—	14
Le Paysan et l'avocat	—	8
— Le Gobelet de fer-blanc	—	2
— La Fille d'Erwin	—	20
SOUS LA TONNELLE :		
— La dernière Fée.	—	14
— L'Incognito.	—	10
— Une Famille ridicule.	—	30
— Une Nuit dans les nuages	—	18
— Le Chien de Toble.	—	18
— Dire et faire.	—	26
— Le Trompette	—	14
— La Lettre de recommandation	—	10
— La Prise de tabac.	—	18
— Le Précepteur sans le savoir.	—	14
— Les Projets	—	22
— Les Rivaux	—	23
— La petite Colonie	—	18
— Ce que l'argent ne peut acheter	—	8

		Nombre de pages.
LE MAT DE COCAGNE.	roman.	317
LE MÉMORIAL DE FAMILLE.	—	260
LE MENDIANT DE SAINT-ROCH	—	251
LE MONDE TEL QU'IL SERA.	—	312
LE PASTEUR D'HOMMES.	—	720
LES PÉCHÉS DE JEUNESSE	nouvelle. . . .	128
— Pierre Rivière	—	24
— Les Préventions	—	68
— Pors-Moguer	—	30
PENDANT LA MOISSON :		
— Les Banuls (Sibérie)	—	64
— David le Trappeur (Amérique) . . .	—	48
— Le Facteur de Canton (Chine) . . .	—	64
— La Troque (Sénégal)	—	48
— Tollar l'Indien (Indes)	—	42
UN PHILOSOPHE SOUS LES TOITS. . . .	roman.	242
PIERRE ET JEAN :		
— Pierre Landais.	nouvelle. . . .	134
— Jean Plébeau	—	167
PROMENADES MATINALES :		
— Un Mois de vacances	—	80
— Le marquis Fricandeau	—	32
— La Belle créole	—	26
— Guy-Eder de Fontenelle	—	44
— Adrien Brauwer	—	36
— Urbain Grandier	—	40
— Duel de La Chataigneraye et Jarnac	—	14
— Le Moine de Saire	—	6
RÉCITS ET SOUVENIRS :		
— Julien	—	90
— La Collaboratrice	—	40
— Une Rencontre	—	24
— Mademoiselle Antigone Hinel	—	54
— Les Tableaux parlants	—	14
— Un Amateur	—	12
— Le Contre-Maître	—	16
— Le Vieillard aux deux Flûtes . . .	—	7
LES RÉPROUVÉS ET LES ÉLUS (2 volumes)	roman.	763

		Nombre de pages.
SOUS LES FILETS :		
— Le Passeur de la Vilaine	nouvelle	90
— Le Marinier de Loire	—	89
— L'Éclusier	—	74
SOUS LES OMBRAGES :		
— Barnabé Crux	—	27
— Les deux Voisins	—	34
— Blanche Lorzy	—	38
— Bianca Capello	—	84
— La Maison de la rue d'Enfer	—	60
SOUVENIRS D'UN BAS-BRETON (2 volumes)	roman	364
SOUVENIRS D'UN VIEILLARD, la dernière étape	—	249
SUR LA PELOUSE :		
— La rude Tâche	nouvelle	8
— Le Ventriloque	—	8
— Une Poursuite d'enfants	—	6
— Le Petit Orateur	—	8
— Les Deux Chiens	—	6
— Ohnacht	—	12
— Le Conscrit	—	18
— La Nère de Washington	variété	12
— Madame de Sévigné	étude	24
— Une Demoiselle de Paris	variété	28
— Les Jeux olympiques	—	40
— Souvenirs d'un Gaulois	—	98
— Chateaubriand	étude	23
THÉÂTRE DE LA JEUNESSE :		
— La Loterie de Francfort	pièce	39
— Le Testament de madame Fatural	—	44
— Comme on fait son lit on se couche	—	55
— La Vieille Cousine	—	48
— L'Incognito	—	58
— Le Cousin Pierre	—	45

			Nombre de pages.
TROIS FEMMES.	poésies.	. . .	259
TROIS MOIS DE VACANCES :			
— Les Voleurs de temps	nouvelle	. . .	27
— Le Commis-voyageur.	—	. . .	24
— Mœurs anglaises (Un procès). . . .	—	. . .	28
— Les Prisonniers d'Amérique	—	. . .	36
— Études anecdotiques (Les Tribunaux)	—	. . .	28
— Une Lecture en province.	—	. . .	24
— Les Journalistes en province. . . .	—	. . .	12
— Les Prédicateurs d'autrefois. . . .	—	. . .	24
— Trois femmes de Walter Scott. . .	—	. . .	26
— Le Tonnerre.	—	. . .	18
LA VALISE NOIRE	nouvelle	. . .	69
— La Jeune Pasteur	—	. . .	56
— Le Portefeuille de chagrin.	—	. . .	62
— La Guerre des loups.	—	. . .	38
— Une Conversation en wagon	—	. . .	16
— Les Infiniment petits	—	. . .	40

MARIE SOUVESTRE

PAUL FERROLL.	roman	. . . .	310

FRÉDÉRIC DE SPENGLER

LE SECRET DE HERTA :			
— Le Secret de Herta	nouvelle	. . .	17
— La Bovardaye (conte fantastique). .	—	. . .	80
— Nadir (conte arabe)	—	. . .	8
— La Noël du pompier.	—	. . .	24
— Namoulina la favorite (orientale). .	—	. . .	8

LA FOLLE DES NARCOTTES

récit alpestre :

—	I. Salvan.	nouvelle	. . .	4
—	II. La Famille Dalmoz.	—	. . .	4
—	III. La Conquête d'un cœur. . . .	—	. . .	3
—	IV. La Calomnie	—	. . .	5

			Nombre de pages.
— V. La Chute	nouvelle	. . .	8
— VI. Misère	—	. . .	8
— VII. La Consolation	—	. . .	4
— VIII. Le Bal à Salvan	—	. . .	8
— IX. L'Incendie	—	. . .	4
— X. La Folle	—	. . .	5
— XI. Le Dernier Coup	—	. . .	5
— Le Jeune Fédéral, conte suisse	—	. . .	12
— L'Encrier	—	. . .	14
— La Fin d'un maçon	—	. . .	6
— Les Pauvres	—	. . .	8
— Le Conte de la veillée	—	. . .	6
— Les Malheureux	—	. . .	16
— La Tête de mort	—	. . .	18
— Une Journée d'été	—	. . .	10
— Simple conte	—	. . .	12
— Le Poète	—	. . .	40
— Contrastes	—	. . .	10

E.-A. SPOLL

LES PARISIENNES :

— La Chloé	nouvelle	. .	51
— Expiation	—	. . .	46
— Calibre 7	—	. . .	48
— L'Œil du défunt	—	. . .	70
— Dieu vous bénisse !	—	. . .	30
— La Traversée	—	. . .	25

MAURICE SPRONCK

JACQUES BERNYS . . . . roman . . . 296

CECIL STANDISH

NIÈVÈS . . . . roman 301

STENDHAL

— ŒUVRES COMPLÈTES —

		Nombre de pages.
L'ABBESSE DE CASTRO . . . . nouvelle . . .		183
— Victoria Accoramboni . . . . — . .		40
— Les Cenci . . . . — . . .		50
— La Duchesse de Palliano . . . . . . — . . .		36
— Vanina Vanini . . . . - -		88
ARMANCE . . . . roman		205
LA CHARTREUSE DE PARME . . . . . . —		450
CORRESPONDANCE INÉDITE, 2 volumes. lettres		647
DE L'AMOUR . . . . variété. . . .		307
HISTOIRE DE LA PEINTURE EN ITALIE. étude.		432
LETTRES INTIMES . . . . correspondance		335
MÉLANGES D'ART ET DE LITTÉRATURE :		
— Essai sur le Rire . . . . variété		31
— Vie d'André del Sarto . . . . — . . .		16
— Vie de Raphaël . . . . — . . .		34
— Le Coffre et le Revenant . . . . . — . . .		36
— Le Philtre. . . . . — . . .		26
— Salon de 1824 . . . . — . . .		12
— Journal d'un voyage en Italie . . . —		16
— Notes d'un dilettante . . . . —		50
— D'un nouveau Complot contre les Industriels. . . . . —		20
MÉMOIRES D'UN TOURISTE , 2 volumes . voyages. . . .		724
NOUVELLES INÉDITES :		
— Le Chasseur vert. . . . . nouvelle . . .		130
— Le Juif (Filippo Ebreo). . . . . . . — . . .		22
— Féder (Le Mari d'argent). . . . . . — . . .		112
PROMENADES DANS ROME , 2 volumes . voyages . .		734
RACINE ET SHAKSPEARE . . . . étude		229
— Qu'est-ce que le Romanticisme ?. . variété. . . .		32
— Lord Byron en Italie. . . . . — . . .		25

		Nombre de pages.
— Le Parnasse Italien.	variété	8
— Walter Scott et la princesse de Clèves	—	5
— Du Style.	—	22
ROME, NAPLES ET FLORENCE.	voyages	432
LE ROUGE ET LE NOIR, 2 volumes.	roman	503
VIE DE NAPOLÉON.	histoire.	208
VIE DE ROSSINI.	étude.	368
VIE DE HAYDN.	—	213
— Vie de Mozart.	—	58
— Vie de Métastase.	—	65

DANIEL STERN

ESQUISSES MORALES.	variété	380
ESSAI SUR LA LIBERTÉ.	étude.	384
FLORENCE ET TURIN.	voyages	323
HISTOIRE DE LA RÉVOLUTION DE 1848, 3 vol.	histoire.	1085
HISTOIRE DES COMMENCEMENTS DE LA RÉPUBLIQUE AUX PAYS-BAS	—	452
MES SOUVENIRS	mémoires.	402
NÉLIDA.	roman	285
— Hervé.	nouvelle	56
— Julien.	—	32
VALENTIA :		
— Valentia.	—	97
— Hervé.	—	78
— La Boîte aux Lettres.	—	97
— N non au Couvent.	proverbe	30

STERNE

VOYAGE SENTIMENTAL.	roman	258

R.-L. STEVENSON

		Nombre de pages.
SUICIDE-CLUB . . . . nouvelles		
— Histoire du jeune homme aux tartes.	— . .	67
— Histoire du docteur et de la malle de Saratoga	— . . .	58
— L'aventure des *Hansom-cabs*. . . .	— . . .	44
LE DIAMANT DU RAJAH :		
— Histoire du carton à chapeau . . .	— . . .	59
— Histoire du jeune homme dans les ordres.	— . . .	28
— Histoire de la maison aux jalousies vertes.	— . . .	64
— L'aventure du prince Florizel et d'un détective.	— . . .	44

MADAME MARY SUMMER

LES AMOUREUSES DU COLONEL.		366
LES BELLES AMIES DE M. DE TALLEYRAND		330
LE DERNIER AMOUR DE MIRABEAU		332
LE FIANCÉ D'YVONNE.		328
LA PENSIONNAIRE D'ÉCOUEN . . . . . . roman		273
LE ROI N'EST PAS LE MAITRE, étude de mœurs sous la Restauration		340
SOUS LE DIRECTOIRE :		
— Sous le Directoire . . . . variété		205
— Une Matinée dans l'atelier de Robert Lefebvre	—	23
— Le Peignoir rose de Madame Bonaparte.	—	20

LAURE SURVILLE

		Nombre de pages.
BALZAC, SA VIE ET SES ŒUVRES. . . . étude.		210
LE COMPAGNON DU FOYER :		
— Les Deux Vacances . . . . nouvelle . . .		51
— Un Crime échappé aux tribunaux . — . . .		40
— Le Vieux Curé et la Jeune Samaritaine — . . .		40
— Le petit Joueur d'orgues. . . . . — . . .		70
— Le Danger des superstitions . . . . — . . .		52
— La Cousine Rosalie — . . .		83
— L'Ouvrière et la mendiante . . . . — . . .		68
— Une Leçon de foi . . . . — . . .		7
LES RÊVES DE MARIANNE. . . . . roman		295

PRINCE DE TALLEYRAND

MÉMOIRES, avec une préface et des notes
du duc de Broglie. . . . . 5 vol. 2641

GÉNÉRAL TCHENG-KI-TONG

LES CHINOIS PEINTS PAR EUX-MÊMES :		
— Considérations sur la famille . . . . variété. . . .		17
— Religion et philosophie. . . . . . . — . . .		12
— Le Mariage . . . . — . . .		13
— Le Divorce. . . . . — . . .		14
— La Femme. . . . . — . . .		12
— La Langue écrite. . . . . — . . .		22
— Les Classes . . . . — . . .		13
— Les Lettrés . . . . — . . .		14
— Le Journal et l'Opinion. . . . . . . — . . .		27
— Époques préhistoriques. . . . . . . — . . .		18
— Proverbes et Maximes. . . . . . . — . . .		13
— L'Éducation . . . . — . . .		11
— Le Culte des ancêtres . . . . — . . .		7
— L'Œuvre de la Sainte-Enfance . . . — . . .		7
— Les Classes laborieuses . . . . . . — . . .		9
— Les Chansons historiques . . . . . — . . .		12

		Nombre de pages.
— Les Plaisirs	variété	17
— La Société européenne	—	21
— La Poésie classique	—	2
— Orient et Occident	—	17
— L'Arsenal de Fou-Tchéou	—	12

CONTES CHINOIS :

— La Voix du sang	conte	16
— Un Amour aquatique	—	15
— Un Dieu complaisant	—	12
— Une Femme de cœur	—	8
— Un Sacrifice héroïque	—	15
— Les Pivoines enchantées	—	15
— Une Femme extraordinaire	—	13
— Un Bon Ennemi	—	11
— Le Vampire	—	8
— La Maîtresse légitime	—	6
— Une Princesse de l'Onde	—	15
— Chrysanthème	—	13
— Un Rêve réalisé	—	11
— Une Jeune Rieuse	—	23
— Un Bonheur dans le malheur	—	9
— Malheurs dans le bonheur	—	14
— Un Nid d'amour	—	10
— Un Enfant terrible	—	12
— L'Étui merveilleux	—	16
— La Lune de miel	—	9
— La Musique après la mort	—	13
— Flagrant délit	—	5
— Avatar	—	7
— La Vie n'est qu'un rêve	—	13
— Le Perroquet	—	9
— Une Avocate	—	24

LE THÉÂTRE DES CHINOIS	étud. de mœurs	322

C. TEXIER

AU PAYS DES GÉNÉRAUX — Haïti —	roman	306

E. TEXIER ET G. LE SENNE

Nombre
de pages.

MADEMOISELLE DE BAGNOLS . . . . . . roman 307

W. THACKERAY

LES MÉMOIRES D'UN VALET DE PIED. . roman 275

MORGIANA. . . . . nouvelle . . . 154

  — Quelques souvenirs de Thackeray,
     par Ch. Dickens . . . . étude. 8
  — La Ballade de la bouillabaisse . . . nouvelle . . . 6
  — Le Chevalier déshérité. . . . . . . — . . . 70

MISS THACKERAY

LA CAMPANULE . . . . nouvelle . . . 82

EDMOND THÉRY

SOUS L'UNIFORME :

  — Ruse de Guerre (épisode de la cam-
     pagne 1870-71). . . . . nouvelle . . . 17
  — Amour et Patrie. . . . . — 40
  — La Lettre du Conscrit . . . . . . — . . . 12
  — Un Patriote. . . . . — . . . 38
  — La Foudroyante. . . . . — . . . 10
  — Une Aventure d'étape . . . . . . — . . . 24
  — Le Chien de l'Escadron. 30
  — La Treizième batterie . . . . . . — . . . 28
  — Un Terrible caporal . . . . — . . 8
  — Maudite Guerre . . . . — . . 22
  — L'Aveugle . . . . — . . 8
  — L'Histoire d'un Canard. . . . . . — . . 28
  — Les Deux Maraudeurs . . . . — . . . 28
  — La Sœur du Trompette (mœurs mi-
     litaires). . . . . — . . . 18

		Nombre de pages.
— La Mort d'un Vieux Sergent (épisode militaire) . . . . nouvelle . . .		28
— Le Capitaine Nesco. . . . . — . . .		18
— Le Pendu (la fin d'un mauvais soldat) — . . .		17

CH. THIERRY-MIEG

SIX SEMAINES EN AFRIQUE. . . . . . souv. de voyage 352

GÉNÉRAL THOUMAS

LE MARÉCHAL LANNES, d'après des documents inédits. . 388

L. THOUVENEL

LA GRÈCE DU ROI OTHON 465

NICOLAS Ier ET NAPOLÉON III. 389

LE SECRET DE L'EMPEREUR. . . . . . . corr. diplomat. 953

JEAN TILLAULT

APRÈS LE MEURTRE. . . . . roman . . . .

LÉON DE TINSEAU

ALAIN DE KERISEL. . . . . roman 260

L'ATTELAGE DE LA MARQUISE . . . . . nouve le . . . 61

— Le secret de l'abbé Césaire. . . . . — 258

— Comment on devient pacha. . . . . — 79

BOUCHE CLOSE. . . . . roman 392

CHARME ROMPU . . . . — 367

LE CHEMIN DE DAMAS. . . . . — 365

			Nombre de pages.
DERNIÈRE CAMPAGNE :			
-- Dernière campagne	nouvelle	...	30
--- Le fameux Z***	—	...	45
— L'Amour en poste	—	...	17
— Rien des agences	—	...	16
-- Pavots et pivoines	—	...	18
— Le Post-Scriptum	—	...	17
— La Valise de Damoclès	—	...	19
— « Canvassing »	—	...	18
— Vengeance de belle-mère	—	...	13
— Les Roueries de Gontran	—	...	10
-- Le Parachute	—	...	17
-- Le Rastaquouère	—	...	21
— Les Suites d'une distraction	—	...	13
— Fleuron	—	...	14
— Chambouline	—	...	15
-- Tu l'as dit !	—	...	12
— La Nihiliste	—	...	14
— Les débuts de don Juan	—	...	20
— La mouche plate	—	...	18
DU HAVRE A MARSEILLE par l'Amérique et le Japon	impr. de voyage		320
FAUT-IL AIMER ?	roman	...	342
MA COUSINE POT-AU-FEU	—	...	210
— Le Mariage au gant	nouvelle	...	130
MADAME VILLEFÉRAN jeune	roman	...	391
MAITRE GRATIEN	—	...	391
LA MEILLEURE PART	—	...	353
MON ONCLE ALCIDE :			
— Mon oncle Alcide	nouvelle	...	53
— Pauvre tante !	—	...	12
-- Pompon	—	...	30
— La Perle noire	—	...	12
-- Nos Paysans	—	...	8
— Sans fard	—	...	16
— Une Originale	—	...	22
— Doit-on la rendre ?	—	...	20
— Mon Perroquet	—	...	18

		Nombre de pages.
— Histoire de revenant	nouvelle . . .	16
— Contre-Mine	— . . .	20
— Monsieur le Duc	— . . .	22
— C'est mon cousin	— . . .	18
— Guérin et Cie	— . . .	20
— Voué au blanc	— . . .	16
— Four in hand	— . . .	14
— Entre chien et loup	coméd.en 1 acte	21
MONTESCOURT	roman	342
PLUS FORT QUE LA HAINE	roman	333
ROBERT D'ÉPIRIEU	— . . .	267
STRASS ET DIAMANTS :		
— Strass et diamants	nouvelle . . .	173
— Fontluce	— . . .	181
SUR LE SEUIL	roman	320

SÉRIE : 1° Sur le seuil ; 2° Plus fort que la haine.

ALEXIS DE TOCQUEVILLE

SOUVENIRS	427

PHILIPPE TONELLI

LES AMOURS CORSES	nouvelle	
— Le Roman de deux inconnues	— . . .	147
— Une Tombe dans les makis	— . . .	20
— Benedetta	— . . .	10
— La Pipe de mon oncle	— . . .	6
— La Femme corse	— . . .	4
— Le Souvenir de Zin-Maria	— . . .	14
— Une Nuit à la Sainte-Baume	— . . .	10
— Les Larmes de Noël	— . . .	14
— La Mort du bandit Suzzoni	— . . .	18
— Paul Angeli	— . . .	26
CHANSONS CORSES :		
— Sérénade	variété . . .	6

		Nombre de pages.
— Berceuse	variété	10
— Lamento	—	11
LES COQUILLES	—	80

F.-E. TROLLOPE

| LE CHAGRIN DE TANTE MARGUERITE | nouvelle | 112 |

LOUIS ULBACH

— ŒUVRES COMPLÈTES —

L'AMOUR MODERNE :

— Profession de foi, en guise de préface	variété	11
— La Poésie en cour d'assises	—	14
— Le Roman de l'amitié	—	17
— La Frénésie de l'adultère	—	12
— Un Original	—	16
— Un Mariage impossible	—	16
— L'Amour dans les élections	—	12
— La Chasse aux vierges	—	14
— L'Esprit de Ninon	—	12
— Alphonse beau-père	bibliographie	16
— L'Esprit des honnêtes femmes	—	12
— Le Danger de convoler	—	16
— Mars et Vénus	—	12
— Tableau de famille	—	10
— Le Mariage de Louise	—	14
— Un Mari décavé	—	14
— La Dame qui va au cours	—	14
— Les Trois Fiançailles	—	12
— Un Mari galant	—	14
— L'Entrée des artistes	—	16
— L'Enfant de deux mères	—	14
— Le Gendre pudique	—	14
— L'Art de vérifier les dates	—	7
— Madame Gribouille	—	11

AUTOUR DE L'AMOUR :

| — Un Mari de trop | nouvelle | 13 |

		Nombre de pages.
-- Un Mariage idéal	nouvelle . . .	16
-- La Question de l'alcôve	-- . .	10
-- Les Absents ont-ils raison ?	-- . .	14
-- Parlez au concierge	-- . . .	14
-- La Liberté d'aimer.	-- . .	10
-- Sur les Galets.	-- . .	12
-- Nouvelles Lettres édifiantes	-- . .	14
-- Histoire à faire peur.	-- . .	12
-- L'Amour silencieux	-- . .	14
-- L'Enfant de la chanoinesse	-- . .	28
-- Le Cabinet noir de l'amour	-- . .	16
-- Le Serin du général.	-- . .	12
-- Deux Amies fidèles	-- . .	12
-- Les Lettres au rebut.	-- . .	12
-- Une honnête Femme.	-- . .	12
-- L'Amour et la Santé.	. .	14
-- Des Gens heureux	-- . .	12
-- Dickens et le bal de l'Opéra. . . .	-- . .	14
-- L'Amour et Psyché.	-- . .	8
-- Psyché raisonnable	-- . .	12
-- Une Liquidation manquée	-- . .	10
-- Un Mariage desintéressé	-- . .	10
-- Les Amours de Monseigneur. . . .	-- . .	16
-- Le Mystère de madame Pellerin . .	-- . .	16

LES AVENTURES DE TROIS GRANDES DAMES A LA COUR DE VIENNE :

-- 1° LA PRINCESSE MORANI	roman	332
-- 2° MAGDA.	--	332
-- 3° LA COMTESSE DE THYRNAU. . .	-- . . .	365

LE BARON AMÉRICAIN . . . . | -- . . . . | 272 |

LA BELLE ET LA BÊTE :

-- Les Inconvénients de la beauté . . .	nouvelle . . .	16
-- Les Bonnes Fortunes d'un sot	-- . . .	14
-- Histoire d'une petite bête	variété	14
-- La Dent	--	10
-- Un Fiancé dans l'embarras	-- . . .	14
-- La Maman de M. le curé	nouvelle . .	19
-- Les Pattes et les Mains	variété	14
-- Un de plus.	--	15
-- Une de moins	--	12

		Nombre de pages.
— Le Jubilé de ma tortue	variété	10
— L'Homme qu'on n'aime pas	nouvelle	15
— De l'Odorat en matière de sentiment.	variété	12
— Le Secret des femmes.	—	11
— Une Femme serviable.	nouvelle	10
— La Bêtise d'un savant.	—	12
— La Bêtise des coquins	variété	10
— Pastels champêtres.	—	11
— Les grands Pieds.	—	11
— L'Huître.	nouvelle	16
— La Sœur de Francillon	—	12
— Le Pupillomètre	variété	9
— Le Sermon sur l'alcôve.	—	12
— La Garantie conjugale		11
— Le Télégraphe en amour	nouvelle	10
— Ma Perruche.	variété	10
— La Société des pendus	—	9
— Le Docteur Sublimini.	—	10
BOBINETTE.	roman	376

LES BONNES FEMMES :

— La Duchesse de Lesdiguières	variété	16
— La Pudeur et l'Amour	—	9
— Question de berceaux.	nouvelle	20
— Une Haine de femme	—	16
— Vénus bloquée.	variété	11
— Le Premier Rendez-vous	nouvelle	12
— Le Domestique infidèle.	—	10
— Le Secret conjugal	variété	7
— Au Clair de la lune	nouvelle	11
— Un Début dans le ménage.	—	14
— La Première débauche	—	13
— L'Ordonnance du colonel	—	13
— Consultation publique sur un secret.	variété	9
— Une Fille à marier.	—	8
— Pauvre Babet !	—	10
— Une Femme malheureuse.	—	9
— Réponse à une femme malheureuse.	—	9
— Ame pour âme.	nouvelle	10
— Doit-on appeler au secours ?	variété	12
— Le Bureau de placement.	nouvelle	8

		Nombre de pages.
-- Le Sein d'une mère. . . . . nouvelle . . .		9
— La Douleur du pacha. . . . . variété		10
— Une Inconséquence. . . . . nouvelle . . .		12
— La Philosophie de Ninon . . . . . . variété		16
— La Montre à répétition . . . . nouvelle . . .		10

LES BUVEURS DE POISON :
| -- 1° NOELE. . . . . — . . . . | | 357 |
| -- 2° LA FÉE VERTE . . . . — . . . . | | 356 |

| CAUSERIES DU DIMANCHE . . . . variétés . . . | | 370 |

| LE CHATEAU DES ÉPINES. . . . . roman. . . . | | 356 |
— Série : 1° Le Château des Épines.
— 2° Le Crime de Martial.

LA CHAUVE-SOURIS, voir LE PARRAIN DE
| CENDRILLON. . . . . — . . . . | | 311 |

| LES CINQ DOIGTS DE BIROUK . . . . . — . . . . | | 374 |
— Série : 1° Les Cinq doigts de Birouk.
— 2° Le Secret de Mlle Chagnier.

| LA COCARDE BLANCHE . . . . — . . . . | | 286 |

| LE COMTE ORPHÉE . . . . — . . . . | | 392 |

LA COMTESSE DE THYRNAU, voir LES
AVENTURES DE TROIS GRANDES DAMES A
LA COUR DE VIENNE.

| LA CONFESSION D'UN ABBÉ. . . . . . . roman . . . . | | 382 |

NOS CONTEMPORAINS :
— Napoléon III. . . . . biographie . .		37
— Lamartine. . . . . — . .		42
— Le Duc d'Aumale . . . . — . .		66
— Victor Hugo. . . . . — . .		26
— Louis Blanc. . . . . — . .		32
— Sainte-Beuve . . . . — . .		83
— Mazzini . . . . — . .		26
— George Sand . . . . — . .		48
— Thiers . . . . — . .		30
— Jules Grévy. . . . . — . .		27

LE CRIME DE MARTIAL, voir LE CHATEAU
| DES ÉPINES . . . . roman . . . . | | 375 |

| LA CSARDAS . . . . notes et impres. de voyage | | 326 |

14

Nombre
de pages.

CYRILLE, voir les Mémoires d'un assassin.

ÉCRIVAINS ET HOMMES DE LETTRES . . variété   392

L'ENFANT DE LA MORTE . . . . roman   440

ESPAGNE ET PORTUGAL. . . . . . notes et imp. d'un voyage   342

LA FÉE VERTE, voir les Buveurs de poison

LA FLEURIOTTE, — 2 volumes — . . . . roman   655

FRANÇOISE. . . . . —   . . .   400

GUIDE SENTIMENTAL DE L'ÉTRANGER
    DANS PARIS :
     — Avis à l'étranger. . . . . variété   7
     — Paris-hôtel . . . . —   14
     — Paris qui mange. . . . . —   17
      Paris qui boit. . . . . —   16
     — Paris en voiture . . . . —   13
     — Paris à pied. . . . . —   14
     — Paris-costume. . . . . —   14
     — Paris ponceur . . . . —   17
     — Paris politique. . . . . —   12
     — Paris officiel. . . . . —   16
     — Paris qui s'amuse . . . . —   14
     — Paris-amour. . . . . —   14
     — Paris qui travaille. . . . . —   16
     — Paris-finance. . . . . —   11
     — Paris-misère. . . . . —   16
     — Paris criminel . . . . —   14
     — Paris dévot . . . . —   18
     — Paris funèbre . . . . —   15
     — Paris-budget. . . . . —   10
     — Paris qui parle. . . . . —   17
     — Paris-vérité . . . . —   14
     — Les Environs de Paris . . . . . . —   27

HISTOIRE D'UNE MÈRE ET DE SES ENFANTS roman   259
    — Madame Gottlieb. . . . . nouvelle . . .   55

LA HOLLANDE ET LA LIBERTÉ DE PENSER
    au XVIIe et XVIIIe siècle. . . . . études   269

L'HAMMEOU GARDENIA . . . . roman   743

		Nombre de pages.
L'HOMME AUX CINQ LOUIS D'OR.	roman	286
— Le Brelan	nouvelle . . .	47
LE JARDIN DU CHANOINE.	roman . . .	433
LETTRES DE FERRAGUS.	variétés. . . .	311
LETTRES D'UNE HONNÊTE FEMME :		
-- Le Choix d'un encrier	variété	15
-- L'Affaire Dolbeau.	' . . .	12
·· Les Pigeons.	' . . .	10
·· L'Adultère.	·· . . .	12
-- Les Rogations.	' . . .	12
— Histoire d'un lâche	— . . .	13
— Les Rosières.	— . . .	14
·-- Un tableau à faire	— . . .	10
— La Loi militaire	— . . .	10
— Une brutalité du Code civil	— . . .	10
— L'Emancipation des femmes	— . . .	10
— Un Paysage	— . . .	10
— La Question des chapeaux.	— . . .	12
— L'Impôt sur les domestiques. . . .	— . . .	12
— La Bigote	— . . .	12
— Faut-il tuer la femme adultère? . .	— . . .	12
— L'Emprunt de 1872	— . . .	12
— La Fin du monde	— . . .	13
— Une Prussienne	— . . .	12
— La Femme est partout.	— . . .	12
— Les Jonchets	— . . .	14
— La Dignité de la presse	— . . .	12
— Les Reporters.	— . . .	12
— Le Féminin dans l'homme	— . . .	12
-- Une circulaire de ministre.	— . . .	10
— Les Poupées.	— . . .	10
·-- La Peur de la femme	— . . .	12
— Un livre scandaleux	— . . .	13
— Les Poètes sont morts.	— . . .	9
LE LIVRE D'UNE MÈRE	— . . .	350
LOUISE TARDY.	roman . . .	293
MAGDA, voir AVENTURES DE TROIS GRANDES DAMES A LA COUR DE VIENNE.		
MADAME GOSSELIN	— . . .	300

		Nombre de pages
LA MAISON DE LA RUE DE L'ÉCHAUDÉ . roman		454
— *Série :* 1° La Maison de la rue de l'Échaudé; — 2° La Ronde de nuit.		
LA MAITRESSE DU GÉNÉRAL. . . . . . . —		409
LE MARI D'ANTOINETTE . . . . —		375
LE MARIAGE DE POUCHKINE, *voir* le TAPIS VERT . . . . —		351
LE MARTEAU D'ACIER . . . —		391
— *Série :* 1° Le Marteau d'acier. — 2° Quinze ans de Bagne		
MAXIME, *voir* les MÉMOIRES D'UN ASSASSIN.		
MÉMOIRES D'UN ASSASSIN :		
— 1° CYRILLE . . . . —		422
— 2° MAXIME . . . . —		400
MÉMOIRES D'UN INCONNU . . . . —		334
MÈRE ET MAITRESSE . . . . —		343
MONSIEUR ET MADAME FERNEL . . . . —		380
MONSIEUR PAUPE . . . . —		338
— *Série :* 1° Monsieur Paupe. — 2° Simple amour		
NOLLE, *voir* les BUVEURS DE POISON.		
PAPA FORTIN. . . . . roman		292
LES PARENTS COUPABLES (Mémoires d'un lycéen) . . . . —		307
LE PARRAIN DE CENDRILLON. . . . . . —		342
— *Série :* 1° Le Parrain de Cendrillon. — 2° La Chauve-souris		
PAULINE FOUCAULT . . . . —		449
LE PRINCE BONIFACIO. . . . . —		485
— La Dame blanche de Bade . . . . . nouvelle . . .		34
— Le petit homme rouge. . . . . . . —		50
— Le Démon du lac. . . . . —		31
LA PRINCESSE MORANI, *voir* AVENTURES DE TROIS GRANDES DAMES A LA COUR DE VIENNE.		

		Nombre de pages.
QUINZE ANS DE BAGNE, voir le MARTEAU D'ACIER . . . . roman		303
RÉPARATION	. . . .	330
LA RONDE DE NUIT, voir la MAISON DE LA RUE DE L'ÉCHAUDÉ . . . . —		384
LES ROUÉS SANS LE SAVOIR :		
— Les Roueries d'une ingénue . . . . nouvelle . . .		100
— Histoire d'un honnête homme . . . roman		175
— Les deux médecins. . . . . nouvelle . . .		136
LE SACRIFICE D'AURÉLIE. . . . . . . roman		143
LE SECRET DE MADEMOISELLE CHAGNIER, voir les CINQ DOIGTS DE BRODE . . . . —		313
LES SECRETS DU DIABLE :		
— Argine Picquet. . . . . nouvelle . . .		22
— Le Brelan . . . . —		47
— Voyage autour de mon clocher . . —		80
— Le Démon du lac . . . . —		31
— Le Petit homme rouge. . . . . . . —		59
— La Dame blanche de Bade. . . . . —		34
— François Girardon . . . . —		10
— Histoire d'une Naïade . . . . —		20
SIMPLE AMOUR, voir MONSIEUR PAUPE. . roman		380
SUZANNE DUCHEMIN . . . . — . . .		227
— La Baronne de Bligny . . . . — . . .		60
LE TAPIS VERT. . . . . —		354
— Série : 1° Le Tapis vert.		
— 2° Le Mariage de Pouchkine.		
LA VOIX DU SANG . . . . —		313
VOYAGE AUTOUR DE MON CLOCHER . . nouvelle . . .		80
— Histoire d'une Naïade . . . . —		20
— Voyage à Luxembourg. . . . . . . variété		11
— Voyage à Gand. . . . . —		15
— Argine Picquet. . . . . nouvelle . . .		22
— Histoire d'une dame de cœur . . . —		50

ÉMILE VALENTIN

Nombre
de pages.

LOUBA VOLANOF. . . . . roman . . . 335

ROBERT VALLIER

GUILLEMETTE . . . . roman . . . 277

MAX VALREY

LES FILLES SANS DOT :
   — Marcel . . . . roman 218
   — Léonie . . . .   —   . . . 198
MARTHE DE MONTERUN . . . . roman 310
CES PAUVRES FEMMES :
   — Hermine. . . . . nouvelle . . . 157
   — Madame de Lirvans. . . . .   —   . . . 145
LES VICTIMES DU MARIAGE . . . . . . roman 300

LÉON VÉDEL

MADAME DE PONTY . . . . nouvelle . . . 57
   — Jacqueline de la Borie. . . . . .   —   . . . 172
   — Jane . . . .   —   . . . 54
   — L'œillet . . . .   —   . . . 35

LOUIS & GEORGES VERBRUGGHE

FORÊTS VIERGES . . . . voyages . . . 325
PROMENADES ET CHASSES DANS L'AMÉ-
   RIQUE DU NORD . . . .   —   . . . 345

VERNON LEE

TRADUCTION DE ROBERT DE CERISY

Nombre
de pages.

MISS BROWN. . . . . roman 342

E. DE VILLERS

LE MAL DU PAYS . . . . nouvelle . . .   67
— Le roman du bibliothécaire . . . .   —   . . .   44
— Cécile. . . . .   —   . . . 100
— La Dame de Compagnie . . . . . .   —   . . .   66
— Le Mariage de Berthe . . . .   —   . . .   59

G^{te} DE VILLIERS DE L'ISLE-ADAM

CONTES CRUELS :
— Les Demoiselles de Bienfilâtre . . . nouvelle . . .   13
— Véra . . . .   —   . . .   15
— Vox populi . . . .   —   . . .   8
— Deux Augures. . . . .   —   . . .   16
— L'Affichage céleste. . . . .   —   . .   7
— Antonie. . . . .   —   . . .   2
— La Machine à gloire. . . . .   —   . . .   24
— Duke of Portland . . . .   —   . . .   8
— Virginie et Paul . . . .   —   . . .   6
— Le Convive des dernières fêtes. . .   —   . . .   83
— A s'y méprendre . . . .   —   . . .   5
— Impatience de la foule . . . . . .   —   . . .   14
— Le Secret de l'ancienne musique. .   —   . . .   7
— Sentimentalisme. . . . .   —   . . .   13
— Le plus beau dîner du monde. . .   —   . . .   11
— Le Désir d'être un homme. . . . .   —   . .   14
— Fleurs de ténèbres . . . .   —   . . .   8
— L'Appareil pour l'analyse chimique
    du dernier soupir. . . . .   —   . . .   10
— Les Brigands . . . .   —   . . .   10
— La Reine Isabeau . . . .   —   . . .   10

		Nombre de pages.
— Sombre Récit, Conteur plus sombre.	nouvelle . . .	18
— L'Intersigne.	— . . .	25
— L'Inconnue	— . . .	49
— Maryelle	— . . .	13
— Le Traitement du docteur Tristan .	— . . .	7
— Conte d'amour	— . . .	7
— Souvenirs occultes.	— . . .	8
· L'Annonciateur.	— . . .	33

NOUVEAUX CONTES CRUELS ET PROPOS
D'AU DELA :

NOUVEAUX CONTES CRUELS

— Les Amies de pension.	nouvelle . . .	14
— La Torture par l'espérance	— . .	14
— Sylvabel.	— . . .	14
— L'Enjeu	— . . .	13
— L'Incomprise.	— . . .	13
— Soeur Natalia.	— . . .	9
— L'Amour du naturel . .	.	— . . .	22
— Le Chant du coq.	— . . .	14

PROPOS D'AU DELA

— L'Élu des rêves.	nouvelle . . .	12
— Maître Pied.	— . . .	20
— L'Amour sublime	— . . .	18
— Le Meilleur Amour.	— . . .	16
— Les Filles de Milton	— . . .	16
— Entre l'Ancien et le Nouveau	variété	30
— Fragment de roman.	— . . .	10

ALFRED DE VIGNY

CINQ MARS, ou une conjuration sous Louis XIII.	roman hist.	449
POÉSIES COMPLÈTES.	poésies . . .	318

SERVITUDE ET GRANDEUR MILITAIRES.

— Pourquoi j'ai rassemblé ces souvenirs.	nouvelle. . .	35
— Laurette ou le cachet rouge.	— . . .	56
— Sur la responsabilité	— . . .	10

		Nombre de pages.
— La Veillée de Vincennes	nouvelle	88
— La Canne de Jonc	—	153
STELLO	roman	249
— De Mademoiselle Sedaine et de la propriété littéraire	étude	105
— Discours de réception à l'Académie française	discours	36
THÉATRE COMPLET.		
— Chatterton	pièce	102
— La Maréchale d'Ancre	—	114
— Quitte pour la peur	—	30
— Othello.— Le More de Venise	—	146
— Shylok. — Le Marchand de Venise	—	65

JACQUES VINCENT

JACQUES DE TRÉVANNES.	roman	285

Vᵗᵉ E. MELCHIOR DE VOGÜE

LE FILS DE PIERRE LE GRAND	variétés	200
— Mazeppa, la Légende et l'Histoire	—	90
— Un changement de règne. —La mort de Catherine II et l'avènement de Paul Iᵉʳ	—	72
HISTOIRES ORIENTALES :		
— Chez les Pharaons, Boulaq et Saqqarah	nouvelle	57
— Vanghéli, une Vie orientale	—	84
— La Thessalie et la Frontière grecque.	—	72
— De Byzance à Moscou, les Voyages d'un Patriarche	—	64
— Une Guerre servile en Russie, la Révolte de Pougatchef	—	76

ALEXANDRE VONLIARLIARSKI

TRADUCTION DE X. MARMIER (DE L'ACADÉMIE FRANÇAISE)

Nombre
de pages.

UNE GRANDE DAME. . . . . roman 173
  — La nuit du 28 septembre . . . . . . nouvelle . . . 138

J.-J. WEISS

A PROPOS DE THÉATRE. . . . . études 365
AUTOUR DE LA COMÉDIE FRANÇAISE
    1883-85 . . . . — 317
ESSAIS SUR L'HISTOIRE DE LITTÉRATURE
    FRANÇAISE. . . . . — 384
LE THÉATRE ET LES MŒURS :
  — Eugène Scribe . . . . variété 14
  — Alexandre Dumas . . . . — 50
  — Victor Hugo . . . . — 49
  — M. Alexandre Dumas fils . . . . . . — 118
  — Réalisme et naturalisme . . . . — 18
  — Quelques mots sur Sardou . . . . . — 46
  — M. Octave Feuillet . . . . — 47
  — Questions théâtrales . . . . — 62

MADAME DE WITT, NÉE GUIZOT

SUR LA PENTE . . . . roman 313

LE COMTE WODZINSKI

CARITAS . . . . roman 324
POUR UN FAUX. . . . . — 340
LA PRINCESSE LAMANZOFF. . . . . . . — 400

H. WOOD

TRADUCTION E. A. SPOLL

ADAPTÉ DE L'ANGLAIS PAR ALEX. LAMBERT DE SAINTE-CROIX

X X X

FIN

PARIS. — IMPRIMERIE CHAIX. — 7800-6-94. — (Encre Lorilleux).

TABLE

	Pages.		Pages.
Achim d'Arnim	1	L'Auteur des *Horizons prochains*	7
Adolphe Adam	1	L'Auteur de *John Halifax*	7
Comte Afanasi	2	L'Auteur de *Robert Emmel*	7
W.-H. Ainsworth	2		
Albéric-Chabrol	2	L'Auteur de *le Vaste Monde*	8
Th.-B. Aldrich	2		
Duc d'Alençon	3	J. Autran	8
Henri Allais	3	Madam Joséphine R. Backer	8
Henri Amic	3		
J.-J. Ampère	4	Baronne de B***	8
G. d'Annunzio	4	Adolphe Badin	9
F. Antony	4	H. de Balzac	10
Madame d'Arbouville	4	Baron de Barante	20
B. Arbré de la Roche	4	A. Bardoux	20
Alex. d'Arc	4	Marcel Barrière	21
Joseph d'Arçay	5	G. Bar.illon	21
N. d'Arnoldi	5	Madame de Bassanville	21
André d'Arrèze	5	Ch. Bataille et E. Raselli	21
Piotre Artamow	5		
Armand d'Artois	5	Charles Baudelaire	22
Émile Augier	5	Madame de Dawr	23
Duc d'Aumale	6	P. de Beausire-Seyssel	24
L'Auteur de *la Duchesse d'Orléans*	6		

	Pages.			Pages.
Roger de Beauvoir...	24	G. W. Cable.........	46
Henri Béchade.......	26	Edouard Cadol.......	46
Madame Beecher-Stowe	26	Paul Caillard.........	47
La princesse de Belgio-		Madame Calmon......	48
joso.............	26	Robert Calmon.......	48
Marquis de Belleval.	25	Princesse Cantacuzène-	
Adolphe Belot......	27	Altieri............	48
Th. Bentzon........	27	Émilie Carlen........	49
Hector Berlioz.......	31	Carle des Perrières...	49
Charles de Bernard...	32	Carmen Sylva........	49
Léon Bernard-Derosne.	33	Madame E. Caro.....	49
Julien Berr de Turique.	35	Émile Correy........	50
Ernest Bertin	36	Cary O'Brien........	50
Joseph Bertrand	37	Comtesse Castellana Ac-	
Miss M. Betham Ed-		quaviva...........	50
wards............	37	Comte de Castellane..	51
E. Beule............	37	Marquis de Castellane.	51
Armand Beyra.......	37	Céleste de Chabrillan..	51
Albert Bizouard......	37	Paul du Chaillu......	52
William Block.......	37	Charley.............	52
Édouard Blanc.......	38	Gabriel Charmes......	52
H. Blaze de Bury....	38	Philarète Chasles.....	53
Paul Bocage........	38	Émile Chevalier......	53
Camille Bodin.......	38	Léo Claretie	53
Alfred de Bréhat.....	39	Madame Clesinger Sand	53
Bret-Harte	41	Madame Louise Colet.	53
L. Brethous-Lafargue.	42	Henri Conscience.....	54
L. de la Brière.......	42	Arthur Coquard......	57
Feu le duc de Broglie.	43	Athanase Coquerel...	57
Duc de Broglie.....	43	Charles Corbin.......	58
Rhoda Broughton.....	43	Corentin Guyho.......	58
Ferdinand Brunetière.	44	Marquise de Créquy..	58
Charles Buet.........	46	Pierre de Croze.	58
E.-L. Bulwer........	46	E. de Cyon	58
Francis Burnett......	46	Paul Dan'o..........	58

TABLE 255

	Pages.		Pages
Comtesse Dash	59	Charles Edmond	88
Général Daumas	64	M⁰⁰ Edwards	89
Ernest David	64	Edward Eggleston	89
Julien Decrais	65	Georges Eliot	89
Eugène Delard	65	Madame Elliott	89
E. J. Delécluze	65	Max Ellyan	89
Eugène Deligny	65	Emma d'Erwin	89
Henry Delorne	66	Étincelle	90
Édouard Delpit	66	S. Le Fanu	90
Emmanuel Denoy	66	B. L. Fargeon	90
Paul Déroulède	66	Claude Fauriel	90
Paul Deschanel	67	Léa Fergusson	90
Louis Despréaux	67	Léonce Ferret	90
Charles Deton	67	Comte de la Ferrière	91
Gabriel Deville	68	Alfred de Ferry	91
Charles Dickens	69	Gabriel Ferry	91
Dick May	69	Octave Feuillet	91
Le Père Didon	69	Madame Octave Feuil-	
X. Doudan	69	let	92
Maurice Drack	70	Ernest Feydeau	93
Madame Marie Dron-		Mary Floran	94
sart	70	Folarçon	94
Victor du Bled	70	Fontaine de Rambouil-	
Ernest Dubreuil	72	let	95
Marquise de Dufferin		Anatole France	95
et d'Ava	72	Victor Franconi	101
El. Dufour	72	Antoine Gandon	101
Alexandre Dumas	72	Comte Agénor de Gas-	
Alexandre Dumas fils	85	parin	101
Henri Duplin	87	L'Auteur des *Horizons*	
Paul Duplan	87	*prochains*	103
G. Duprez	88	Théophile Gautier fils	104
Victor Dupuy	88	Sophie Gay	104
La Générale Durand	88	Gustave Genevoix	105
Albert Duruy	88	A. Gennevraye	105

	Pages.
Gérald	106
Jules Gérard	107
Gabriel Gerin	107
Henri Germont	107
F. Gerstaecker	107
Gustave Ghez	108
Albert Gigot	109
Marcel Girette	109
F. de Girodon-Pralon	109
Miss G.-W. Godfrey	109
W. Godwin	109
Gœthe	109
Olivier Goldsmith	110
Édouard Gourdon	110
Une Grande Dame Russe	110
G. Guesvider	110
Amédée Guillemin	111
Antoine Guillois	111
Gyp	111
Gyp et Trois Etoiles	117
Ida Hahn-Hahn	117
Gustave Haller	117
Hamilton-Aidé	117
Maurice Hartmann	118
Comte d'Haussonville	118
Comte O. d'Haussonville	118
Nathaniel Hawthorne	118
Henri Heine	119
Ernest d'Hervilly	121
Hildebrand	122
Hoffmann	123
Robert Houdin	124
F. Hugonnet	124

	Pages.
Léon Hugonnet	124
William Henry Hurlbert	124
Washington Irving	124
Victor Jacquemont	125
Prince de Joinville	125
Victor Joly	125
François de Julliot	126
Alphonse Karr	126
C.-G. Keronan	133
J.-A. Khoudiakoff	133
Léopold Kompert	133
Georges Kohn	135
I.-J. Kraszewsky	133
Paul Labarrière	133
Labarrière-Duprey	134
Léopold Lacour	134
Madame Lafarge	135
H. Lafontaine	135
L.-P. Laforêt	135
A. de Lamartine	135
Alex. Lambert de St-Croix	138
L'abbé de Lamennais	138
Jules Lan	138
B. Lecomte du Nouy	139
Carle Ledhuy	139
Madame Lee Childe	139
Paul Lefebvre	139
E. Legé-Bersœur	139
A. Le Bonnec	139
Jules Lemaître	139
Pierre Lepape	140
Anatole Leroy-Beaulieu	140

TABLE 257

	Pages.		Pages.
Daniel Lesueur	140	Duc d'Orléans	165
Louis Létang	140	Prince Henri d'Orléans	165
Pierre Loti	141	Charles d'Osson	165
Jacques Lozère	142	Ouida	166
Jean Madeline	143	Édouard Pailleron	166
Vicomte Adrien Maggiolo	144	Noël Parfait	166
Paul Mahalin	144	Paris-Korigan	166
Xavier de Maistre	144	Lydie Paschkoff	167
Eugène Manuel	144	Théodore Pavie	167
Marc-Monnier	144	Lucien Percy	168
Comte de Margon	145	Lucien Percy et Gaston Maugras	169
X. Marmier	145	Commandant E. Peroz	169
Gaston Maugras	146	Paul Perret	169
Max O'Rell	146	Paul Perret et Félix Cohen	170
Capitaine Mayne-Reid	147	Jules Perrin	170
Prosper Mérimée	147	Amédée Pichot	170
J. Méry	149	Georges Picot	171
Gustave Michaud	155	Amédée Pigeon	171
Léon Miral	155	Jean de Pontevès de Sabran	171
Eugène de Mirecourt	155	Potapenko	172
G. Monod	156	Arthur Pougin	172
Florence Montgommery	156	Comte Charles Pozzo di Borgo	172
François Mugnier	156	Georges Price	172
Henri Murger	156	Jean Psichari	172
Paul de Musset	158	Madame Edgar Quinet	173
Gérard de Nerval	159	Henry Rabusson	173
Baron de Nervo	160	Anne Radcliffe	173
Désiré Nisard	161	Comte de Rambuteau	174
Vicomte de Noé	161	A.-R. Rangabé	174
Yves de Noly	161	Ernest Rasetti	174
Jules Noriac	161	Ch. de Rémusat	174
Robert Noville	165		
Jean d'Oc	165		
Laurence Oliphant	165		

	Pages.		Pages.
Madame de Rémusat..	175	Gustave Schlumberger	214
Paul de Rémusat....	175	Jeanne Schultz.......	215
Ernest Renan........	175	Gustave Simon.......	215
B. H. Révoil........	176	Louis de Sondak......	215
W. Reynolds........	176	Frédéric Soulié.......	215
Albert Rhodes.......	176	Émile Souvestre	219
J. Ricard...........	176	Marie Souvestre......	227
Richard O'Monroy....	179	Frédéric de Spengler.	227
Henri Rivière.......	192	E.-A. Spoll..........	228
B. de Rivière.......	193	Maurice Spronck.....	228
Clémence Robert.....	194	Cecil Standish.......	228
Étienne Rocheverre...	197	Stendhal............	229
Nestor Roqueplan.....	197	Daniel Stern........	230
Charles Ross........	198	Sterne..............	230
G. Rothan..........	198	R.-L. Stevenson......	231
E. Roustan	198	Madame Mary Summer	231
Sacher Masoch.......	199	Laure Surville.......	232
Comte A. de St-Aulaire	199	Prince de Talleyrand..	232
Saint-Prix..........	200	Général Tcheng-Ki-Tong	232
A. de Saint-Quentin...	200	C. Texier...........	233
Camille Saint-Saëns...	200	E. Texier et C. Le Senne	234
Gaston de Saint-Valry.	200	W. Thackeray........	234
Paul de Saint-Victor.	200	Miss Thackeray......	234
C.-A. Sainte-Beuve....	202	Edmond Théry.......	234
Sainte-Marie Binsec...	202	Ch. Thierry-Mieg.....'	235
Pierre Sales.........	202	Général Thoumas	235
Gustave Salicis.......	204	L. Thouvenel	235
Prudence de Saman..	204	Jean Tillault........	235
Paul Samy	205	Léon de Tinseau.....	235
George Sand........	205	Alexis de Tocqueville.	237
Maurice Sand	213	Philippe Tonelli......	237
Jules Sandeau	213	F.-E. Trollope........	238
Francisque Sarcey....	214	Louis Ulbach.........	238
Victorien Sardou.....	214	Émile Valentin.......	240
Saygé...............	214	Robert Vallier........	240

TABLE   259

PARIS. — IMPRIMERIE CHAIX. — 6664-5-94. — (Encre Lorilleux).

AVIS IMPORTANT

Le Catalogue **complet** pour les reproductions est adressé **gratis** et **franco** à MM. les Directeurs qui en feront la demande.

IMPRIMERIE CHAIX, RUE BERGÈRE, 20, PARIS. — 6064-4-94. (Encre Lorilleux).

www.ingramcontent.com/pod-product-compliance
Lightning Source LLC
Chambersburg PA
CBHW070453030726
47503CB00004B/1018